Delacorta

Die Rapper vom Babylon Beach

Roman

Aus dem Französischen von
Matthias Müller

Piper
München Zürich

Die Originalausgabe erschien 1992 unter dem Titel
»Rap à Babylon Beach« bei Éditions du Masque in Paris.

ISBN 3-492-12069-5
Deutsche Erstausgabe
September 1995

Umschlag: Federico Luci
Gesamtherstellung: Clausen & Bosse, Leck
Printed in Germany

1

Ich saß auf der Terrasse des Palace. Es war drei Uhr nachmittags, vom Meer her wehte eine sanfte Brise, und es war angenehm warm, 32 Grad. Gloria brachte mir mein Lieblingsfrühstück, bestehend aus einem Bananen-Muffin und einer Schale Joghurt mit Mango, Melone, Papaya, Erdbeeren, Mandeln und Rosinen, zart und sämig, so wie sie, wie ihre dunklen Augen, wie ihr saftig-weicher Körper, den sie vor mir aufbaute.

Der starke, wohlriechende Kaffee kreiste noch nicht durch meine Blutbahn.

»Hallo, Zulu. Liest du heute morgen nichts?«

»Ich bin eher nachdenklich drauf.«

»Suzy hat mir erzählt, daß du so gut bist wie dein Ruf.«

»Yo, ich bin der beste Privatdetektiv im ganzen Staat...«

»Sie hat mir gesagt, du wärst der beste Lover am ganzen Golf von Mexiko.«

»Gib mir deine Telefonnummer. Aber vor fünf Uhr morgens bin ich selten frei.«

»Jederzeit bereit.«

»Gloria, so hieß doch einmal ein Hurrikan...«

Sie schenkte mir ein Lächeln, das ein Krokodil umgeworfen hätte, und strich mir über die Haare. Die Palmen nahmen allmählich Konturen an. Ich liebe Frauen, die Power haben. Mein Körper pulsierte jetzt vor Energie. Mit einem Lachen, das tief aus dem Bauch kam, ging Gloria weiter, um die Bestellungen eines dürren Fotografen entgegenzunehmen, dem seine Armani-Brille ein fast intelligentes Aussehen verlieh.

Mein Handy piepste.

»Brad hier. Heute abend trifft sich der Klub. Drei Uhr morgens.«

»Okay, Cop. Wer kümmert sich ums Naschwerk?«

»Joe. Er hat gerade angerufen.«

»Bis dann.«

Inzwischen hatte mir Gloria ihre Nummer auf eine Papierserviette notiert. Sie schob mir eine Erdbeere in den Mund. Und noch eine. Und noch eine. Dann kam Petra, eine Stadtstreicherin, an meinem Tisch vorbei, so wie jeden Morgen. Ich gab ihr zehn Dollar und küßte ihr die Hand. Sie bot mir eine Zigarre an, eine Macanudo. Ich hob sie mir für später auf.

»An einem neuen Fall dran, Süßer?«

»Ist noch zu früh dafür. Ich warte noch.«

Sie taxierte die anderen Gäste mit Kennerblick und murmelte: »Lauter Geizkragen. Reine Zeitverschwendung.«

Sie verzog sich wieder, einen Hit von Marvin Gaye auf den Lippen – *Sexual Healing*. Diese Polin hatte Klasse. Ein paar dunkle Wolken zogen vorüber, um die Einheimischen daran zu erinnern, daß sie sich nicht in Kalifornien befanden, sondern in Miami, der schönsten und heißesten Stadt der Welt. Am Strand saß ein verängstigtes Fotomodell, umringt von einer Horde Assistenten, Visagisten und Schaulustigen, und erwartete den Meister, einen rotgesichtigen, sonnenverbrannten Fettsack in Bermudashorts. Bevor er sich herabließ, einen Blick in den Sucher zu werfen, ließ er sich erst mal eine Ladung Sonnenschutzmittel verpassen. Ein dünner dunkelblauer Streifen verband das türkisfarbene Meer mit dem Himmel. Eine schöne Rollschuhfahrerin glitt vorbei. Ihr praller Hintern steckte in einem Jeansfetzen, der nach allen Regeln exhibitionistischer Kunst geschneidert war. Sie stoppte kurz, trank mein Glas aus, zwinkerte mir zu und setzte ihre Muskeln fröhlich in Bewegung.

Gloria schenkte mir Kaffee nach.

»Sie kann ja nicht wissen, daß Blondinen bei dir keine Chance haben.«

»Die riechen immer nach Supermarkt. Der Geruch von einem Ghettokätzchen ist mir lieber.«

We want some pussy!

We want some pussy!

Nach diesem kleinen Frühstücks-Rap zu Ehren von Live Crew war ich für den zweiten Anruf des Tages gerüstet.

»Mr. Ignazio Talawapi Alonzo Marwin Utusha Tenero?«

»Höchstpersönlich am Apparat. Aber nennen Sie mich Zulu, das ist einfacher.«

»Es freut mich, daß ich Sie erreicht habe. Sie wurden mir bei der Gartenparty empfohlen, die der Bürgermeister zugunsten der Multiple-Sklerose-Patienten gegeben hat. Was ist Ihr Tarif?«

»Zweitausend pro Tag plus Spesen für einfache Aufträge. Das Doppelte, wenn ich mein Leben riskiere. Sie bezahlen gewissermaßen die Kugeln, die danebengehen.«

»Das ist ja Wucher!«

»Ich bin der Teuerste. Zahlung drei Tage im voraus, keine Rückerstattung.«

»Bei den Preisen müssen Sie ja mehrere Luxusbüros haben, ein Privatflugzeug, eine Traumvilla, eine Jacht, hinreißende Sekretärinnen...«

»Nichts von alledem. Keinen Roadster, keinen Borsalino, keinen Trenchcoat, kein schmieriges Büro mit Glastür, keine Jalousien vorm Fenster, keine Flasche Bourbon.«

»Ich bin entzückt, daß Sie nicht trinken.«

»Erzählen Sie mir in wenigen Worten, worum es geht.«

»Eine sehr delikate Angelegenheit.«

»Ihr Mann?«

»Äh... Ja... Er pflegt...«

»Intime Beziehungen.«

»Gewissermaßen.«

»Das macht Ihnen jeder für hundert Dollar pro Tag. Ich befasse mich nicht mit Bettgeschichten. Ich bin für sexuelle Freiheit.«

»Ich bin bereit zu zahlen.«

»Ist Ihnen klar, daß ich nicht mal Weißer bin?«

»Ach ... Das hat man mir verschwiegen ...«

»Ich bin ein kultureller Megamix.«

»Ein kultureller was?«

»Meine Großmutter ist eine Schwarze, mein Großvater Seminol-Indianer und mein Vater hat die Tochter eines Kubaners und einer Weißen geheiratet.«

»Erstaunlich ...«

»Sie sagen es.«

»Besitzen Sie eine Lizenz?«

»Ich habe in Yale studiert. Ich habe einen Doktor in Kriminologie und einen B. A. in vergleichender Literaturwissenschaft. Reicht Ihnen das?«

»Wie alt sind Sie?«

»Über dreißig, Ma'am. Haben Sie mal von Henry Thoreau *Walden* gelesen?«

»*Wal ...*?«

»Das ist die Geschichte von einem Typen, der von der Gesellschaft die Schnauze voll hat und sich in eine Hütte an einem Teich zurückzieht. Dort lernt er ...«

»Wissen Sie, daß ich Ihnen Ihre Lizenz entziehen lassen kann? Ich habe einflußreiche Freunde bei der Staatsanwaltschaft!«

»Kaufen Sie sich doch *As Nasty As They Wanna Be* und leisten Sie sich einen Gigolo. Ich kann Ihnen ein paar Telefonnummern geben, wenn Sie wollen.«

Ich legte auf, und während mir die dritte Tasse Kaffee eingegossen wurde, baumelten Glorias Brüste knapp vor meinem Gesicht herum. Ich rieb sanft meine Stirn dagegen.

»Hip!«

»Hop!«

»Das ist unsere Kultur.«

Lita, am Steuer meines BMW-Kabrios mit havannabraunen Ledersitzen, fuhr ganz lässig vor. Sie machte beim Aussteigen nie die Wagentür auf, sondern wand sich mit katzenhafter Geschmeidigkeit aus dem Auto. Lita war eine Ghettoblume, siebenundzwanzig Jahre alt. Neben ihr saß Roy, die zweite Hälfte meines Teams, fünfzehn Lenze alt, der ein halbes Jahr zuvor versucht hatte, mir meinen Schlitten zu klauen. Ich hatte ihn ordentlich aufgemischt. Französisches Boxen (darin bin ich Experte) gegen Kung Fu. Er hatte keine Chance. Danach hatte ich ihn auf der Stelle engagiert. Seitdem übernachtete er immer im BMW und verdiente fünfundsiebzig Dollar am Tag. Er paßte auf, wenn ich mir ein kleines Nickerchen gönnte, er war mein privater DJ, mein afrikanischer Schatten. Dieser Junge kannte jeden Winkel der Stadt.

Lita war aus mehreren Gründen engagiert worden: Sie konnte vorzüglich mit meinem Bordcomputer umgehen, der direkt mit der Polizeizentrale verbunden ist, sie war trickreich, tüchtig, intelligent, gut gebaut, sie kannte jede der zweitausend CDs in meinem Kofferraum, tanzte wie eine Göttin und machte große Fortschritte im Französischen Boxen. Ihre Schönheit war auch dienlich, gegebenenfalls den Gegner zu blenden, wenn es ernst wurde. Ihre Großmutter, Medizinfrau von Beruf, flickte mich mit ihren Zauberkräften wieder zusammen, wenn ich mal was abbekommen hatte. Lita trug meine Knarre, damit ich die Hände frei hatte, und sie konnte zu jedem Rap, Funk oder Reggae ihren Hintern schwingen, und wenn sie dann ihre göttlichen Beine in die Luft warf – Mannomann. Sie bekam hundert Dollar am Tag. Roy, Lita und ich waren zusammen wie die Heilige Dreifaltigkeit. Wir bumsten nicht miteinander, aber alles andere lief wie ein gemeinsamer Orgasmus.

Jeden Morgen tauchten sie nach meiner dritten Tasse Kaffee auf. Sie fanden mich immer, egal, wo ich war. Armani glotzte, als diese beiden Wesen näher kamen und sich an meinen Tisch setzten. Lita trug eine schwarze Radlerhose, Boxerstiefel und einen roten Body, Roy, von Kopf bis Fuß auf Hip-Hop eingestellt, ganz in Gelb und Blau, die Schirmmütze verkehrt herum aufgesetzt. Sehr bunt, alle beide.

»Hallo, Live Crew…«

Yo Boss! Yo Boss! Yo Boss! Yo!
Guter Ton – das ist nicht wichtig
Deine Klasse – die zieht so richtig
Die macht in Miami – die große Runde
Und Live Crew ist in aller Munde.
Ich bin der Klauerking – verrückt und bunt
Und du bist mein Partner – du schwarzer Hund
Lita, die Ghettoqueen, die hängt alle ab
Kickt ihre Beine und macht nie schlapp.
Yo Boss! Yo Boss! Yo Boss! Yo!
Du haust den schweren Jungs aufs Maul
Du törnst die B-Boys – so richtig an, Wow!
Die Homegirls kriegen heiße Ohren
Und du läßt sie nicht lange in ihrem Saft schmoren
Du, Boss, Lita – und ich, wir sind das Team
Im feuchten, heißen Dschungel – von Mi-a-mi.

»Na, komm, Kleiner, was willst du zum Frühstück?« murmelte Gloria.

O-Marmelade – sonst gibt's Trouble
Toastbrot und Eier – Saft und Waffel
Nicht den schwarzen Saft – den Zulu immer trinkt
Sondern den Saft – aus dem die Orange winkt
Der mich strong und kräftig macht
Der saftige Orangensaft.

»Und du, Lita?«

»Einen Erdbeer-Shake und eine Portion French Toast.«

»Keine Arbeit heute morgen?« fragte Lita.

»Noch hat sich nichts getan.«

»Wir müssen mal ein paar Zaubersprüche loslassen!«

»Where is the juicy case, my friend
Ohne den wir beide sind am End
Wo ist der Klient – oder die Klientin...«

»Lita, sprich bloß nicht von Zaubersprüchen, wenn dieser verrückte Rapper in der Nähe ist.«

»Yo, das ist eine Provokation, Mann!«

Gloria brachte Roy die Eier, über die er sich schweigend hermachte. Lita wirkte ausgeschlafen, ihr kupferbrauner Körper made in Puerto Rico strahlte Frieden und Ruhe aus, ein starker Kontrast zu ihren glühenden Augen. Sie schlürfte ihren Milch-Shake und tränkte ihre French-Toasts in Ahornsirup.

Wie jeden Morgen einigten wir uns auf unser musikalisches Weckprogramm. Danach würde improvisiert werden.

»Womit fangen wir an?«

»Mit Ice Cube. Das ist cool so früh am Morgen.«

Endlich piepste mein Handy.

»Yo...«

»Zulu?«

»Yo...«

»Ich bin's, Bashma.«

»Bashma, du bist die Größte!«

»Sie wollen mich allemachen!«

»Wo bist du?«

»1215, NW Siebenundfünfzigste.«

Roy stopfte, soviel er konnte, von seinem Frühstück zwischen zwei Pappteller. Ich saß schon am Steuer, Lita legte *Serious Tits* ein, Princess Bashmas neueste CD, und drehte die Anlage des BMW auf, ein kleines Wunderwerk, das die Bässe mit 600 Watt rausknallte. Wir düsten die Collins Avenue entlang.

Drei Minuten später waren wir schon auf dem Causeway, der über Biscayne Bay führte, und brausten quer durch die Venetian Islands, wo die Geldsäcke ihre Jachten liegen hatten, vorbei an den luxuriösen Anwesen, die hinter Bougainvilleen, Glyzinien und Jasmin verschwanden. Die Rasenflächen waren gepflegter als ein Teppichboden. Auf dem Gras lagen ein paar Magnolienblätter, wie Boote auf einem See.

Auf dem Pier standen Kubaner, Chicanos und Schwarze, die versuchten, sich ihr Abendessen zu angeln. Sie verfluchten die Außenbordungeheuer, die das Wasser aufwühlten und auf deren Decks blutlose Sirenen ihre Reize zeigten. Wenn ihnen schon die Fischmahlzeit davonschwamm, konnten sich die Angler wenigstens sattsehen.

Wir erreichten Downtown Miami. Das alte Sears-Gebäude auf der rechten Seite sah aus wie ein Sahnetempel. Die Reifen des BMW quietschten bei der Beschleunigung, und als wir auf dem Freeway waren, drückte ich voll aufs Gas, während Bashmas prachtvolle Stimme einen Rap herausschmetterte, der so scharf war wie Piranhazähne. Roy schlang den Rest seiner Waffel runter und rappte dabei jedes Wort von Bashma mit. Schließlich hielt er es nicht mehr aus: »Fuck, Man! Drück auf die Tube! Bashma ist in Gefahr – sie ist 'ne gottverdammte Göttin!«

Ich fuhr bereits hundertachtzig, was schon schneller war, als die Polizei erlaubt, aber auf die Gefahr hin, zu übertreiben, beschleunigte ich auf zweihundertzehn.

Achtzehn Minuten später schlugen wir wie ein Meteorit in das Ghetto von Miami ein, das den wohlklingenden Namen Liberty City trug. Die Hölle, aber nicht ohne eigenen Reiz. Die gefährlichste Gegend der Stadt, zum Bersten voll mit Crack Houses, Dealern, Knarren, Gangs, Nutten und Zuhältern. Aber paradoxerweise war es, wenn man die richtigen Connections hatte, der sicherste Ort der Stadt. Man konnte auf offener Straße mit einer Panzerfaust spazierengehen, ohne weiter aufzufallen. Die Leute gingen einem einfach aus der Visierlinie, und das war's.

Nach ein paar kontrollierten Schleudermanövern landete ich mit einer Vollbremsung vor Princess Bashmas Apartment. Ein dreistöckiges Gebäude mit rosa Anstrich, das einigermaßen bewohnbar aussah. Drumherum verdorrte Pflanzen, so wie in allen Gärten in den armen Vierteln Miamis, seit das Wasser rationiert wurde. Man hätte meinen können, daß es wie durch ein Wunder nur über den Rasen der Reichen regnete. Man durfte nicht einmal mehr sein Auto waschen, und ich weiß nicht, ob Roy Perrier oder Evian benutzte, um meins sauberzukriegen.

Roy und Lita sicherten das Gelände, während ich die Treppe hochrannte. Im Haus war es still. Wenn's Ärger gibt, fällt den Nachbarn ein, daß sie dringend irgendeine Tante besuchen oder noch eine Partie Karten zu Ende spielen müssen, oder es überkommt sie der unwiderstehliche Drang, sich eine Pulle Scotch kaufen zu gehen. Die Tür stand offen. Mein

Schießeisen ging vor, und als es mir sagte, daß die Luft rein war, kam ich nach.

Princess Bashma lag nackt auf dem aquamarinblauen Teppich. Neben ihr hockte weinend ein zwei- oder dreijähriges Mädchen. Es hatte ein grünes Kleid an, und seine Zöpfe waren mit roten Schleifen zusammengebunden. Mir war sofort klar, daß Princess Bashma noch nicht lange tot war. Sie war noch warm und weich und duftete. Nur ihre Miene verriet, daß sie gelitten hatte. Es hatte den Anschein, als sei sie vergiftet worden. Ich streichelte sie, um mich mit ihrem Geheimnis zu imprägnieren, als könnte mir irgendwann die Erinnerung an diese Geste die Lösung liefern. Ich war schon immer der Meinung, daß die Toten etwas Zärtlichkeit verdienen, und ich ließ ihnen soviel wie möglich zuteil werden, vorausgesetzt, sie hatten nicht versucht, mich zu töten.

Bashma war eines der atemberaubendsten Stücke Ebenholz, das mir je zu sehen vergönnt war. Granatförmige Brüste, eine zarte Taille, ein weicher Bauch, auf dem sich die unterliegende Muskulatur diskret abzeichnete, ein weiches, vorstehendes Schambein. Sie war nicht auf dem Wege des Herrn vergewaltigt worden. Die Kleine hörte auf zu weinen. Bashma duftete nach Lilien. Sie lag da wie eine lichtumflutete Skulptur. Ich untersuchte sorgfältig die sichtbare Seite ihres Körpers. Keine Spur eines Einstichs, keinerlei Anzeichen äußerer Gewaltanwendung. Ich blickte ihr in den Mund, sah aber nur eine schöne rosa Zunge und ein vollkommenes, gleichmäßiges Gebiß. Ich streichelte ihr Gesicht, massierte es, um die Spuren von Schmerz und Panik zu verwischen. Bashma wurde wieder die strahlende Prinzessin von dreiundzwanzig Jahren, die mit Rap großgezogene Ghetto-Orchidee.

Eine Sache fand ich seltsam. Das Apartment war völlig leergeräumt. Sogar die Regale hatte man aus der Wand gerissen. Ich küßte Bashma auf den Mund. Die Kleine sah mich mit großen, schwarzen Augen an. Ich machte einen Gang durch die Wohnung. Selbst die Küche war leer. Es waren nur noch ein paar ratlose Ameisen übrig. Daß die Killer die Glotze, die Stereoanlage und die CDs und vielleicht auch noch ein paar Klamotten mitgehen hatten lassen, schön und gut, aber hier war man wirklich übereifrig gewesen.

Ich kehrte ins Wohnzimmer zurück und drehte Bashma um. Eine Seite von ihr hatte ich gesehen, vielleicht konnte mir die andere irgend etwas verraten. Sie hatte einen prachtvollen Hintern, mit einer seltsamen Besonderheit: es klebte eine CD dran. *Felony*, ihr erstes Album. Ich nahm das kleine Mädchen auf den Arm, griff mir die CD und stieß wieder zur Live Crew. Ich schob die Scheibe in den Player. Es war mein einziges Beweisstück. Roy vergoß eine Träne für sein Idol. Er hatte außerhalb des Gebäudes nichts Auffälliges beobachtet.

Selbst eine tote Prinzessin hat Familie. Ich befragte Roy.

»Also, Doktor Rap, was weißt du alles über Bashma?«

»Wenn es stimmt, was in der letzten Nummer von *Rap Monster* steht, ist ihr Stammlokal das Platinum, eine Bar, die erst um Mitternacht aufmacht. Die Kleine ist bestimmt ihre Tochter Melody.«

»Hat sie einen Macker?«

»Acid Profile, ein DJ. Er arbeitet im Clean Bug. Die machen früh auf, gegen zehn. Er ist bloß der letzte in einer langen Reihe, sie hat viel rumgebumst.«

»Amtrack?«

»Kann sein. Im dritten Titel gibt's einen direkten Bezug.«

Roy zappte die Tracks durch und landete bei der fraglichen Nummer: eine Verteidigung des Gruppensex, eine Spezialität von Miami.

»Soll ich die Cops rufen?« fragte Lita, die schon dabei war, unseren Code in den PC einzugeben.

»Yo, müssen Ihnen mal wieder ein bißchen Arbeit geben.

Geh gleich zu Brad durch. Die sollen das Labor aktivieren, wahrscheinlich ist sie vergiftet worden.«

»Was machen wir die ganze Zeit bis heute abend?«

»Wir besuchen meinen Kumpel Stuff bei *Bass Echo*, ich hab da so eine kleine Idee im Hinterkopf.«

Ich rief ihn auf seiner Direktverbindung an und bat ihn, sein Büro nicht zu verlassen. Er war einer von diesen Typen, die immer gerade auf dem Sprung zu irgendeiner Miezenbesprechung waren.

Lita setzte sich ans Steuer, aber sie hatte den Notfallfahrstil noch nicht so richtig im Griff. Ich gab ihr unterwegs ein paar Tips. Selbst Live Crew hat manchmal Fortbildung nötig. Die Anlage spuckte die reine, harte Stimme von Princess Bashma aus. Man hatte das Gefühl, es würde einem das Kreuz mit einem Skalpell gekitzelt. Selbst bei Höchstgeschwindigkeit artikulierte sie einwandfrei. Sie konnte es mit jedem Mikro-Macho aufnehmen.

Auf dem Highway gerieten wir auf der Höhe des Flughafens in eine Radarfalle und hatten gleich einen Streifenwagen auf dem Hals. Wir fuhren gerade mal zweihundert. Ich bedeutete Lita, auf dem Seitenstreifen zu halten. Die Cops, zwei Knaben mit angeklatschten Haaren, hatten schon die Pfoten an ihren Waffen, eine grundlegende Vorsichtsmaßnahme in Babylon Beach.

»Papiere...«

»Heißer Schlitten, was?« sagte Roy und drehte den Schirm seiner Mütze nach vorne.

Der zweite Cop zerrte ihn aus dem Wagen und schlug ihm mit seinem Knüppel die Beine auseinander. Roy, der gelenkig wie ein Aal war, machte ein Spagat vor dem verblüfften Cop.

»Scheiße, haben wir hier 'ne Starballerina, oder was?«

Da wir keine Zeit hatten, uns mit Grünlingen abzugeben, zeigte ich ihnen den Bordcomputer.

»Gehört ihr etwa zu uns?«

»Yo, direkt mit der Zentrale gekoppelt. Also, wenn ihr wollt, daß Magimix (das war Brads Spitznahme) nicht Schlagsahne aus euch macht, dann solltet ihr mal schleunigst einen auf nett machen.«

Einer der Cops ging zum Streifenwagen, um unsere Personalien durchzugeben, und kam mit gurkensaurer Miene wieder.

»Entschuldigen Sie, Mr. Zulu, wir sind neu im Dezernat. Tolle Musik, die Sie da laufen haben...«

»Princess Bashma«, sagte Lita und hüllte die beiden in eine Staubwolke ein.

Ich war der einzige Privatdetektiv in Miami, der einen guten Draht zu den Cops hatte, und ich benutzte ihn. Natürlich flossen die Informationen in beide Richtungen.

Stuffs Büro befand sich in der Washington Avenue, in einem Gebäude im spanischen Stil. Ich ließ Lita und Roy unten und gab ihnen den Auftrag, die Kleine mit Donuts zu füttern. Als Babysitter waren sie ziemlich phantasielos.

Die Empfangsdame war neu, Stuff verbrauchte eine pro Woche. Diese war eine große Rothaarige, die einen Minirock aus Leder und ein Frank-Zappa-T-Shirt anhatte.

»Wie ich sehe, stehen Sie auf Barockmusik, Schätzchen. Sagen Sie Stuffy Bescheid, daß Zulu anrückt«, sagte ich, während ich durchs Büro ging.

Diese Rothaarige war eine heiße Nummer. Ich setzte sie auf meine Warteliste. Stuffys Büro war der reinste Saustall, aber hinter seiner dämlichen Visage hatte er ein Gehirn, das schnell arbeitete.

»Was gibt's, Zulu?«

»Princess Bashma. Du hast nicht zufällig ein paar Fotos von ihr?«

»Ungefähr zwei Kilo.«

Ohne den Hintern von seinem protzigen Drehstuhl zu bewegen, zog er eine Akte heraus und warf sie auf seinen Schreibtisch. Es war alles geboten, sogar Familienfotos.

»Wer ist denn diese schöne, kleine Rosenknospe hier?«

»Melody, ihre Tochter.«

»Und die da?«

»Mona, ihre Schwester, arbeitet auf dem Obstmarkt.«

»Wo da?«

»Weiß nicht.«

Endlich stieß ich auf interessantes Material, eine Fotoserie, die Princess Bashma in ihrem Apartment zeigte. Im Hintergrund das Meer, ein perfekter Rahmen für ihre nackte Schönheit, plus Möbel und Anlage. Der Umzug mußte ganz schön lange gedauert haben.

»Kann ich die mitnehmen?«

»Wenn du sie wiederbringst...«

»Ich hab' einen Knüller für dich, man hat Bashma gerade kaltgemacht.«

»Fuck... Shit...«

»Ich weiß nur noch nicht, wie.«

»Kommt aber sehr unpassend, ich soll für *Rolling Stone* ein Porträt über sie machen.«

»Alter Zyniker...«

»Man tut, was man kann.«

»Gib mir die Telefonnummer von der Rothaarigen.«

»Nicht übel, ha... Die Flammen der Hölle...«

»Wie heißt sie?«

»Galaxy.«

»Ich werde mein Raumfahrtprogramm aktivieren.«

»Super Klamotten.«

»Leinen. Armani.«

»Teuer?«

»Zwei Riesen.«

Als ich wieder an »Flammen der Hölle« vorbeikam, blieb ich kurz stehen.

»Galaxy, meine Rakete ist startbereit, wie wär's mit dem Countdown?«

»10... 9... 8... 7... Können Sie bis Null zählen?«

»Wenn's soweit ist, wird die Zeit langsamer.«

»Genau so gefällt's mir.«

Sie schenkte mir ihr schönstes Lächeln. Beim Runtergehen kam ich mir vor wie ein Astronaut. Unten sammelte ich meine Familie wieder ein. Melody hatte den Mund voller Zucker und ein süßes Lächeln im Gesicht. Wir gingen über die Straße, wo ich einen Orangensaft schlürfte und Melody eine Mango kaufte.

Ich hielt bei Beach Pressing, einer chemischen Reinigung, die mir als Kleiderschrank diente. Ich zog mir frische Sachen an, einen braunroten Seidenanzug und passende Latschen, und dann fuhren wir wieder Richtung Liberty City. Ich kannte den idealen Ort zum Nachdenken, die Leihbücherei. Wenn ich schon mal da war, nahm ich gleich noch zwei, drei Romane mit. Die Bibliothekarin, ein richtiger Turm zu Babel, begrüßte mich immer sehr freundlich. Ich hatte einen ihrer Sprößlinge von Crack kuriert, indem ich mit ihm einen Rundgang durchs Leichenschauhaus machte. Die Botschaft war bei ihm angekommen.

Mit Tesafilm und Schere rekonstruierte ich Bashmas Apartment. Roy machte eine Aufstellung der Gegenstände und notierte sich einige sie betreffende Einzelheiten.

»Das dürfte sich alles auf dem schwimmenden Markt wiederfinden«, sagte Roy, der seine Connections hatte.

Das war ein inoffizieller und gefährlicher Hehlermarkt, der jede Nacht in der Nähe eines Kanals abgehalten wurde. Bei Tagesanbruch verschwand die ganze Ware wie durch einen Zauber.

Auf Roys Liste standen einige hundert CDs, eine hochwertige Stereoanlage, Fotos von Rappern, alle möglichen Hüte und Mützen, bunte Schuhe, ein Synthesizer, eine Schlagzeugbatterie, afrikanische und brasilianische Percussions, ein Hamburger aus Gips, eine goldene Schallplatte, ein Familienfoto, eine afrikanische Maske, eine japanische Wanduhr, bunte Pariser in einem Goldfischkrug, ein mythologisches Lexikon und mehrere Werke zum selben Thema, die unvermeidlichen Joseph-Campbell-Bände, ein aufblasbarer Alligator, der Melody wahrscheinlich als Schwimmhilfe diente, eine Pizza auf einem niedrigen Tisch, ein auf dem Teppich zurückgelassener BH, ein Staubsauger, der so aussah, als sei er lange nicht mehr benutzt worden, über einen Draht gehängte Kleider, Kinderklamotten, ein Laufstall, ein paar Spielsachen, eine Flasche Tequila, ein Joint in einem Aschenbecher, ein Bild von einem Graffitikünstler, dem die Wände ausgegangen waren, und eine Karte von Afrika.

»Ich geh' da heute nacht mal vorbei«, sagte Roy.

Um die Zeit totzuschlagen, gingen wir ins Togo was futtern. Das Togo war eine schmierige Klitsche, wo es aber das beste Soul Food von Miami gab. Gebratenes Hähnchen, Jamswurzel, Kochbananen mit Bourbon.

Es wurde Nacht, große violette Streifen zogen sich über den Himmel. Wir waren die ersten im Clean Bug, und während wir auf Acid Profile warteten, sahen wir uns Videoclips an, die auf eine große Leinwand projeziert wurden. Lita und Roy wärmten die Räumlichkeiten auf, die sich allmählich mit den »Bugs« füllten. Ich sah Lita beim Tanzen zu und bedauerte, daß ich Regeln aufgestellt hatte, die ich jetzt gern gebrochen hätte. Sie wußte das ganz genau und spielte es erbarmungslos aus.

Selbst wer mich nicht kannte, wußte wer ich war. So ließen sich unnötige Spannungen vermeiden. Wer es wagte, sich an so einem Ort herumzutreiben, hatte gewöhnlich gute Gründe dafür, ansonsten wäre es reiner Selbstmord. Ich hatte zudem das besondere Glück, daß überall, wo ich hinging, wie durch ein Wunder irgendwelche Kumpel vor mir auftauchten. Während ich einen Punsch aus Jamaikarum und Limonensaft schlürfte, ließ ich noch mal die Gegenstände, die Bashma gehört hatten, in Gedanken Revue passieren. Jeder einzelne war auf meiner inneren Festplatte gespeichert. Ich ließ sie vorbeitreiben und wartete darauf, daß mein Superprogramm Verbindungen herstellte.

Monas Name erschien auf meinem unsichtbaren Bildschirm. Ich mußte sie unbedingt finden, vielleicht hatte sie irgendwelche brauchbaren Informationen. Hin und wieder ging Roy raus, um nach Melody zu sehen, die, in eine Decke gewickelt, auf dem Rücksitz des Wagens schlummerte.

Die Disko war gerammelt voll. Schließlich erschien Acid Profile. Ein gutaussehender Typ, einsneunzig groß, schlank und muskulös. Er trug eine schwarze Seidenhose, Krokodillederstiefel, ein Hemd mit Leopardenmuster, Klunker an jedem Finger und einen breitkrempigen Hut mit einem Fellband, das zu seinem Hemd paßte. Er verteilte lässig ein paar Handslaps, zog an einem Joint, leerte ein Mineralwasser, schmuste mit ein paar Schönheiten, die ihn mit den Augen verschlangen, und bestieg dann schließlich die Bühne. Er war höllisch heiß darauf, und sowie er das Mikro in der Hand hatte, schoß die Spannung bis zu dem Punkt hoch, wo man seine Probleme vergißt und sich ganz der Musik hingibt. Wenn es stimmte, wie Gloria sagte, daß ich der beste Lover am Golf von Mexiko sei, dann mußte Acid Profile die Nummer zwei sein. Seine Stimme streichelte die Mädchen, die aufgereiht an der Bar saßen, er erzählte ihnen von ihren Körpern, ihren Augen, er rappte ihnen wilde Impros vor, bis es sie nicht mehr auf ihren Barhockern hielt. Wenn er von der Bühne ging, brauchte er sich nur noch zwei oder drei dieser Geschöpfe herauszupicken und zu sich abzuschleppen, um in seinem Nest den Sonnenaufgang mit ihnen zu erleben.

Eine halbe Stunde später kam er herunter, um ein weiteres

Mineralwasser zu leeren und die Temperatur seiner Fans zu messen. Als er an mir vorbeiging, flüsterte ich ihm ins Ohr: »Saubere Arbeit, Mann.«

»Geht nichts über die Baßfrequenzen der Stimme, um die schönen Miezen da feucht zu machen.«

»Ich muß mit dir reden.«

»Komm um vier bei mir vorbei, das blaue Haus gegenüber dem Seven Eleven, an der nächsten Kreuzung. Es wird was geboten.«

Wir schlugen die Hände zusammen. Ich vertrieb mir die Zeit bis Mitternacht, während die Crew sich auf der Piste austobte. Ich verdrückte ein paar Paprikawürstchen, die mir von der Barmaid gebracht wurden, tanzte mit einer Schönheit, die schwärzer war als ein Roman von Jim Thompson, bot ihr etwas Champagner an, machte Bekanntschaft mit ihren Lippen, die zu Endlosküssen einluden, und verzog mich dann mit meiner Crew, um zu sehen, ob es im Rap Monster auch so heiß herging.

Hier wurde Rap live geboten, die Klientel war jünger, die Hälfte garantiert unter sechzehn. Musikalisch war alles vertreten, vom Schlimmsten bis zum Besten. Jeder, der wollte, hatte zehn Minuten Zeit, sich zu produzieren, es sei denn, das Publikum verlangte eine Zugabe. Roy nutzte die Gelegenheit und ging auf die Bühne. Er kam ganz gut an, aber er war noch nicht soweit. Man bekam die unterschiedlichsten Sachen zu hören, von politischen Tiraden über Anweisungen zum Autoklau bis zu Anstachelungen zu sexuellen Exzessen, die kein Sender in Amerika ausgestrahlt hätte. Die Sprache war hart, rhythmisch, schnörkellos. Scharf wie eine Rasierklinge traf sie den Nerv der Sache. Lita unterhielt sich in einer Ecke, sie hatte eine große Begabung, nützliche Dinge zu erfahren. Ich tat das gleiche in meiner Ecke. Man begann sich schon zu wundern, daß Bashma noch nicht aufgetaucht war.

Kurz vor drei bekamen wir einen Tip, wo wir Mona wahrscheinlich finden könnten. Wir setzten Roy mit einem Bündel Dollars in der Nähe des schwimmenden Marktes ab und steuerten den Klub an, wo ich mit Brad und Joe verabredet war. Ich wollte es diesmal kurzmachen, um nicht mein Treffen mit dem schönen DJ zu verpassen, und weil ich Mona noch auftreiben wollte.

Die Nacht erbebte, als Lita *I'll take your Man* von Salt'n Pepa einlegte. Ein Hoch auf die Mädchen des Rap. Als wir am Flughafen vorbeikamen, sah ich Dutzende von Schlitten, die auf einem Parkstreifen entlang des Highway standen. Ein Treffpunkt für Liebespärchen. Vielleicht beschleunigte es die Erektion, Flugzeuge beim Starten zu beobachten.

Der Klub befand sich in einem schönen Haus in der Coconut Grove. Die Geschäftsführerin, Jill, war eine Freundin von mir. Ein prachtvolles und komisches Mädchen, das sicher an die 150 Kilo wog und davon lebte, daß sie unter der Hand Menüs anbot, wie man sie in keinem Restaurant bekam. Der eigentliche Klub bestand nur aus drei Mitgliedern: Brad, Polizeichef von Miami, Joe, die rechte Hand des Staatsanwalts, und ich. Wir hatten uns in Yale kennengelernt, wo wir diesen Klub gegründet hatten, um gegen die Blödheit der Bruderschaften und Schwesternschaften zu protestieren, um die unbekannten Pfade von Fuck City zu erforschen und schließlich die Macht zu übernehmen.

Brad hatte einen starken Willen, einen Doktor in Kriminologie und war ein gerissener Taktiker. Schon nach zehn Jahren stand er ganz oben auf der Karriereleiter. Er war ein Cop der Sonderklasse, mutig und leistungsstark. Ihm war einer der sensationellsten Coups in den Annalen der Polizei von Miami gelungen. Er war verheiratet, hatte zwei Töchter und ließ sich ausschließlich im engen Rahmen des Klubs gehen. Joe war der typische Intelligenzbolzen. Er besaß einen Doktor in Recht und Politologie und hatte einflußreiche Freunde. Sein Vater war Senator. Wir waren überzeugt, daß Joe der nächste Staatsanwalt werden würde. Er war Single, hatte aber beschlossen, wegen seiner politischen Karriere zu heiraten. Sein einziges Problem war seine sexuelle Obsession. Er stand auf Gewalt. Brad und ich hatten ihm schon öfter als einmal aus der Patsche geholfen. Gerechterweise muß man sagen, daß er sich stets bei uns revanchierte, und wir hatten das Gefühl, wenn wir zusammenhielten, uns relativ schnell in Richtung Erfolg zu bewegen.

Wir gaben uns dreißig Minuten, um Geschäftliches zu besprechen und aktuelle Angelegenheiten zu regeln. Dann gingen wir in Ali Babas Höhle, ins Allerheiligste, wo Jill ein Mahl aus Hummer, Kalbshaxe auf Algen, Schafskäse und Himbeeren für uns vorbereitet hatte, das von hinreißenden Geschöpfen serviert wurde (die bei uns »das Naschwerk« hießen). Jills Menüs waren nicht besonders raffiniert, aber jedes Gericht besaß einen unvergleichlichen Geschmack. Da Joe die Mädchen besorgt hatte, waren sie von der Sorte »Tu mir weh, Süße«, von Kopf bis Fuß in Leder und Nieten, nicht gerade mein Geschmack. Die Aussicht auf die noch zu erwartenden Lustbarkeiten setzte Joe derart unter Dampf, daß ihm beinahe die Brillengläser beschlugen. Er war klein, stämmig und flink wie ein Wiesel. Er war es gewesen, der das Französische Boxen im Klub eingeführt hatte. Mit dem schwarzen Gurt in Karate war es ihm in Yale einmal passiert, vor staunendem Publikum von einer schönen französischen Studentin zusammengeschlagen zu werden. Sie war nicht nur eine der heißesten Nummern auf dem Campus, so eine »Multiorgasmische«, von denen amerikanische Zeitschriften immer träumen, sondern beherrschte auch die Kunst des Französischen Boxens und war außerdem noch eine militante Women's-Lib-Aktivistin.

Danach hatte Joe sieben Jahre hintereinander seinen Urlaub in Paris verbracht, um den Kampfsport zu lernen. Als wir sahen, was für erstaunliche Fortschritte er machte, kamen wir auch auf den Geschmack, und sowie wir ein bißchen Kohle in der Klubkasse hatten, ließen wir Roger einfliegen, einen Meister in dieser Disziplin, brachten ihn in einem umgebauten Kino unter und trainierten dreimal die Woche. Wir sorgten für den nötigen Zulauf, und schon bald konnte Roger in einem Jaguar-Kabrio durch die Straßen rollen. Aber die letzten Geheimnisse der Kunst gab er nur an uns drei weiter, um unseren Wettbewerbsvorteil zu sichern. Die Kungfuanhänger ließen im Gegenzug einen Meister aus Hongkong kommen, der nach der ersten Begegnung mit unserem Camembertfresser reif fürs Krankenhaus war.

Joe hatte, wie die meisten Politiker, eine verschlagene Visage, strahlte dabei aber durchaus einen eigenen Charme aus. Er war immer ein bißchen fahrig und bleich, infolge seiner sündigen Nächte, doch auf dem Kasten hatte er so viel wie eine ganze Kompanie von Hochbegabten. Er war ständig auf Achse, kannte jeden, der Rang und Namen hatte, schlief drei Stunden pro Nacht, arbeitete 14 Stunden pro Tag, hatte eine Leidenschaft für Schmetterlinge und eine Intuition wie eine kubanische Kartenleserin.

Brad sah aus, als wäre er aus einem Alligatorei geschlüpft. Er war groß und dick, Kubaner mütterlicherseits kannte er sämtliche Flüche der Inselbewohner, war einmal Schwimmeister gewesen und hatte das schläfrige Aussehen dieses Tieres mit den langen Zähnen, das in aller Ruhe auf seiner Sandbank liegt und darauf wartet, daß sein potentielles Opfer mal eine Sekunde lang nicht aufpaßt. Wenn es soweit war, biß er sauber und gezielt zu. Um so schnell dorthin zu kommen, wo er jetzt war, hatte er mehr als einen gefressen. Niemand hatte ihn jemals zornig gesehen, was für einen Cop sehr ungewöhnlich ist. Man wußte nur, daß der eine oder andere seiner Kollegen es vorgezogen hatte, lieber den Staat zu wechseln, als Opfer eines Badeunfalls zu werden.

Bevor ich mich abseilte, veranstaltete ich noch eine Razzia in Jills Bibliothek, die an chronischer Schlaflosigkeit litt und ein, zwei Bände pro Nacht verschlang. Sie lieh mir ein halbes Dutzend Romane, drückte mich zärtlich an ihre enormen Titten und ging noch einmal hoch, um sich zu vergewissern, daß Joe sich an das stillschweigend vereinbarte Klubreglement hielt, bevor er sich mit Brad zusammensetzte, um einen 1920er Armagnac zu schlürfen. Da die Nacht noch jung war, lehnte ich das Angebot, ein Glas mitzutrinken, höflich ab.

Lita saß im Auto, rauchte einen Joint und hörte sich Latifa Queen an. Sie hatte Melody im Atelier ihrer Schwester abgesetzt, eine verrückte Acrylmalerin, die nur nachts arbeiten konnte, inspiriert vom Geist eines tibetanischen Lamas, der ihren Pinsel führte. Malen in der vierten Dimension nannte sie das. Das Ergebnis, düstere Wesen mit langen Zungen, hatte einen New Yorker Kunstkritiker begeistert, und jetzt verkauften sich ihre Monster zu zwölftausend Dollar das Stück. Ein komisches Mädchen, das sich in einer unbekannten Sprache ausdrückte, die, wie sie behauptete, ein alter tibetanischer Dialekt aus vorchristlicher Zeit sei, den nicht einmal der Dalai Lama kapiert hätte. Kurz gesagt, wäre sie nicht eine anerkannte Künstlerin gewesen, hätte sie eine Zwangsjacke angehabt. Melody hatte wahrscheinlich schon Schlimmeres erlebt.

»Wie geht es der ehrenwerten Gesellschaft?« fragte Lita.

»Nicht schlecht.«

»Wenn du mich an deiner Zunge saugen lassen würdest, könnte ich dir sagen, was du gegessen hast.«

Ich ließ mich in eine süße Abendnummer hineingleiten. Es gibt Nächte, wo man die Regeln einfach vergessen muß. Und außerdem kamen bei dieser Art von atemberaubenden Küssen Erinnerungen an die Akrobatik und Lyrik der guten alten Jünglingszeit auf. Positiv geladene Ione kreisten durch mein

Hirn, ich fühlte mich prächtig. Wir kamen nur mit zehn Minuten Verspätung an. Es gab tatsächlich ein blaues Haus gegenüber dem Seven Eleven.

Man hätte eine Machete gebraucht, um durch den Garten zu kommen. Ich hörte Sarah Vaughn *The Island* flüstern, begleitet von den Grillen und der übrigen Fauna, die sich in dem hohen Gras breitgemacht hatte. Der Schuppen war wurmstichig. In einer Hängematte, die unter der Veranda aufgespannt war, lag ein nacktes Mädchen und atmete tief. Uns empfing der süße Duft von Hasch. Die Tür war offen, und mitten im Wohnzimmer, auf einem Bett, das so rund und rosa war wie das von Jayne Mansfield, veranstaltete Acid Profile Schlangenspielchen mit drei jungen Nymphen. Wir setzten uns auf ein durchgesessenes Sofa, ohne die Choreographie zu unterbrechen, die mit einer Figur endete, die Alvin Ailey Ehre gemacht hätte.

Acid Profile entzog sich sachte, strahlend und entspannt.

»Große Klasse«, bemerkte Lita.

»Man muß in Harmonie mit den Dingen leben«, sagte Acid Profile.

»Weißt du Bescheid, wegen Bashma?«

»Ich weiß...«

»Kannst du uns irgendwas sagen?«

»Das einzige, was ich sagen kann, ist das hier...«

Acid Profile zog einen Revolver Kaliber 38 mit Chromlauf unter seinem Kissen hervor und blies sich das Gehirn raus.

3

Roy erwartete uns im Auto. Er döste in Gesellschaft eines Staubsaugers, einer afrikanischen Maske, einer japanischen Wanduhr, eines mythologischen Lexikons, einer Karte von Afrika, einiger Percussioninstrumente und eines Nylonsacks voller Krimskrams. Er klappte die Augen auf und sah uns mit einem seligen Lächeln an. Lita weinte. Ich atmete tief durch, während die halbnackten Nymphen in der dämpfigen Nacht verschwanden.

»Acid Profiles Orgasmus macht aber einen ganz schönen Krach«, bemerkte Roy.

»Halt die Klappe«, sagte Lita.

Ich setzte mich ans Steuer und ließ den Wagen sachte anrollen. Die Nacht roch gut. Die drückende Stille sagte mir, daß der Weg lang und beschwerlich sein würde. Trotzdem beglückwünschte ich Roy zu seinen Fundstücken. Ich hielt an einer Tankstelle, kaufte drei Becher Kaffee, ein paar Schokoriegel und fuhr weiter Richtung Poinsettia Lane, wo ich Aussichten hatte, Mona anzutreffen.

Die Allee war von alten Mangobäumen gesäumt, weswegen die Gegend »Obstmarkt« genannt wurde. *Joung love for sale*, wie Billie Holiday einst sang. An die dreißig Prostituierte standen auf ihren Posten, die Zuhälter hockten in ihren Cadillacs und Lincolns, umringt von einem Regiment von Schlägern. Die Mädchen arbeiteten im Freien oder in den Autos. Ich parkte und schlenderte unter den Mangobäumen entlang. Eine von ihnen kam auf mich zu.

»Willst du dich ein bißchen entspannen, Süßer?«

»Schon, aber ich suche gerade Mona...«

»Meine Zunge ist genauso gut wie ihre...«

»Das glaub' ich dir, aber ich hab so meine Gewohnheiten...«

»Da drüben, das Mädchen im schwarzen Lederrock...«

Ich setzte meinen Weg fort und zündete mir eine Zigarre an. In einer Ecke dealten gerade ein paar Typen. Ein kettenbehängter Bursche mit einer Narbe auf der Wange, die bis zum linken Augenlid verlief, warf mir einen finsteren Blick zu, während er an einem Joint zog, der dicker als Churchills Zigarren war.

»Wenn dich die Haare stören, hab' ich auch was Glattes, ist aber teurer.«

»Danke, Kumpel, ich komm' drauf zurück.«

Schließlich erreichte ich Mona. So wie sie aussah, brauchte sie kein Kindermädchen mehr. Sie trug einen schwarzen Spitzen-BH und ein kleines Goldkettchen. Die reinste Wunderkiste. Man brauchte nur noch auf den richtigen Knopf zu drücken.

Mona duftete nach Nelken. Sie musterte mich mit einem Blick, der verriet, daß sie schon so einiges erlebt hatte. Sie wirkte verspielt. Ihr Gesicht, ihre Haltung, ihre schwarze Silhouette vor dem Nachthimmel, ihre Augen, die durch die Dunkelheit noch größer wirkten, die Rose, die sie sich ins geflochtene Haar gesteckt hatte, ihr halbgeöffneter Mund, die schönen kleinen Raubtierzähne – zum Anbeißen.

Eins war uns beiden sofort klar: ihr, daß ich sie nicht bezahlen würde, um mit ihr im Dunkeln zu plaudern, und mir, daß sie mich nicht bezahlen würde, um zu erfahren, wer ihre Schwester umgebracht hatte. Das Leben ist hart.

»Ich bin ein Freund von Bashma.«

»Sie ist tot.«

»Ich weiß, ich bin derjenige, den sie angerufen hat.«

»Du bist wer?«

»Zulu...«

»Komm, verschwinden wir aus dieser Hölle.«

Ich gab Lita ein Zeichen, und sie ließ den Wagen heranrollen. Mona stieg neben Roy ein.

Im Morgengrauen kommt Miami endlich zur Ruhe, und auch Live Crew hatte welche verdient. Wie jede Nacht entschied ich mich erst im letzten Moment. Ich hatte einen Horror davor, zweimal hintereinander am selben Ort zu übernachten. Ich tätigte ein paar Anrufe. Ich kannte sämtliche Nachtportiere von Miami und fand bald ein Zimmer in einem der Jugendstilhotels am Strand.

Mona duschte, und dann tranken wir eine halbe Flasche Champagner, während wir aufs Meer hinausschauten, wo sich auf der dünnen Horizontlinie die Schiffe vor dem anbrechenden Tag abzeichneten. Mona war nackt und schweigsam. Sie stellte ihre Rose in ein Glas und betrachtete den Ozean. Roys Fundsachen lagen auf einem pfirsichfarbenen Teppich verstreut. Ich duschte, und als ich wieder erschien, war Mona zwischen die Laken geschlüpft. Ich legte mich neben sie. Sie kuschelte sich an mich, und ich streichelte ihren Kopf. Sie weinte leise bis sich die Straßen wieder belebten, und dann schliefen wir in inniger Umarmung ein.

Wir erwachten nachmittags um drei. Sie setzte sich mit einem breiten Lächeln im Bett auf.

»Ich hab' mich ausgeweint. Jetzt will ich mich amüsieren.«

Ich küßte sie auf die Stirn.

»Wir müssen miteinander reden.«

»Aber erst wenn ich einen Berg Pfannkuchen verdrückt habe.«

Es ist immer ein bißchen komisch, wenn man einen Typen mit einem Staubsauger, einer Wanduhr und einer afrikanischen Maske aus einem Hotel kommen sieht. Der Portier lieh mir eine Einkaufstasche. Das war weniger auffällig. Mona trug das Lexikon.

Gloria empfing mich mit einem spöttischen Lächeln. Sie

war mir etwas böse, weil ich sie nicht angerufen hatte, aber sie wußte, daß die Zeit für sie arbeitete. Sie brachte mir meine Post. Kreditkarten-Kontoauszug. Einladung zur Eröffnung eines neuen Nachtklubs, Concrete Extasy, und ein Wisch von meiner Versicherung, die mir eine Lebensversicherung andrehen wollte.

Mona leerte drei Gläser Orangensaft, trank einen Liter Kaffee und verschlang zwei Teller voll Pfannkuchen mit Schinken. Sie blickte mit friedlicher Miene aufs Meer.

Ich aß wie üblich meinen Obstjoghurt mit Muffin. Mona begann den Tag schön sachte, so wie ich. Während sie wartete, daß es losging, schielte sie in eine Modezeitschrift, in der ein Mädchen blätterte, das vor uns saß.

»Wieso beschäftigst du dich mit Bashma?«

»Wegen der Musik.«

Mein Handy summte.

»Hier ist George, vom Labor. Wir haben nichts gefunden. Die Puppe war absolut clean.«

»Nicht die geringste Spur einer ungewöhnlichen Substanz?«

»Nichts.«

»Und, Schlußfolgerung?«

»Der Fall wird abgeschlossen. Es gibt nichts festzustellen. Sie starb eines natürlichen Todes.«

Ich glaubte kein Wort davon, aber der Vorteil bei einem abgeschlossenen Fall war, daß Ängste besänftigt wurden und ich mehr Spielraum hatte. Keine Untersuchung. Keine Verdächtigen. Jedenfalls nicht für die Cops.

»Gehen wir ein bißchen am Strand spazieren?«

»Gute Idee.«

Ich ließ den Staubsauger bei Gloria, nachdem ich den Beutel entfernt hatte.

»Steigst du auf Raumpfleger um?«

»Yo, aber ohne Staubsauger.«

»Ich geb' dir drei Tage Zeit, auf mein Angebot zu antworten.«

»Ist vermerkt.«

Ich küßte sie auf den Mund.

Ich ergriff Monas Hand. Wir gingen ganz nah am Saum der Wellen. Die Strandwächter hockten in ihren Türmen mit getönten Scheiben und überwachten die tollkühnen Schwimmer, wenn sie ihre Ferngläser nicht gerade dazu benutzten, die Mädchen zu beglotzen, die sich oben ohne sonnten.

Als wir Ocean Drive hinter uns gelassen hatten, wo sich die Models, die Fotografen und die Schicki-Micki-Touristen herumtrieben, kamen wir auf die Höhe eines großartigen Jugendstilgebäudes, des Saint-Moritz, dann gingen wir am Delano, am Ritz, am Marseille und am Shelbourne vorbei, die alle mit viel Geschmack von hiesigen Architekten restauriert worden waren. Noch weiter hinten passierten wir das Holiday Inn, wo der Strand mit rosafarbenen Wesen garniert war. Danach wurde es ruhiger. Angler angelten nach der kubanischen Methode, eine simple Leine, die auf einer Plastikspule aufgewickelt ist, mit zwei Haken und einem Blei. Man warf sie wie eine Schleuder aus, mit einer wirbelnden Bewegung. Die Kubaner köderten damit Kalamares oder Garnelen. Ein paar Snobs angelten mit raffinierter Technik, mit Blinker und Spinner, aber bei ihnen biß nie etwas an.

In der Fassade des Seville Buildings befand sich eine Uhr, die den Strandgästen zugute kam, wenn sie wissen wollten, wie spät es war. Die Wellen spülten ein paar Quallen, Algen und Zuckerrohrstangen an. Mona entspannte sich allmählich. Sie betrachtete die Schiffe, die Pelikane, die Möwen und die kleinen Stelzenläufer, die so schnell über den Sand liefen, daß man die Bewegung ihrer Beine nicht mehr sehen konnte.

»Wart ihr euch sehr nah, du und Bashma?« fragte ich.

»Ich ging zu ihren Konzerten. Manchmal gingen wir zusammen aus, wenn sie einen Macker mit Kohle hatte.«

»Sie muß viel Geld verdient haben. Von *Felony* wurden über eine Million Stück verkauft.«

»Sie hatte einen miesen Vertrag. Ich hatte manchmal das Gefühl, daß ich mehr Kohle verdiente als sie. Sie war sehr sparsam. Bloß die Stereoanlage, und ich glaube, daß sie für Melody ein bißchen was auf die Seite gelegt hat.«

»Kannst du dir erklären, warum man sie kaltgemacht hat?«

»Keine Ahnung... So was hab' ich noch nie erlebt.«

»Wer hätte Interesse an ihrem Tod haben können?«

»Die Gangs bestimmt nicht, die beten sie an. Schließlich kommt Bashma aus derselben Hölle wie sie.«

»Was hat sie gemacht, bevor sie mit dem Rap anfing?«

»Das gleiche wie ich.«

»Ihr früherer Zuhälter?«

»Dem wurde schon vor langer Zeit die Kehle durchgeschnitten.«

»Hat Bashma ihre Texte selbst geschrieben?«

»Wenn man das durchgemacht hat, was sie durchgemacht hat, reicht das, was man zu sagen hat, für drei Leben. Das ist der Rap.«

»Kennst du ihren Produzenten?«

»Ich bin ihm einmal begegnet. Er wird Mono genannt, weil er in Vietnam ein Auge verloren hat. Er ist der Chef von Rapadise Records. Ich glaube, er hat Bashma sehr gemocht.«

»Und Acid Profile?«

»Seine Mutter muß ihm seinen Pimmel in ein Glas Paprika getunkt haben. Bashma hat ihn übergekriegt. Sie hat ihn vor drei Wochen fallenlassen.«

»Hat Bashma viel rumgevögelt?«

»Du weißt doch, wie das läuft. Wenn man eine Party mit coolen Leuten macht und die Langweiler sich verabschiedet haben, dann endet das meistens mit Amtrack.«

»Gab's bei diesen Treffen jemals Leute, die nicht zum regulären Stamm gehörten?«

»Nein, hin und wieder ein paar neue Miezen, aber der Stamm war immer derselbe... Aber angeblich behaupten die Cops, sie sei eines natürlichen Todes gestorben.«

»Und warum hat sie mich dann angerufen und gesagt: ›Sie wollen mich allemachen.‹?«

»Ich kapier' überhaupt nichts bei dieser Geschichte. Wenn sie Angst gehabt hätte, hätte sie es mir erzählt.«

»Hatte sie in ihrem Haus irgendwelche Freunde?«

»Alle waren ihre Freunde.«

»Und Acid Profile – war er der Typ, der sich aus Liebeskummer erschießt?«

»Er hat sich erschossen?«

»Vor meinen Augen. In aller Ruhe.«

»Das kann ich nicht glauben.«

»Aber ich hab's gesehen. Mit wem hat Acid Profile sich so abgegeben?«

»Mit Miezen.«

»Und was hat ihn außer Musik interessiert?«

»Sex.«

»Hat Bashma mit dir oft über Mythologie gesprochen?«

»Hin und wieder. Sie hatte da so ein Buch gelesen, das sie ganz toll fand. Sie hat's mir mal geliehen. Der Typ, der's geschrieben hat, behauptet, das sei eine ganz neue Erfindung, daß es männliche Götter gibt. Vorher soll es Millionen von Jahren nur Göttinnen gegeben haben.«

»Das ist bestimmt richtig. War Bashma religiös?«

»Nein, aber die Vorstellung hat ihr gefallen. Als wir klein waren, haben wir Gospel gesungen, so wie alle bei uns.«

»Warst du bei der Aufnahme ihres Albums dabei, das in ein paar Monaten erscheinen soll?«

»Nein. Mono hat's produziert. Sie hat wirklich dran geglaubt. *Pure Steel*, hat sie gesagt. Das ist übrigens auch der Titel des Albums.«

»Muß ich mir anhören. Weißt du, wo Mono wohnt?«

»Yo.«

Ich rief den Wagen. Lita antwortete. Sie waren beim Palace.

»Ist Roy mit seinen Waffeln fertig?«

»Wir sind bereit.«

»Fahrt die Collins Avenue hoch, bis zur Höhe 82. Straße.«

Mona zog Rock und T-Shirt aus. Sie machte einen Kopfsprung in den Ozean und kam lachend wie ein kleines Mädchen wieder heraus. Sie schlüpfte mit dem nassen Körper in ihre Sachen.

»Um wieviel Uhr gehst du arbeiten?«

»Gegen zehn. Speed guckt nicht so auf die Zeiten. Hauptsache, die Kohle ist morgen da.«

»Wieviel knöpft er dir ab?«

»Fifty-fifty. Er ist in Ordnung.«

Mono hatte seine Produktionsfirma in einem alten chinesischen Lagerhaus untergebracht. Wenn man reinging, stieg einem noch ein Hauch von faulen Eiern und verschiedenen anderen Delikatessen aus dem Reich der Mitte in die Nase. Mono hatte einen weißen Mercedes, ein schwarzes Stirnband, eine weiße Sekretärin, einen schwarzen Schreibtisch, einen weißen Anzug, eine schwarze Krawatte und weiße Handschuhe. Er verabscheute körperliche Berührung. Er war ein fortgeschrittener Phobiker. Er hatte eine dreckige Visage, stank nach Geld und hielt sich für den Herrgott persönlich. Keiner außer ihm hatte eine Ahnung von Rap. Natürlich war ihm klar, daß er gerade seinen Star Nummer eins verloren hatte. Sein Schreibtisch bog sich unter den Kassetten, die hoffnungsfrohe Kids waggonweise bei ihm abluden.

»Ich hab' drei Minuten Zeit für dich.«

Der Einstieg gefiel mir nicht besonders.

»Hör mal, Black and White, wenn du mir so kommst, wirst du gleich im größten Scheißhaufen deines Lebens sitzen.«

Er setzte ein verächtliches Lächeln auf.

»Keiner wird so gut mit Scheiße fertig wie ich. Wer mir dumm kommt, der wünscht sich, er wäre mir nie begegnet.«

»Das wird sich zeigen.«

»Du hast noch zweieinhalb Minuten.«

»Ich würde mir gern das Master-Tape von Princess Bashmas neuer CD anhören.«

»Unmöglich.«

»Du hast hundertzwanzig Sekunden Bedenkzeit.«

Er pfiff, und zwei Klapperschlangen erschienen – von der Sorte, die nicht mit dem Schwanz wackelt.

»Werft mir diesen Knaben auf den Müll.«

Ich erinnere mich, einmal einen Essay über den Dekonstruktivismus gelesen zu haben. Ein bißchen dröge, aber in der Sache glasklar. Im Prinzip ging es um eine Wiederherstellung von Einheit, und diese beiden Typen waren zwei. Ich beschloß, sie wieder zu vereinen. In weniger als zwanzig Sekunden lagen die Klapperschlangen unter dem, was eben noch ein Schreibtisch gewesen war. Mono versuchte, etwas mit seiner Knarre anzurichten, aber sie flog aus dem offenen Fenster.

»Das war noch gar nichts... Kleine Aufwärmübung... Ich kann dir den Fiskus auf den Hals jagen, veranlassen, daß dein Schuppen hier dichtgemacht wird, und dir noch ein paar andere Nettigkeiten bescheren, die noch 'ne Nummer härter sind.«

Da Mono keinen Sessel mehr besaß, hob er die langen Arme, drückte ein Lächeln ab, das einem asthmatischen Seehund gestanden hätte, und keuchte: »Ich bin für alles offen, aber ich werde ständig von irgendwelchen Ärschen belämmert... Da muß ich einfach gewisse Vorsichtsmaßnahmen treffen.«

Ich schenkte ihm ein freundliches Lächeln.

»Ich kann dir eine DAT ziehen lassen, wenn du dich so lange gedulden möchtest.«

»Eine Kassette, das würde reichen.«

»Komm mit.«

Wir gingen an der verblüfften Sekretärin vorbei. Am Ende eines Korridors befand sich ein Studio mit einem Sampler und dem ganzen Equipment. Die Master-Tapes standen in den Metallregalen. Ein junger Typ war gerade dabei, ein Band zu schneiden.

»Pedro, mach mir eine Kopie von der neuen Princess Bashma.«

Pedro erhob sich, suchte das Master und machte ein langes Gesicht.

»Es ist nicht da...«

Pedro suchte sein Regal wie mit dem Laserauge ab. Er wurde bleich.

»Das kapier' ich nicht.«

»Wer besitzt einen Schlüssel zum Studio außer dir und mir?«

»Niemand.«

»Scheiße, was ist das hier für ein Saftladen!«

Pedro sah in allen Ecken nach... Nichts... Für Mono war der Tag gelaufen. Er eilte zum Schreibtisch der Sekretärin.

»Kate, dieses ganze Chaos, was du hier siehst, läuft hier nur ab, weil wir das Master der neuen Bashma suchen.«

»Heute morgen war ein Kurier da, um es für die Pressung abzuholen. Ich dachte, daß wir wegen dem, was passiert ist, die Produktion frühzeitig auf den Markt werfen.«

»Scheiße! Sind hier alle neben der Kappe, oder was? Pedro! Und was ist mit der Kopie? Wir machen doch immer zwei Masters, oder?«

»Er hat beide mitgenommen. Er hat gemeint, eine könnte 'ne Macke haben.«

»Du dumme Votze! Ruf sofort Sugar an!«

Sugar ließ sich dreißig Sekunden Zeit, bis er sich meldete.

»Sugar, du großes Arschloch, seit wann beschließt du, wann wir in die Herstellung gehen, ohne mich zu fragen?«

»Ich weiß nicht, wovon du redest, Mono.«

»Du hast doch einen Kurier geschickt, oder nicht?«

»Nein, ich wollte dich deswegen noch anrufen...«

Mono schleuderte das Telefon gegen die Wand. Ich versuchte, ihn zu beruhigen.

»Kein Grund, auszuflippen. Die Typen, die das Master geklaut haben, werden euch ein Angebot machen. In dem Moment kriegen wir sie.«

»Darauf kannst du Gift nehmen. Diese Hurensöhne sind schon so gut wie kaltgemacht.«

»Ihr habt die CD produziert?«

»Ja, es ist ihre beste. Damit machen wir einen Grammy lokker und jede Menge Knete.«

»Hast du die Texte?«

»Die Texte? Wen interessieren die Texte?«

»Mich.«

»Sag mal, was hast du eigentlich mit der ganzen Sache zu tun?«

»Ich bin Privatdetektiv. Ich will rauskriegen, wer für Bashmas Tod verantwortlich ist.«

»Ein Privater... Wie nennt sich deine Methode?«

»Französisches Boxen.«

»Ich dachte, das einzige, was die in dem Scheißland können, ist kochen und einem einen blasen.«

Pedro kam zögernd näher.

»Wenn es nur ums Anhören geht – ich hab' mir eine Kassette gezogen. Sie ist in meinem Wagen.«

»Toll.«

»Hättest du wenigstens eine DAT gemacht, dann wären wir aus der Scheiße raus...«

Pedro überspielte die Kassette. Mono feuerte seine Sekretärin, und ich beschloß, Melody abzuholen, bevor ich mich für ein paar Stunden zum Nachdenken einschloß.

Der Kleinen ging es gut. Sie hatte sich mit den Farben und

Pinseln die Zeit vertrieben. Sie hatte ein rosafarbenes Haus gemalt, Flugzeuge, Palmen und dann noch was Abstrakteres, eine Art schwarzes Gekritzel auf blauem Grund. Mona sagte, ihre Tante würde sich um Melody kümmern. Das hörte sich gut an. Ich brachte die Familie zurück nach Liberty City. Ich brauchte etwas Einsamkeit, um mir Bashmas drei CDs anzuhören. Vielleicht ergab sich daraus irgendwas.

Ich wählte ein Zimmer im Imperial am Ocean Drive. Blick aufs Meer, Spitzenservice, Ventilator und bequemes Bett. Sowie ich in meiner Zelle war, legte ich *Felony* auf, die ich mir ausgestreckt auf dem Bett anhörte, Schreibblock und Stift zur Hand. Ich ließ mir eine Flasche Chablis hochbringen, einen Hühnersalat und Himbeeren. Das Hotelrestaurant war eines der besten von Miami Beach.

Princess Bashmas Stimme ging mir an die Nieren. Sie sprach zu mir, ich hörte ihr zu. Ich hörte nicht auf die Musik, sondern nur auf den Text. In einer Ecke lag der Staubsaugerbeutel. Ich würde ihn mir später vornehmen. Und falls ich Lektüre zum Einschlafen brauchte, war ich gut ausgerüstet. Aber dann hatte ich eine Idee. Göttinnen gibt's nicht nur in Büchern. Ich hatte noch ein paar Telefonnummern in der Hosentasche.

Zwischen den Tracks hatte ich zehn Sekunden Zeit, einen Löffel voll Salat zu verdrücken und ein paar Schluck Chablis zu kippen. Ich verspürte eine Seelenruhe, wie ich sie immer erlebte, wenn ein großer Fund oder eine heiße Nummer im Bett bevorstand. Ich hoffte, der Fund würde zuerst kommen.

Dreiundfünfzig Minuten später hatte ich *Felony* gründlich durchforstet. Die üblichen Rap-Themen, ein persönlicher Stil, eine Stimme, eine Heftigkeit, haben den Erfolg des Albums ausgemacht. Ich gönnte mir ein Viertelstündchen Ruhe. Ich hatte mir Wörter und Sätze notiert, aber vorerst nichts, was auch nur das geringste Lichtchen entzündet hätte.

Als nächstes nahm ich mir *Serious Tits* vor. Die Message

war eindeutig weniger sozialkritisch, hier ging es mehr um Sex. Einer der Titel hieß: *Triple X is my code*. Über die CD war ein schwarzer Balken gedruckt, auf dem die Kunden vor einigen obszönen Stellen gewarnt wurden. Ein guter Werbegag von Mono, diesem alten Fuchs. Tatsächlich geriet mein Körper beim Zuhören dermaßen in Wallungen, daß ich beinahe zum Telefon gegriffen und einen Notdienst bestellt hätte.

Aus *Pure Steel* war die mythologische Message klar und deutlich herauszuhören. Zurück nach Afrika, zum Ursprung der Zeit, als die Frau Gott war. Das paßte alles sehr gut zu Princess Bashma, und ich sah nicht, wer sie daran hätte hindern wollen, Göttin zu sein. Ich persönlich hätte nur allzugern auf dem Altar ihres Körpers mein Opfer dargebracht und mich zur vollkommenen Kommunion mit ganzer Hingabe in ihren Kelch versenkt. Das Album war so gut, daß es wie eine Bombe einschlagen würde. Aber wer war daran interessiert, daß die Bombe nicht hochging? Ich hegte keine besondere Sympathie für Mono, aber wenn jemand diese CD von Bashma brauchte, dann er.

Ich konnte mir vorstellen, daß dank eines krummen Vertrages Bashmas ganze Kohle in seine Tasche floß, aber da gab's noch ein paar kleine Details, die ich nachprüfen wollte. Ich untersuchte den Krimskrams, den Roy eingesammelt hatte. Ich nahm die japanische Wanduhr auseinander und fand darin das, was man normalerweise im Bauch solcher Geräte findet. Das Zifferblatt zierte eine Geisha mit einem Sonnenschirm, ganz banal. Die Batterien waren leer. Die afrikanische Maske stellte ein Frauengesicht dar, mit feinen Zügen, ausdrucksvoll und schön. Es sah ein wenig Bashma ähnlich.

In der Tüte billiger Schmuck, ein Schminkkasten, ein Foto von Acid Profile, Nagellack, etwas Hasch in einer Streichholzschachtel, die Visitenkarte eines Frisiersalons, eine gelbe herausgerissene Telefonbuchseite. Sie verzeichnete die Fotolabors, von denen eins angekreuzt war. Und was den Inhalt des Staubsaugerbeutels betraf, so fand ich, neben zahlreichen Staubflusen, ein 10-Cent-Stück, eine tote Katerlake, Reste von einem Joint, Erdbeermarmelade, zweifellos die Folge eines von Melody verursachten Mißgeschicks, abgeschnittene Fingernägel, eine Kinokarte, einen Haarbüschel, ein Tonbandknäuel, das wahrscheinlich von einer Kassette stammte. Ich spulte das Band sorgfältig auf eine Kassette auf, die ich nicht mehr brauchte, und rief Roy an, von dem ich vermutete, daß er im Auto war und schlief.

»Hier ist TWA, wir bemühen uns, Ihre Wartezeit abzukürzen...«

Roy konnte auch Musik machen. Seine Spezialität war synthetischer Vivaldi.

»Wo bist du?«

»Unten an der Ecke.«

»Wir drehen eine Runde.«

»Daß man auch nie ungestört pennen kann!«

Über den Bordcomputer erhielt ich sehr schnell Namen und Adresse von Kate Henning, Monos Ex-Sekretärin. Ich rief sie an. Sie sei gerade dabei, in einer nicht gerade gesellschaftsfähigen Verfassung fernzusehen. Sie bat sich zehn Minuten Zeit aus, um sich zurechtzumachen. Wir fuhren gemächlich. Roy vertraute mir seinen Seelenzustand an: »Kein Sex zwischen uns, ist das wirklich dein letztes Wort?«

»Zwischen wem und wem?«

»Zwischen Lita und mir...«

»Wenn sich das nicht negativ auf die Arbeit niederschlägt...«

»Super!«

»Hast du was vor?«

»Während du dir Bashma angehört hast, haben wir Hubschrauber gespielt.«

»Und war's gut?«

»Spitze. Ihre Muschi ist saftiger als ein Vanillesofteis.«

»Du solltest aber lieber auf den Wagen aufpassen.«

»Wir haben's auf dem Rücksitz gemacht. Wenn der Wagen weggefahren wäre, wären wir mitgefahren. Ich träume schon mindestens seit zehn Nächten von ihr... Ich hab's ihr erzählt, und dann hat sie mich mit Zungenküssen fertiggemacht und einen Wahnsinns-Boogie-Woogie hingelegt... Wo geht's hin?«

»Zu Kate, Monos Sekretärin.«

»Ich dachte, er hätte sie gefeuert.«

»Eben. Das wird sie verständnisvoller machen.«

Ich parkte vor dem Quartier Latin, einem neuen Gebäude in der Collins Avenue, und klingelte. Sie machte mir mit dem Summer auf, und ich fuhr in den zehnten Stock hoch. Eine Atelierwohnung mit einem grandiosen Blick auf Downtown Miami.

Kate trug einen nachtblauen Schlafrock wie die Stars der fünfziger Jahre. Sie glitzerte wie die Lichter der Skyline. Die Wohnung hatte eine kleine Kochnische mit einer Bar. An der Wand hing ein Poster von Clark Gable am Steuer eines weißen Sportwagens. Auf dem Tisch ein Strauß rote Rosen, Regale voller CDs, ein Großbildfernseher und eine schöne Sammlung von Videokassetten. Jugendstilsofa und Sessel mit weißem Leder komplettierten die Einrichtung, wo alles seinen festen Platz hatte. Das Ganze war nicht besonders phantasievoll, stellte für Kate aber sicherlich einen Ort dar, an dem sie sich wohlfühlen konnte, wenn sie wieder mal einen Tag mit Mono und seiner Crew von Spinnern hinter sich hatte. Ich setzte mich in den Ledersessel.

»Danke, daß du mich noch so spät empfängst...«

»Was trinkst du... Champagner... Scotch... Mangosaft?«

Ich entschied mich für den Champagner, in der Annahme, daß sie mittrinken würde. Es würde ihr etwas die Zunge lokkern.

»Eine großartige Aussicht hast du hier...«

»Tagsüber sehe ich mir gern das Meer an, aber nachts ist es nur ein schwarzes Loch.«

Sie holte zwei Gläser, machte die Flasche gekonnt auf, legte eine CD von Frank Sinatra ein, dämpfte das Licht mit dem stufenlosen Schalter und zündete eine Kerze an. Das, was Amerikanerinnen unter romantischer Atmo verstehen. Ich persönlich fand es ziemlich scheußlich, aber ich war ja auch nicht im Auftrag der Firma Durex da, um Kondome zu verkaufen. Kate hatte diese Art von Standardkörper, der durch Aerobic entsteht. Alles verhärtet sich, einschließlich des Gesichts, und dann bildet man sich ein, man sei seinen Streß losgeworden. Sie war eine hübsche Brünette, aber sie hatte etwas Organisiertes an sich, woraus man schließen konnte, daß für sie das Leben beherrscht und kontrolliert werden und alles in ihr vorgefertigtes Weltbild passen mußte. Sie war sicher eine perfekte Sekretärin, eine Geliebte, die dir Gebrauchsanweisung und Garantieurkunde vor den Latz knallt, bevor du überhaupt ihre Lippen berührt hast. Wahrscheinlich machte sie auch irgendeine Therapie, die gerade in war.

»Mach dir meinetwegen keine Sorgen. Ich glaube, Mono wird mich wieder nehmen. Ich verstehe es, mich unersetzlich zu machen. Er ist sehr cholerisch, und morgen früh wird er mich anrufen und anschnauzen, warum ich nicht an meinem Schreibtisch sitze... Es stimmt natürlich, daß das eine Riesendummheit von mir war, diese Master-Tapes rauszugeben...«

»Die tauchen wieder auf.«

Sie lächelte mich wie ein Mädchen an, das sich im Kampfsport auskennt: »Die hast du aber hübsch auseinandergenommen, Monos Spezis...«

»Gewalt liegt mir nicht. Je schneller es vorbei ist, desto besser.«

»Wie heißt deine Methode?«

»Französisches Boxen.«

»Mmm... sehr wirkungsvoll...«

»Arbeitest du schon lange für Mono?«

»Seit etwas über vier Jahren.«

»Was ist das für ein Typ, deiner Meinung nach?«

»Er hat ein Wahnsinnsohr und ein todsicheres Gespür für Rap. Er liegt selten daneben, und da er sich nicht leisten kann, Geld für Werbung rauszuwerfen, muß er sich erstklassige Leute suchen. Natürlich baut er auch mal Mist, so wie jeder. Aber sieh dir Bashmas Fall an. Die erste CD ist gut gelaufen, die zweite ist auf Platz sieben gekommen, und *Pure Steel* wird ein Knüller. Und das alles ohne große Investitionen.«

»Hast du Bashma gut gekannt?«

»Wir gingen hin und wieder zusammen aus. Sie war immer sehr nett zu mir, auch nach ihrem Erfolg. Wenn sie ins Büro kam, sind wir oft was trinken gegangen und haben geplaudert.«

»Sie schien ziemlich bescheiden gelebt zu haben. Kleines Apartment, kein Luxusschlitten, nichts Extravagantes. Hat sie viel Kohle gemacht?«

»Das dürfte ich dir eigentlich nicht sagen, wenn Mono mich wieder nimmt...«

Ich warf einen Blick auf die Champagnerflasche. Es war Zeit für ein zweites Glas.

»Das ist sehr guter Champagner...«

»Französischer. Das einzige alkoholische Getränk, das ich mag. Da soll man sich ruhig das Beste leisten.«

»Hältst du Mono für ehrlich?«

»Mehr oder weniger. Er ist sich natürlich selbst der nächste, so wie jeder, aber er kann auch großzügig sein. Letztes Jahr zu Weihnachten hat er mir tausend Dollar geschenkt, einfach so.«

»Die Künstler waren wohl nicht allzusehr hinter ihren Tantiemen her?«

»Du weißt doch, wie das ist. Sie brauchen immer irgendwelche Vorschüsse, und Mono war nicht geizig, wenn sich die CDs gut verkauft haben.«

»Wieso hat er Leibwächter?«

»Da gab's ein paar Gangs, die Schutzgelder von ihm erpressen wollten. Mono wollte nicht mehr als zehn Prozent bezahlen. Wenn man erst mal an eine Gang zahlt, kommen alle anderen und wollen ihren Anteil haben, weil sie behaupten, es sei ihr Revier. Und dann sitzt man in der Scheiße. Jetzt läuft die Sache cooler.«

»Bist du schon mal bei Bashma zu Hause gewesen?«

»Auf Feten. Die gab's oft bei ihr.«

»Amtrack?«

»Da stehe ich nicht drauf. Zuviel Viren im Umlauf.«

Noch ein Glas und die Flasche Champagner ging zur Neige. Wir stießen an und sahen uns tief in die Augen. Ich stand auf, öffnete das Panoramafenster und betrachtete die glitzernde Stadt, bis Kate sich zu mir gesellte.

»Wieso ermittelst du weiter, wo doch die Cops den Fall zu den Akten gelegt haben?«

»Sagen wir, weil ich einen Dickkopf habe.«

»Das wundert mich... Bekommst du immer, was du willst?«

»Manchmal noch viel mehr...«

»Hat man dir schon mal gesagt, daß von dir eine ganz bestimmte Anziehungskraft ausgeht?«

»Eine animalische.«

»Also hat man es dir schon mal gesagt...«

»Gibt es einen Zugangscode zu deinem Computer?«

»Meinst du den im Büro?«

Ich lächelte ihr zu, zog sie an mich, streichelte ihre Haare und nickte.

»Ja...«, flüsterte sie.

Ihre Atmung beschleunigte sich etwas.

»Soll ich ihn erraten?«

Kate stieß ein nervöses Lachen aus.

»Das ist unmöglich...«

»Hast du ihn ausgewählt?«

»Ja.«

»Spielst du mit?«

Ihre Atmung wurde keuchend.

»Ich weiß nicht...«

Ich küßte sie, ein Kuß mit Nachdruck, den ich bis zum Mundwinkel gleiten ließ, während ich ihr gleichzeitig den Nacken streichelte. Ihr Körper drückte sich gegen meinen. Ich streifte ihr Ohr mit den Lippen.

»Sag mir nur den ersten Buchstaben...«

»P...«

»Der Name einer Gruppe?«

»Nein...«

»Der Name eines Menschen?«

»Nein...«

»Der Name eines Körperteils?«

Sie zögerte kurz.

»Nein!«

Das Telefon klingelte. Sie wirkte überrascht, nahm aber trotzdem ab. Ich hörte ihren Teil des Gesprächs, obwohl sie sich bemühte, leise zu sprechen.

»Ich werd's nie wieder tun... Es tut mir schrecklich leid... Es geht nicht ums Geld...«

Sie fing an zu weinen.

»Gib mir noch eine Chance...«

Sie blickte verzweifelt auf den Hörer. Ihr Gesprächspartner mußte aufgelegt haben.

»Scheiße!« schrie sie.

Sie wollte sich noch mal Champagner einschenken, stellte fest, daß die Flasche leer war, holte eine zweite und gesellte sich mit ihrem Glas wieder zu mir. Ich schenkte ihr ein.

»Dieses Arschloch Mono hat mich wirklich gefeuert! Schöner Mist. Und korrekt, wie er ist, bietet er mir auch noch fünfzehntausend Dollar Entschädigung an!«

Mono spielte mir in die Hände. Jetzt brauchte ich nur noch dieselben Fragen zu wiederholen, um präzise Antworten zu bekommen. Ich probierte es trotzdem noch mal mit dem Code.

»Heißt es ›Physical‹?«

»Das ist ja unglaublich!«

Ich hatte ins Schwarze getroffen. Jetzt mußte Kate sich ein bißchen entspannen. Ich nahm sie in die Arme, legte sie auf das Sofa, streichelte sie ein wenig, damit ihr Gehirn mit Endorphinen überflutet wurde. Ihre Pupillen weiteten sich, ihr Körper sonderte jetzt seine eigene Droge ab. Die Umrisse ihres Mundes wurden weich.

»Du bist so sanft«, flüsterte sie, bevor sie mir alles sagte, was ich wissen wollte.

4

Im ehemaligen Lagerhaus war es still. Es war fast zwei Uhr morgens. Ich drehte meine übliche Runde um den Block, um sicherzugehen, daß keine verdächtigen Autos herumstanden. Ich nahm mein Handy, überließ Roy das Steuer mit der Anweisung, unauffällig in der Gegend herumzukreuzen, und ging zu Fuß zum Sitz von Rapadise Records. Meine geschärften Sinne sagten mir, daß ein Geißblatt blühte, daß die Katzen sich paarten, daß der Mond die Landschaft schön beleuchtete und daß der Weg frei zu sein schien. Es gab in der Gegend auch noch andere Lagerhäuser, ein altes Eisenbahngleis, einen Hund, der in der Ferne bellte.

Auf dem Parkplatz kam eine Ratte aus einer Mülltonne, fixierte mich mit ihren flinken Augen und verschwand im Gully. Ich öffnete die kugelsichere Tür mit dem Code und dem Schlüssel, den Kate mir gegeben hatte. Ich verlor keine Zeit, setzte mich vor den Macintosh und gab den Code ein. Die auf der Festplatte gespeicherten Dateien reihten sich vor meinen Augen auf. Ich öffnete die Datei »Umsatz« und notierte mir die Verkaufszahlen von Princess Bashmas CDs. Die Grafikkurve war eindeutig. Stetiger Anstieg. 12765 CDs von *Felony*, 797832 von *Serious Tits*. Die Verkaufszahlen der übrigen Rapper waren bescheidener, aber ein paar Hits gab's schon. Anschließend öffnete ich die Datei »Verträge«. Für ihr erstes Album hatte Bashma 5 Prozent des Verkaufspreises bekommen, für ihr zweites 7 Prozent und für *Pure Steel* waren 9 Prozent vorgesehen, die sie nie bekommen würde.

Der Vertrag erschien mir branchenüblich. Er sah Abzüge für Studiokosten und Musikhonorare vor, soweit nichts Außergewöhnliches. Ich öffnete die Datei »Honorare«. Die Auszüge, die man Bashma zugeschickt hatte, entsprachen den Verkaufszahlen, abzüglich der Frei- und Werbeexemplare. Mit einem Taschenrechner ermittelte ich, daß Bashma über achthunderttausend Dollar an Tantiemen kassiert hatte, die ihr per Scheck von der City Bank überwiesen worden waren. Irgendwo mußte das Geld ja sein.

Ich verließ das Gebäude auf demselben Weg, den ich gekommen war. Roy holte mich ab, und dann steuerten wir wieder Miami Beach an. Ich brauchte nicht zu klingeln, Kate hatte mir auch den Schlüssel zu ihrem Apartment gegeben. Sie hatte sich schlafen gelegt. Die Kerzen brannten noch. Ich ging zu ihr hin, setzte mich aufs Bett und bemerkte sofort ihr schmerzverzerrtes Gesicht. Ich zog das Laken weg. Sie war nackt. Wie bei Bashma gab es auch bei ihr nicht die geringste Spur. Sie war tot, aber im Apartment schien nichts angerührt worden zu sein. Vielleicht hatte ich ihn gestört, den, den man inzwischen den Vollstrecker des natürlichen Todes nennen mußte. Diesmal hatte ich Zeit, den Tatort genau zu durchsuchen.

Kate hatte mir wichtige Tips gegeben, sie kannte Bashma gut, sie waren beide auf die gleiche Art gestorben. Da mußte es zwangsläufig einen Zusammenhang geben. Ich rief Roy an und sagte ihm, er solle den Wagen verstecken, sich unsichtbar machen und mich anrufen, falls irgend jemand das Gebäude betrat. In einem Schrank fand ich eine Polaroidkamera und ein paar Filme. Ich fotografierte Kate, ihren Kopf in Großaufnahme, ihren Körper und das gesamte Apartment. Ich sah die CDs durch. Außer Monos Produktionen gab's noch ein bißchen Soul, Jazz und ein bißchen Klassik. Sie besaß alle Filme von Clint Eastwood, eine ganze Menge Konzertvideos, eine nette Michael-Jackson-Sammlung, ein paar Pornos und Comedy-Musicals.

Ich konnte mir gut vorstellen, daß Monos Klapperschlangen vorbeigekommen waren, um sich die Schlüssel zu holen, aber in dem Fall hätten sie der Versuchung nicht widerstanden, mich im Lagerhaus abzufangen. Und dann störte mich noch was anderes. Solange es nur ein Opfer gab, dessen Fall abgeschlossen war, konnte der Mörder beruhigt sein. Die Cops hatten das Handtuch geworfen, und ich war der einzige, der hinter ihm her war. Aber jetzt würden selbst die Cops hellhörig werden.

Kate hatte einen Schreibtisch, und ich ging ihre Papiere sorgfältig durch. Sie waren alle sorgfältig geordnet, Rechnungen, Versicherungen, Steuern, Werkstattrechnungen, Reisen. Ich fragte mich, wo ein Mädchen wie Kate hinfahren könnte. Es gab Flugscheine, Hotel- und Restaurantrechnungen. Die Flugtickets hatte sie mit ihrer American-Express-Karte bezahlt, die ihr im Fall eines Flugzeugabsturzes eine Versicherungssumme von hunderttausend Dollar einräumte. Kate schien immer allein gereist zu sein. Ziel: Kingston/Kingston/Kingston.

Immer dasselbe Hotel, dieselben Restaurants. Ich stellte fest, daß es zwischen Ankunft und Rückreise ein Loch von zehn Tagen gab, für die ich keinerlei Rechnungen fand, bis auf sechs Taxiquittungen über die identischen Beträge von umgerechnet neunzig Dollar. Die letzte Reise hatte im vorigen Monat stattgefunden.

Kingston bedeutet Reggae, und im Katalog von Rapadise gab es auch einige Titel. Vielleicht machte Kate den Scout für Mono. In einem Schrank fand ich einen Schuhkarton voller Polaroidaufnahmen. Familienfotos, Strandszenen, Landschaftsbilder von Jamaika, die ich beiseite legte, einige Männer, eine Bootsfahrt, Kates Aerobickurs, Cocktailpartys anläßlich des Erscheinens bestimmter CDs. Ich erkannte die meisten Künstler aus dem Katalog wieder. Einige Feten schienen im Lagerhaus stattgefunden zu haben, andere in einem schönen, von Gärten umgebenen Haus. Zweifellos Monos. Ich nahm mir vor, mich mal auf ein Glas einladen zu lassen. Eine ganze Serie von Fotos von Bashma, die bei einer dieser Feten aufgenommen worden waren. Ich erkannte Acid Profile, Mona, Kate, Mono, meinen Kumpel Stuff, den großen Hip-Hop-Journalisten. Er dürfte jetzt an seinem Porträt über Bashma für *Rolling Stone* sitzen und sich ein paar Fragen stellen. Ich stopfte mir die Taschen mit den Bildern voll, die mich interessierten. Mittlerweile hatte ich Durst bekommen und machte mir ein Glas Perrier on the rocks. Dann ging ich Kates Klamotten durch, roch ihr Parfüm. Sie benutzte Opium. Ich durchsuchte sorgfältig ihre Toilettenartikel und ihren Schmuck.

Ein Goldanhänger erregte meine Aufmerksamkeit. Ein Ornament, das eine gewisse Ähnlichkeit mit dem Unendlichkeitszeichen hatte. Die eine Schleife war größer und endete in einem Schwanz, der das Ganze mit dem Kreis verband, in dem es sich befand. Ich erinnerte mich sofort, daß ich haargenau das gleiche Schmuckstück in Bashmas Necessaire gesehen hatte. Vielleicht hatten sie sie zusammen gekauft. Ich würde Lita drauf ansetzen. Dieses Zeichen konnte auch irgendeine Bedeutung haben. Bei der Polizei gab es einen speziellen Archivdienst, wo sämtliche Symbole und Zeichen gespeichert waren. Aber um da weiterzukommen, mußte ich bis zum Morgen warten, gleichfalls um herauszufinden, auf welcher Bank Bashmas Geld lag, wieviel sie davon versteuert hatte und weitere interessante Details.

Und dann war da noch Kingston. Bevor ich hinfuhr, lohnte es sich vielleicht, noch einmal mit Mono zu reden. Ich fand seine Privatnummer in Kates Filofax, das ich gleichfalls einsteckte. Ich wollte noch eine Kopie davon machen, bevor ich es den Cops gab. Gut organisiert wie sie war, hatte Kate von Gott und der Welt Namen, Vornamen, Adresse und Postleitzahl notiert. Während ich darauf wartete, daß Mono abnahm, stieß ich beim Blättern auf eine Adresse in Jamaika.

»Welcher Spinner ruft mich da mitten in der Nacht an?«

»Wer anders als Zulu ...?«

»Na klar... Was gibt's?«

»Ich bin in zehn Minuten bei dir.«

»Hat das nicht bis morgen Zeit?«

»Nein.«

»Na gut, aber ich hoffe, es lohnt sich.«

Kate hatte einen Atlas. Ich fand die kleine Stadt Black River im Land des Reggae. Die Entfernung von Kingston paßte ungefähr zu den Beträgen auf den Taxiquittungen. Eine weitere Sache, die überprüft werden mußte. Ich warf einen letzten Blick auf Kate. Als ich an den Kassetten vorbeiging, hatte ich ein merkwürdiges Gefühl. Schon früh hatte ich gelernt, mich von meinen Instinkten leiten zu lassen. Ich schmiß die Kassetten in eine Badetasche.

Draußen hatte Roy sich so gut versteckt, daß ich schon dachte, er hätte sich verdrückt. Er verstand es, in Mauern, Landschaften und unter Autos zu verschwinden. Diesmal hatte er es sich in einem Baum bequem gemacht.

Nachdem die Videokamera uns vollständig gemustert hatte, öffnete sich das Tor wie durch Zauberhand.

»Ich mag diese schwerreichen Viertel. Wenn ich mit meinem ersten Album alle Rekorde gebrochen habe, kauf' ich mir auch so eine Villa. Für dich gibt's darin auch ein Zimmer.«

»Vielen Dank, Roy. Du bist ein echter Kumpel.«

Ich blieb vor einer grandiosen Veranda stehen. Man hätte meinen können, man wäre in Hollywood. Eine der Klapperschlangen, die ich plattgemacht hatte, empfing mich. Er wollte mir meine Knarre entziehen. Ich schüttelte den Kopf. Er bestand nicht weiter drauf.

Ich ging eine monumentale Treppe hoch, die bar jeder Schlichtheit war. Das Haus war mit scheußlichem und teurem Krimskrams vollgestopft, den ich schon von den Polaroidfotos her kannte. Ich betrat einen Salon, wo mich Mono in einem englischen Sessel erwartete. Er hatte einen seidenen Schlafrock an, in dem er reichlich lächerlich aussah.

»In der Aufmachung siehst du aus wie Greta Garbo.«

Mono machte ein saures Gesicht. Er hatte nicht ein Fünkchen Humor.

»Laß die blöden Witze und trink lieber eine Tasse Kaffee.«

»Ich komme gerade von Kate.«

»Kate interessiert mich nicht mehr.«

»Sie ist tot.«

Mono machte ein überraschtes Gesicht, gerade soviel wie nötig. Falls er eine Show abzog, neigte er nicht zur Übertreibung.

»Wie ist das passiert?«

»Wie bei Bashma.«

»Sowie du in die Nähe von irgendwelchen Leuten kommst, sterben sie eines ›natürlichen‹ Todes.«

»Das gleiche kann man von dir behaupten.«

»Ich hab' schon einiges erlebt, aber das hier schlägt alles. Meinst du, die Cops sind auf Zack?«

»Wenn du wüßtest, was die den Leichen alles antun, dann vergeht dir die Lust am Sterben. Die sind sehr fit. Die Jungs, die im Labor arbeiten, sind von einer ganz anderen Sorte als die, die dir einen Strafzettel verpassen. Einige von denen haben wirklich was auf dem Kasten und sind neugierig wie die Wiesel.«

Mono machte eine vage Handbewegung. Ich holte Kates Medaillon aus der Tasche und zeigte es Mono.

»Kennst du das?«

»Was ist das?«

»Ein Zeichen... Bashma hatte das gleiche...«

»Ein Zeichen für was?«

»Genau das will ich herauskriegen.«

Mono leerte seine Tasse Kaffee. Ich tat das gleiche. Ein hervorragender äthiopischer Mokka.

»Zulu, ich finde, du überstrapazierst deine grauen Zellen. Ich versteh' nicht, weshalb du dich so in diese Sache reinhängst. Mach's wie die Cops – laß es. Wer bezahlt dich?«

»Geheimnis.«

»Du riskierst noch, demnächst auch eines natürlichen Todes zu sterben.«

»Das ist das, was uns alle mal erwartet.«

»Aber je später desto besser, oder?«

»Hast du eine Ahnung, was Bashma mit ihrer ganzen Kohle gemacht hat?«

»Keinen blassen Schimmer. Ich hab' sie bezahlt, wenn du das meinst.«

»Hat sie viel kassiert?«

»Einen Riesenbatzen.«

»Wieviel ungefähr?«

Mono lachte.

»Du bist ein unglaublicher Typ... Nur weil du eine Lizenz hast, denkst du, die Leute packen vor dir ihr Intimleben aus.«

»Da ist nichts Intimes dran. Wenn die Sache sauber ist, wird das Finanzamt wissen, wieviel du bezahlt hast und wieviel Bashma versteuert hat. Und wenn die Steuer das weiß, dann weiß ich das auch in ein paar Stunden.«

»Du hast wohl überall deine Connections...«

»Nur dazu ist die Uni gut.«

»Ich denke, sie wird an die siebenhunderttausend bis eine Million Dollar an Tantiemen eingesackt haben, plus die Verwertungsrechte. Du verstehst schon, genug, um sich ein neues Auto kaufen zu können.«

»Glaubst du, daß ihr Freund Acid Profile der Typ ist, der sich bei ihr bediente?«

»Der interessiert sich nicht für Geld.«

Mono schien von seinem Selbstmord nichts zu wissen. Er schien auch mit offenen Karten zu spielen, soweit ich das feststellen konnte.

»Ich glaube, ich lass' dich jetzt wieder schlafen.«

»Kann ich dich um einen Gefallen bitten?«

»Aber immer...«

»Wegen Kate – mir wäre es lieber, wenn die Cops nicht wüßten, daß ich sie gefeuert habe.«

»Geht in Ordnung.«

»Ich werd's dir vergelten.«

»Das ist ein Gratisgeschenk, wie's im Fernsehen so schön heißt.«

Mono erhob sich und klopfte mir auf die Schulter. Es fühlte sich an wie ein Messerstich. Als ich zum Wagen kam, fand ich Roy schlafend vor. Ich fuhr los, durchquerte die Gärten, das große Tor öffnete sich und schloß sich wieder hinter uns. Ich fand es bizarr, daß ein Phobiker einem auf die Schulter klopft.

Ich hielt in einer ruhigen Ecke, um mir ein Nickerchen zu gönnen. Ein Viertelstündchen würde mir guttun. Es war ein langer Tag gewesen, und ich hatte noch was Schönes vor mir.

Sowie ich auf dem Highway war, fühlte ich mich wieder fit. Ich fuhr in entspanntem Tempo Richtung Liberty City. Vor dem Obstmarkt hielt ich noch bei einem prächtigen gelben Rosenstrauch. Ich wählte die schönste Blüte aus, schnitt sie mit dem Messer ab, das ich an meinem rechten Schienbein trug, und legte sie sacht auf den Ledersitz neben mir. Roy schnarchte, eingewickelt in seiner weißen Wolldecke. Sein Babygesicht hatte etwas Rührendes, und ich konnte gut verstehen, daß Lita bei ihm schwach geworden war.

Ich reihte mich in die Autokolonne ein, die im Schrittempo dahinrollte, damit ihre Insassen die Mangoblüten betrachten konnten. Die Zuhälter waren an genau den gleichen Ecken wie letztes Mal postiert. Ich hielt bei Mona. Sowie sie den BMW sah, kam sie hergerannt und sprang auf den Sitz. Ich hatte kaum noch Zeit, die Rose zu retten.

»Zulu! Toll, daß du vorbeikommst!«

Sie hatte ein umwerfendes Lächeln. Ich steckte ihr die frische Rose ins Haar. Der Typ hinter mir hupte. Ich startete durch und überholte die Kriecher. Mona gab mir ein Zeichen, daß ich neben einem Lincoln halten sollte.

Sie stieg aus, um dem Menschenfreund seinen Anteil zu geben, und dann machten wir uns aus dem Staub. Mona hatte Hunger. Ich ging mit ihr in ein kleines schickes Restaurant in der Coconut Grove, das bis morgens um fünf offen hatte. Sie wollte, daß ich für sie bestelle. Ich wählte einen Hummer à la nage, eine Ente à l'orange (Spezialität des Küchenchefs) und einen Zitronenkuchen (Spezialität des Patissiers).

»Heute schon jemanden umgelegt?«

»Nein.«

Ich zeigte ihr das Medaillon.

»Das ist schön. Es hat Bashma gehört.«

»Weißt du, wo das herkommt?«

»Keine Ahnung. Ist mir auch egal, solange es von ihr kommt.«

»Kennst du eine Kate, die für Mono arbeitet?«

»Das war eine Freundin von Bashma. Ich hab sie nie kennengelernt. Sie haben sich oft in den Boutiquen auf dem Flughafen herumgetrieben. Ich glaube, sie sind auch mal gemeinsam nach Kingston geflogen.«

»In den Boutiquen auf dem Flughafen?«

»Yo, wieso?«

»Da gibt's doch nichts zu kaufen. Nur T-Shirts und anderen Krempel für Touristen.«

»Kann sein, aber Bashma hat schon immer was für Flugzeuge übriggehabt. Ihr erster Typ war Pilot. Sie ging immer zum Flughafen, um auf ihn zu warten. Wahrscheinlich hat sie das an früher erinnert.«

»Möglich.«

Ich fand diese Fährte interessant, und zwar wegen ihrer scheinbaren Bedeutungslosigkeit. Da ich das ständige Nachdenken ein bißchen überhatte, konzentrierte ich mich auf Monas Schönheit. Mona kostete alles mit größtem Erstaunen. Sie ließ den Oberkellner kommen, um ihm zu sagen, daß der Koch Mist gebaut und einen Topf Orangenmarmelade über die Ente ausgeleert habe.

Ich holte die Polaroidbilder aus der Tasche. Mir war so, als hätte ich ein Bild gesehen, auf dem Kate und Bashma auf Sitzen saßen, die durchaus in die Wartehalle eines Flughafens paßten. Ich fand die Bestätigung: Im Hintergrund war ein Steward, der in einer Zeitschrift las.

»Weißt du, Mona, irgendwo muß für dich ein Riesenbatzen Geld herumliegen. Morgen weiß ich mehr. Und dann ist da noch *Pure Steel*. Irgend jemand hat die Masterbänder geklaut, aber wenn das Album erst mal auf den Markt kommt, wird für dich da auch ein schönes Päckchen herausspringen.«

»Wär nicht schlecht, mal zehn- oder zwanzigtausend Dollar zu haben.«

»Wenn ich schönes Päckchen sage, dann denke ich an mehrere hunderttausend Dollar.«

Ich wollte ihr den Mund nicht allzu wäßrig machen. Ich vermutete, daß Bashma mit ihren Steuern nicht besonders korrekt umgegangen war. Wenn überall die Sensationsgeschichten erschienen, bestand die Gefahr, daß das Finanzamt hellhörig wurde. Es war klar, daß die Masterbänder geklaut worden waren, um versilbert zu werden.

»Ich glaub's, wenn ich das Geld in der Hand habe.«

Die Kleine hatte eine einfache und klare Einstellung zum Leben.

»Leben deine Eltern noch?«

»Mein Vater kam bei einer Schlägerei um. Meine Mutter ist vor drei Jahren an Krebs gestorben.«

Mona aß verträumt ihren Kuchen auf.

»Ich habe Sehnsucht nach Zärtlichkeit«, sagte sie mit einem unwiderstehlichen Lächeln.

Einige Minuten später waren wir in einem Hotelzimmer.

»Du kennst dich ja gut aus«, sagte Mona, während sie sich auszog.

»Ich schlafe wenig, aber dafür gut.«

»Wie sieht's bei dir so aus?«

»Ich hab' kein bei mir. Ich schlafe bei Freunden oder im Hotel.«

»Du bist schon ein sonderbarer Typ, sag mal... Hättest du was dagegen, mit mir unter die Dusche zu gehen? Ich spiele gern mit der Seife.«

Sie brauchte mich nicht lange zu bitten. Die Duschkabine war so groß, daß wir uns unter dem warmen Regen auf dem rosa Marmor ausstrecken konnten. Wahrscheinlich weckten wir das ganze Hotel auf, denn das Telefon klingelte ständig.

Große Hotels haben den Vorteil, daß das Wasser nie kalt wird, auch nicht nach zwei Stunden. Mona hatte einen Sinn fürs Spielerische, war sanft, verströmte mit heftigen Gefühlen geladene Impulse, besaß die Reflexe einer Tigerin und einen süßen, duftenden Mund, der mir das Gefühl gab, ein Schmetterling zu sein.

Ich nahm sie auf den Arm und trug sie zum Bett. Dann ging ich endlich ans Telefon. Es war die Rezeption.

»Entschuldigen Sie die Störung, Mr. Zulu. Einige Gäste behaupten, Schreie aus Ihrem Zimmer vernommen zu haben...«

»Yo, das war nur das Vorspiel. Jetzt wird gebumst.«

»Sehr gut, Sir. Ich werde Oropax verteilen lassen.«

»Danke, Paul.«

Mona schnurrte. Ein oder zwei Stunden lang streichelte ich sie, fast ohne sie zu berühren. Meine Hände vibrierten, verströmten eine Wärme, die ihr durch und durch ging. Ihr Körper wallte, wogte, zog sich zusammen, streckte sich aus, entfaltete sich. Mona stöhnte leise, der rauhe, tiefe Laut schien aus jeder Pore ihrer Haut zu entweichen, die nach exotischen Früchten duftete. Ich leckte ihr zärtlich den Nacken, die Augen, das Gesicht, den Hals, und wanderte in langsamen Spiralen nach unten, untersuchte jeden Winkel ihres Körpers. Die Achselhöhlen und die Seiten ihrer Brüste waren besonders empfindlich. Je weiter meine Liebkosungen ihren Körper hinunterwanderten, desto näher kam sie dem Orgasmus. Sie kam, als meine Zunge die Linie ihrer linken Hüfte nachzog. Sie zitterte am ganzen Körper, schrie und drehte sich dabei wie eine Tänzerin, damit meine Lippen und meine Zunge sie überall erreichen konnten.

Sie kam noch acht- oder zehnmal und schlief dann ein, ohne daß ich in sie eingedrungen war. Bei Mona war mir klar, daß wir es nur dann schaffen würden, miteinander zu schlafen, wenn wir ein gutes Dutzend Stunden vor uns hatten. Ich hatte das Gefühl, mitten in einer Lilienblüte einzuschlafen.

Ich wachte in ihrem Mund auf. Ich hatte einen Traum gehabt, der mir jetzt Stück um Stück wieder einfiel. Das Zeichen auf dem Medaillon brannte im Dunkeln. Auf dem Boden saßen alte, schwarze Männer und betrachteten es. Ich war auch da, versteckt in einem Wald, und beobachtete die Szene aus der Ferne. Eine einzige Frau war anwesend, eine Mischung aus Bashma und Mona. Sie veranstaltete vor den Alten einen frenetischen Tanz.

Ich erzählte Mona meinen Traum. Sie saß im Schneidersitz auf dem Bett und aß Pfannkuchen mit den Fingern. Der Ahornsirup tropfte ihr zwischen die Brüste. Ich leckte ihn auf, was sie zu ununterdrückbarem Kichern reizte. Bei Mona gab es keine tote Zeit. Selbst noch im Schlaf schien sie das Leben in sich hineinzuschlingen.

Es war spät. Wege, die ins Unbekannte führten, taten sich vor mir auf. Ich mußte ihnen folgen. Ich versprach Mona, sie in dieser Nacht früher abzuholen, blickte ihr nach, während sie in ein Taxi stieg, und stieß dann zu Lita und Roy, die schon ungeduldig rauchten. Wir hatten ein umfangreiches Programm vor uns.

»Kate Henning ist tot. Quartier Latin, Collins Avenue, oberster Stock. Benachrichtigt Brad. Die gleiche Sache wie bei Bashma.«

Das ließ ich Lita erledigen.

»Gut geschlafen, Roy?«

»Ich hab' mir Bruce Springsteen aufgelegt, super Schlafmittel. Dann hab' ich mir hier noch ein Frühstück auf deine Rechnung gegönnt. Toller Schuppen. Jetzt fühle ich mich frisch wie eine Auster.«

»Lita, geh in die zentrale Bankendatei und such mir Bashmas Kontonummern.«

Lita rief ihr Verzeichnis auf und gab den Zugangscode ein. Sie hatte auch Bashmas eigentlichen Namen, Corlina Lewis, eingetippt. Wie erwartet hatte Bashma nirgendwo ein Konto und auch keine Kreditkarte. Lita überprüfte die Telefongesellschaft, Gas und Strom. Bashma hatte immer bar bezahlt.

»Roy, leg mir mal den vierten Titel von *Serious Tits* auf.«

Roy spurtete zum Kofferraum und legte die CD ein. Ich hörte sie mir im Schnellauf an bis zu der Stelle, die ich in einem Winkel meines Gehirns gespeichert hatte:

Triple X was my code
High in the Sky
We were flying.

Ich drückte auf Stop. Lita setzte sich ans Steuer.

»Zum Palace.«

Gloria übergab mir Bashmas Sachen. Sie erinnerte mich daran, daß ich nur noch zwei Tage hatte, um sie anzurufen. Ich gab den Staubsaugerbeutel im Polizeilabor ab. Diesmal konnten sie mir nicht erzählen, daß es nichts Auffälliges gab. Ich nutzte die Gelegenheit, um die afrikanische Maske durchleuchten zu lassen. Diese Skulptur hatte irgendwas im Kopf. Sie war so gut gearbeitet, die Ebenholzmaserung so dicht, daß es unmöglich war, mit bloßem Auge den einfachen und perfekten Mechanismus zu erkennen, mit dem sich die mittlere

Schädelpartie entfernen ließ. In einem winzigen Hohlraum befand sich ein Schließfachschlüssel, der die Nummer 16 trug. Dieses Schließfach befand sich mit Sicherheit im Flughafen.

Ich fand es ohne Schwierigkeiten. Ich steckte den Schlüssel hinein. Jetzt mußte ich nur noch den Code finden. XXX mußte übersetzt werden. Auf der Tastatur gab es nur Zahlen. X war der vierundzwanzigste Buchstabe des Alphabets von vorne und der zweite von hinten. Ich probierte es mit 2-4-2. Sesam öffnete sich. Er enthielt einen Ledersack. Ich nahm ihn heraus und stieß wieder zur Live Crew. Während wir den Highway entlangfuhren, untersuchte ich den Inhalt. Es war Bashmas Bank. Eine Menge Geld. Und auch noch ein paar interessante Kleinigkeiten. Flugtickets nach Kingston, die auf das gleiche Datum ausgestellt waren wie die, die ich bei Kate gefunden hatte, und ein kleiner leerer Tontopf mit einem eingravierten Zeichen. Das gleiche Symbol wie das auf den Medaillons. Ich hatte eines im Polizeihauptquartier hinterlassen. Ich rief den Techniker an. Er hatte nichts gefunden, was diesem Zeichen genau entsprach. Am nächsten kam ihm das Erkennungszeichen einer Gruppe von Wissenschaftlern und kommunistischen Künstlern während der McCarthy-Zeit. Aber all das war schon viel zu lange her, und ich konnte nicht erkennen, was für eine Beziehung es zwischen Wissenschaftlern der fünfziger Jahre und dem Ghetto von heute geben sollte, es sei denn, sie hatten die Wunderwaffe erfunden, mit der man jemanden töten konnte, ohne Spuren zu hinterlassen. Von den Mitgliedern der Gruppe »Infinity« lebten heute noch drei. Einer war Nobelpreisträger. Ich notierte mir ihre Adressen.

Der Preisträger war emerierter Professor in Standford, ein zweiter lebte in East Hampton, New York, und der dritte lehrte an der Columbia University. Ich mußte sie umgehend treffen. Es gelang mir, zwei von ihnen telefonisch zu erreichen. Ich vereinbarte für zwei Tage später einen Termin in Stanford, und anschließend einen in New York. So blieb mir gerade genug Zeit, die Strecken zu fliegen. Ich wollte einen kleinen Schlenker über Kingston machen, um mir ein bißchen guten Reggae anzuhören und Kates Kumpel zu besuchen, dessen Adresse ich hatte.

Das Geld wäre eine schöne Überraschung für Mona. Damit würde sie erst mal eine Zeitlang durchkommen. Ich überprüfte die Dateien des Finanzamts. Bashma hatte nie mehr als sechzehntausend Dollar pro Jahr versteuert. Anhand ihres Lebensstils ließ sich ihr auch nicht mehr nachweisen. Aber sowie Mono überprüft würde, würden sie dahinterkommen. Ich mußte einen guten Anwalt finden, der für Mona eine freiwillige Erklärung vorbereitete, um zu verhindern, daß es zu einer Geldstrafe kam.

Da ich ein Bankschließfach hatte und selbst auch immer nur in Schecks bezahlt wurde, brachte ich Monas Kohle dort unter. Ich zog ein Bündel ab, damit Mona ein bißchen Shopping machen konnte. Blieb noch das Problem mit ihrem Zuhälter zu regeln. Man durfte ihm nicht den Mund wäßrig machen. Aber die Kleine war clever. Sie würde kapieren, daß es besser war, die Sache sacht und diskret zu handhaben.

Die Zeitungen hatten inzwischen begonnen, die Story von Princess Bashmas mysteriösem Tod groß rauszubringen. Von heute auf morgen war sie für die Journalisten die einzige Rapperin geworden, die diesen Namen verdiente. Mono mußte kochen. Ich rief ihn an: »Hallo, Mono. Gibt's was Neues wegen den Masters?«

»Null im Moment. Und bei dir?«

»Ich komm' voran...«

»Die Tage von diesen kleinen Dreckskerlen sind gezählt. Wir bleiben in Verbindung.«

»Okay, ciao. Ach, was ich dich noch fragen wollte... Steve Clesh, sagt dir das irgendwas?«

»Nie gehört.«

Ich beriet mich mit Brad. Seine Abteilung wurde allmählich

bezüglich dieser beiden Todesfälle durch natürliche Ursachen unruhig. Man war schon richtig in Panik, man glaubte, es könnte sich um einen neuen Virus handeln. Die staatliche Gesundheitsbehörde war bereits eingeschaltet. Alle waren in heller Aufregung.

Ich steuerte den Obstmarkt viel früher als gewöhnlich an. War ich schon süchtig? Mona war überrascht.

»Ich hab' meine Nacht noch längst nicht abgearbeitet.«

Ich zog dreihundert Dollar aus der Tasche, hielt sie Mona hin, die mir zuzwinkerte, lässig die Straßen überquerte und zum Lincoln ihres Zuhälters ging. Dieser stieg aus seinem Schlitten aus, nahm die Kohle und kam auf mich zu.

»Yo, Mann...«

»Yo. Gefällt dir die Kleine?«

»Yo...«

»Du hast einen guten Geschmack, Mann, aber halt sie nicht von ihrer Arbeit ab. Das nächste Mal komm gegen vier oder fünf, klar?«

»Klar, keine Sorge. Ich kenn' das Geschäft.«

»Ist auch besser für dich, Mann.«

Mona hüpfte in den Wagen und küßte mich. Es kribbelte mich bis in die Zehenspitzen. Als hätte ich einen Riesenzug Hasch eingesogen.

»Ich hab' eine Überraschung für dich...«

»Ich auch...«

»Super... Jetzt links... Dann immer geradeaus... Das riecht gut.«

»Das bist du.«

»Nein, das sind die Jasminblüten.«

»Eben, du riechst nach Jasmin.«

»Wirklich?«

»Bei der Tankstelle rechts, und dann halte vor dem kleinen weißen Haus da...«

Es war eine winzige Holzbaracke, die aussah, als sei sie

schon halb von den Termiten aufgefressen worden. Sie neigte sich etwas nach rechts. Auf einer kleinen Veranda stand ein verschlissenes Sofa, eine rachitische Palme und vor dem Haus lag ein tabakfarbener Rasen. Das ganze Viertel sah so aus. Die Straße war voller spielender Kinder, auf den Veranden saßen ganze Familien, tranken und erzählten sich Geschichten. Von überall hörte man Lachsalven. Ein Alter hatte seinen Fernseher auf einen Tisch mit Rädern gestellt, und seine magere Silhouette wurde von den wechselnden Farben des Bildschirms beleuchtet. In einer Garage tanzte eine Gruppe Jugendlicher, und ein Dutzend angehender Michael Jacksons veranstaltete seinen Moon-Walk unter den bewundernden Blicken der Mädchen.

»Das ist eine gute Straße. Wir kennen uns hier alle.«

Ein Rosenstrauch, den Mona wahrscheinlich jeden Tag mit einem Glas Wasser goß, breitete seine gelben Blüten in der Nacht aus. In der Luft lag der Geruch von Grillpartys.

»Das ist mein Zuhause. Mein Haus! Komm rein!«

Ich wartete, daß sie die Tür aufschloß.

»Geh rein. Es hat keinen Sinn, das Geld für ein Dreifachschloß auszugeben. Die Kids hier würden auch in Fort Knox reinkommen. Jedenfalls sind die Zwischenwände dünner als Papier. Achttausend Dollar hab ich dafür bezahlt. Nicht schlecht, was?«

Ich trat ein. Es gab drei winzige Räume. Ein Wohnzimmer, das auf die Veranda ging, rechts noch ein Zimmer und hinten die Küche. Es roch angenehm nach Essen.

»Meine Tante hat für uns ein Ragout aus Schweinsöhrchen und -schwänzen gekocht. Ich hoffe, dir schmeckt so was.«

»Meine Alten haben das auch immer gekocht. Meine Lieblingsspeise.«

Ich betrat die Küche, hob den Deckel des Topfes und schnupperte. Jede Menge Bilder schossen mir durch den Kopf. Auf dem Kühlschrank standen ein Orangenblütenkuchen, eine Flasche Cabernet Sauvignon und ein Strauß Ringelblumen.

Vor den Fenstern hingen Gardinen aus weißem Leinen, die mit Messingringen befestigt waren. Im Wohnzimmer eine Schaumstoffmatratze und Kissen anstelle eines Sofas, ein alter Fernseher, eine Stereoanlage, ein Haufen Zeitschriften, CDs, ein Foto von ihren Eltern, ein weiteres von Bashma. Ein Bett mit Messinggestell füllte das gesamte Schlafzimmer aus. An der Wand hing ein Spiegel, derart, daß man sich auf dem Bettrand sitzend darin betrachten konnte. Eine große graue Katze schlief auf der roten Bettdecke.

»Das ist Drums...«

»Ciao, Drums...«

Sie beachtete mich nicht, aber bald würde sie uns Platz machen müssen. Mona stellte den Fernseher auf den Boden und trug den Tisch auf die Veranda. Sie wollte eine Tischdecke drauflegen. Ihre Tischdecke. Sie legte *Round Midnight* auf, gespielt vom großen Wes Montgomery. Es enthielt ein vorzügliches Saxophonsolo von Johnny Griffin, einem zu Unrecht verkannten Künstler. Mona machte die Flasche auf und schenkte uns ein. Sie schöpfte einen großen Löffel voll weißen Reis auf einen Teller und eine ordentliche Portion Ragout dazu. Da es etwas dunkel war, holte sie eine Kerze, die auf einer Chiantiflasche steckte, auf der schon Dutzende von Kerzen zerschmolzen waren.

»Eine schöne Überraschung.«

Mona hatte kein Besteck hingelegt. Wir aßen im afrikanischen Stil. Es war köstlich.

»Und deine Überraschung?«

Ich holte das Geldbündel hervor.

»Das sind zehntausend Dollar. Die gehören dir, und ich kann dir sagen, daß das nur die Spitze des Eisbergs ist. Ich hab die Kohle gefunden, die Bashma gebunkert hat. Ein Schließfach im Flughafen.«

»Da hat sie ihr Geld hingetan?«

»Yo. Und anders als du meintest, hat Mono sie korrekt bezahlt.«

»Spitze! Ich hoffe, du hast einen besseren Platz dafür gefunden.«

»Es schlummert in der City Bank. Man wird für dich ein Konto eröffnen, aber vorher brauchen wir einen Anwalt, der die Sache mit dem Finanzamt gradebügelt. Bashma hat nie so viel angegeben, daß sie ihr Einkommen versteuern mußte. Ich rate dir, deine Kohle sehr unauffällig unter die Leute zu bringen.«

»Ich werd' mir schon keinen Mercedes kaufen. Tolle Geschichte.«

So ein scharfes Essen – in Sachen Gewürze wie Gefühle – hatte ich mir seit langem nicht mehr einverleibt. Der Kuchen und der starke Kaffee waren göttlich. Wir legten uns auf die Matratze. Die Kids schlichen um den BMW herum und machten Augen, die wie Halloweenlaternen leuchteten.

»Können wir uns mal reinsetzen, Mister?«

»Yo, kein Problem...«

Zwei Minuten später standen sie schon Schlange. Die Kids stiegen zu sechst ein und gaben begeisterte Kommentare von sich.

»Es ist noch früh«, sagte Mona. »Gehen wir tanzen. Kennst du was Gutes?«

Bevor wir loskamen, mußten wir noch dreiundzwanzigmal um den Block fahren, um alle jene zufriedenzustellen, die die Maschine schnurren hören wollten.

Wir überquerten eine ziemlich versiffte Avenue. Penner, Huren der zweiten und dritten Generation, Junkies, Säufer, die sich um die Spirituosenläden, kleinen Supermärkte und Imbißbuden herumtrieben.

Plötzlich sah ich in hundert Meter Entfernung einen jungen Hip-Hop-Sprayer eine weiße Mauer besprühen. Ich erkannte das Zeichen, bevor es fertig war, aufgrund der Armbewegung. Es war dieses verdammte Symbol, das auf den Medaillons. Ich fuhr an den Bürgersteig ran und legte eine Vollbremsung hin. Der Sprayer blickte sich hastig um und flitzte los wie ein Pfeil, mitten durch die gleichgültigen Zombies durch. Der Junge war unglaublich schnell, ich gewann keinen Fingerbreit an Boden. Er rannte über die Straße, verursachte einen Zusammenstoß, wir liefen in eine Bar und fanden uns im Hinterhof wieder. Der Sprayer sprang wie eine Katze über die Backsteinmauer. Mir platzte die Hose im Schritt. In der nächsten Straße sah ich ihn in ein Kino rennen. Ich folgte ihm. Die Leinwand war dunkel. Ich brauchte dreißig Sekunden, bis ich die Gesichter im Publikum erkennen konnte.

Zehn Minuten später mußte ich einsehen, daß der Sprayer nicht mehr zu finden war. Ich kehrte zum Auto zurück. Es passierte selten, daß mir jemand davonlief. Es hatte sich ein Auflauf gebildet. Ein paar gemein aussehende Typen wollten wissen, was ich vom Sprayer wollte. Ich erzählte ihnen, ich besäße eine Kunstgalerie und hätte gerade den neuen Keith Haring entdeckt.

Als wir weiterfuhren, stellten wir fest, daß unser Künstler von diesem tödlichen Zeichen des Unendlichen offenbar besessen war. Ich rief Roy an, dem ich freigegeben hatte. Ich wußte, daß er die Nacht mit Lita verbringen würde.

»Lita, ich hab' mich gerade von einem Hip-Hop-Sprayer abhängen lassen, der das berühmte Zeichen auf eine Mauer in der Little Avenue gesprüht hat. Ich möchte, daß ihr euch an ihn dranhängt, während ich meine drei weisen Kommunisten interviewe.«

»Alles klar.«

Sie war sehr professionell.

»Amüsiert euch gut.«

»Genau das machen wir, Zulu. Paß auf, wenn du in Kingston bist. Da geht's gewalttätig zu.«

»Wenn alle Mädel so sind wie du, dann komm' ich bestimmt nicht in einem Stück zurück.«

»Wir müssen Schluß machen, du hast uns mittendrin erwischt.«

Wir tanzten bis zum Morgengrauen, aneinandergeklebt, wie die Glasfaserschichten eines Schiffes, das auf einem Ozean reiner Lust segelt. Ich hatte Mona unter der Haut, und ihr ging es genauso.

Nach einer höllischen Nacht und einem Garderobenwechsel erreichte ich das Flugzeug, gerade als der Steward die Tür zumachen wollte.

5

Die Erschütterung der Landung weckte mich auf. Es regnete in San Francisco. Ich hatte mir einen Porsche gemietet. Er war schwarz und roch noch ganz neu. Er hatte gerade mal sechs Kilometer drauf. Man betraute mich mit der heiklen Aufgabe, ihn einzufahren. Mein Date war in zwanzig Minuten. Ich raste durch den strömenden Regen. John Silverstein hatte mir gesagt, ich solle die große Palmenallee hinunterfahren, was ich gerade tat, bei der dritten Straße links einbiegen und fünf Häuser zählen. Hier gab's keine Wasserknappheit. Bis ich mich unters Vordach geflüchtet hatte, war ich schon durchnäßt. Es war ein schönes Backsteingebäude im Kolonialstil mit dorischen Säulen. Ich klingelte, ein Glockenspiel empfing mich, dann ging die Tür auf, und es erschien eine ältere Dame mit einem schönen Gesicht und einem friedlichen Blick.

»Mein Mann erwartet Sie. Was möchten Sie trinken?«

»Ich hätte gern etwas Tee.«

»Darjeeling, Lapsang Souchong oder Orange Pekoe?«

»Orange Pekoe, bitte.«

Ich merkte, daß sie mich charmant und gut erzogen fand, was mir ein komisches Gefühl gab und mich an meine Jahre in Yale erinnerte. Den schnörkellosen Ton hatte ich mir erst später angewöhnt. In Miami mußte man Klartext reden.

Mein Nobelpreisträger erhob sich, um mir die Hand zu schütteln. Auch er hatte das feingeschnittene Gesicht eines Wiener Juden. Er dürfte 1935 oder 36 gekommen sein, an seine Herkunft erinnerte ein charmant klingender Akzent. Er ließ mich in einem bequemen Sessel Platz nehmen. Es herrschte eine gemütliche Atmosphäre, der Raum war mit Büchern vollgestopft. Die, die in den Regalen keinen Platz mehr fanden, stapelten sich am Rand eines Kelims. Silverstein wirkte krank, aber er hatte lebhafte, kritische und leuchtende Augen.

»Sie wollten mich wegen ›Infinity Movement‹ sprechen?«

»Ja, ich bin Privatdetektiv und ermittle in zwei mysteriösen Mordfällen, die sich in den letzten Tagen in Miami ereignet haben. Eine Rap-Sängerin und ihre Freundin sind in einer Art und Weise ermordet worden, die keinerlei Verdacht erregt. Bei der Autopsie war nicht die geringste Spur festzustellen.«

»Verblüffend...«

»Die Mörder verwenden, wie uns scheint, ein Zeichen, das dem Ihren ähnelt.«

Ich zeigte ihm das Medaillon. Er nahm es in seine zitternden Hände und betrachtete es.

»Ja, da gibt's eine Ähnlichkeit, aber unsere Bewegung existiert schon lange nicht mehr, und womit wir uns befaßt haben, ist weit entfernt von dem, was Sie hier ansprechen.«

»Das kann ich mir denken. Aber Sie können sich ja vorstellen, daß wir auch dem kleinsten Hinweis nachgehen müssen. Das ist ein Metier, bei dem man viel Zeit auf falschen Wegen verbringt...«

»Ganz ähnlich wie bei der wissenschaftlichen Forschung, und es stimmt, daß sich die großen Entdeckungen oft fast durch Zufall ereignen.«

Seine Frau servierte uns den Tee.

»Ich fürchte, Sie haben den weiten Weg umsonst gemacht. Das tut mir sehr leid... Wenn Sie wollen, daß ich Ihnen von unserer Bewegung erzähle, dann mache ich das sehr gerne. Es war eine Zeit voller Leidenschaft, und unser Kampf hatte einen Sinn... Darf ich Sie zum Mittagessen einladen? Rachel wird uns ein leichtes Mal bereiten.«

Ich nahm gerne an. Ich fühlte mich wohl in der Gesellschaft dieses Ehepaares, und wenn ich schon nichts über meine toten Freundinnen erfuhr, so würde ich doch ein Blatt der Geschichte kennenlernen.

Ich nahm die Abendmaschine nach New York, verbrachte eine fürstliche Nacht in der ersten Klasse und traf frisch wie eine Flasche Champagner im Big Apple ein. Ich nahm mir ein Taxi zum Plaza. Mein Zimmer ging auf den Central Park. Das Wetter war fast schön. Das junge Laub kam gerade heraus, der ganze Park um das große Reservoir herum leuchtete in zartem Grün, das sich von dem Grau der Gebäude abhob. Ich machte es mir in meinem Zimmer bequem. Es war etwas zu früh, um jemanden anzurufen. Ich holte einen Roman von Don DeLillo hervor, *Weißes Rauschen*, und las ihn in einem durch. Es war ein großartiges Buch. Anschließend ließ ich mir ein ordentliches Frühstück hochbringen, und dann fing ich an herumzuklingeln. Ich hatte um 18 Uhr einen Termin in East Hampton, und mein New Yorker, Samuel Parker, war telefonisch immer noch nicht zu erreichen. Er wohnte an der Ecke 92. Straße und Broadway.

Ich beschloß, diese berühmte Straße zu Fuß entlangzugehen. Ich ging zu Shakespeare und Co., kaufte mir alle Romane von DeLillo und flanierte weiter. Ich erstand einen smaragdgrünen, hautengen Rock für Mona, für Lita eine Hose und eine rote Ledermütze für meinen Rapper vom Dienst. Dann war es Zeit, mein Glück bei Samuel Parker zu versuchen.

Der Eingang seines Hauses sah aus wie bei einem babylonischen Tempel. Ein dicker schwarzer Portier las gerade einen Roman von Stephen King, *Stark, The Dark Half*.

»Einer seiner besten, stimmt's?«

»Gehören Sie auch zum Fanclub?«

»Ich hab' sie alle gelesen. ›George Stark – There are no birds – George Stark‹ – das ist etwas weiter im Kapitel, das Sie gerade angefangen haben, ›Automatic Writing‹.«

Er blätterte, fand den handgeschriebenen Satz und musterte mich verblüfft.

»Mann, haben Sie vielleicht ein Gedächtnis!«

»Ist Sam da?«

»Samuel Parker?«

»Ja.«

»Er hat vor zehn Minuten das Haus verlassen.«

Ich sah auf meine Uhr und machte eine erstaunte Miene.

»Ich habe mich etwas verspätet. Wir hatten uns für zehn Uhr verabredet. Ich werde auf ihn warten.«

»Sind Sie ein Verwandter von ihm?«

Daraus schloß ich, daß auch Samuel Parker ein kultureller Megamix war, so wie ich.

»Er ist mein Onkel.«

»Ich glaube, er ist zur Apotheke gegangen, 96. Straße.«

»Danke, ich geh' mal hin.«

Ich ging wieder den Broadway entlang und sah in jedes Geschäft. Parker war achtundsiebzig Jahre alt, ich wußte, daß er bis zu seiner Pensionierung Anthropologie an der Columbia University gelehrt hatte. Ich fand ihn tatsächlich in der Apotheke. Er kaufte gerade Ginseng und Schlaftabletten ein. Er war klein, dürr und dunkler als ich. Er war noch gut zu Fuß und wirkte relativ rege. Ich beobachtete ihn kurz. Er hatte einen seltsamen Blick, ein wenig verloren. Vielleicht hatte er Probleme mit den Augen. Ich wartete, bis er bezahlt hatte, verließ vor ihm die Apotheke, machte ein paar Schritte in Richtung seiner Wohnung und drehte mich dann um, so daß wir uns gegenüberstanden.

»Mister Parker!«

Er musterte mich mit seinem etwas leeren Blick. Ich spürte, wie er mühsam versuchte, mich einzuordnen.

»Was für ein Vergnügen, Sie nach all den Jahren wiederzusehen! Unglaublich. Sie haben sich ja seit Columbia kein bißchen verändert.«

Auf seinem Gesicht leuchtete ein Lächeln auf.

»Einer meiner alten Studenten...«

»Charles Grove... Sie erinnern sich sicher nicht an mich...«

»Grove... Grove... Wissen Sie, mein Gedächtnis hat etwas nachgelassen... Wohnen Sie hier im Viertel?«

»Ich war bei Shakespeare and Co., um mir ein paar Bücher zu kaufen.«

»Das ist eine gute Buchhandlung. Da gehe ich auch oft hin, Grove... Grove... War Anthropologie Ihr Hauptfach?«

»Nein, Literatur, aber ich habe Ihre Seminare geliebt.«

»Waren Sie auch bei den Mittwochstreffen bei mir zu Hause dabei?«

»Wohnen Sie immer noch in der 92.?«

»Ja. Meine Frau ist inzwischen gestorben. Ich lebe jetzt allein.«

»Sie war immer so freundlich.«

Parkers Blick verschleierte sich.

»Sie starb vor drei Monaten. Ich habe keinen Lebenswillen mehr. Ich gehe kaum mehr aus dem Haus. Ich gehe nicht einmal mehr ans Telefon. Jedesmal wenn ich den Broadway überquere, hoffe ich, daß mich ein Taxi überfährt. Mir fehlt der Kontakt zur Jugend. Niemand besucht mich mehr.«

»Ich würde Sie gern zum Abendessen einladen. Ich habe gerade Zeit.«

»Das finde ich sehr nett, aber ich kann es nicht mehr ertragen, in die Restaurants zu gehen, wo Grace und ich immer waren. Ich kenne alle hier im Viertel.«

»Wir nehmen ein Taxi und fahren ganz woandershin.«

»Na gut... einverstanden... Aber ich möchte Ihnen keine Umstände machen... Sie haben vielleicht Spannenderes zu tun.«

Ich rief ein Taxi und wies den Fahrer an, den Broadway hinunterzufahren.

»Worauf hätten Sie denn Lust?«

»Ich weiß nicht... vielleicht Chinesisch...«

»Zum Four Dragons«, sagte ich zum Chauffeur, der, nach seiner Plakette zu schließen, frisch aus der Sowjetunion eingewandert war. »Das ist in der Canal Street.«

Parker betrachtete Straße, Gebäude und Passanten mit scheuem Blick.

»Wenigstens ist schönes Wetter. Der Winter war schrecklich. Ich habe mir meine Einkäufe hochbringen lassen, ohne ein einziges Mal rauszugehen. Wissen Sie, wenn man die Leute ganz genau ansieht, dann verformen sich ihre Gesichter, und je mehr man sie fixiert, desto mehr verformen sie sich. Es ist besser, sie nicht so genau anzusehen.«

Wir ließen uns an einem ruhigen Tisch nieder. Parker wollte als Vorspeise Dim Sum und Chow Mein haben. Ich schloß mich ihm an und bestellte eine Flasche kalifornischen Rosé.

Der Wein tat ihm gut. Er trank selten welchen. Sein Gesicht belebte sich allmählich.

»Was machen Sie jetzt?«

»Sie werden überrascht sein. Nach meinem Abschluß in spanischer Literatur habe ich mich für Kriminologie begeistert und in Yale meinen Doktor gemacht.

»Hervorragende Universität...«

»Und jetzt bin ich Privatdetektiv.«

»Da Anthropologie die Wissenschaft vom Menschen ist, liegt es in der Natur der Sache, daß sie überall hinführen kann. Praktizieren Sie in New York?«

»Nein, in Miami.«

»Angeblich eine schöne Stadt, wo die Juden zum Sterben hingehen.«

»Es ist eine sehr schöne Stadt.«

»Wissen Sie, es ist sehr seltsam, aber wenn man keinen Lebenswillen mehr hat, dann erscheint einem die Zukunft wie ein graues Baumwollfeld. Alles ist grau, und hier, in Chinatown, gibt es sehr viel Rot.«

»Ich bearbeite gerade den schwierigsten Fall meiner Karriere. Die Polizei unternimmt nichts, und ich bin der einzige, der nicht lockerläßt... Langweilt es Sie auch nicht, wenn ich Ihnen ein wenig darüber erzähle?«

»Ganz im Gegenteil. Da ich große Probleme mit den Augen habe, kaufe ich mir Romane in Form von Tonkassetten. Der letzte, den ich mir angehört habe, war *Das Wespennest* von Mickey Spillane.«

»Ich mag Spillane. Er wird gerade wieder neu entdeckt, und man stellt fest, daß er in einer Sprache geschrieben hat, die so hart ist wie der Lauf einer verchromten Achtunddreißiger.«

Wir aßen unser Dim Sum auf, tranken einen Schluck, und dann kamen die dampfenden Chow Mein.

»Was für ein Duft«, sagte Parker.

Er ging recht geschickt mit seinen Stäbchen um. Ich erzählte ihm von den mysteriösen Ereignissen, berichtete ihm von dem Zeichen. Er wollte das Medaillon sehen. Die Geschichte faszinierte ihn.

»Keinerlei Spuren... nicht einmal eins von diesen Giften, die von bestimmten Stämmen im Amazonas verwendet werden, wie die roten Wurzeln?«

»All diese Substanzen sind in den Labors gut bekannt, und einige Leute haben sie auch benutzt, im Glauben, ihr Verbrechen würde ungestraft bleiben, aber die Krimonologie hat in den letzten Jahren große Fortschritte gemacht.«

»Und diese kleine Tonschale, haben Sie die dabei?«

Ich holte das Polaroidbild hervor, das ich davon gemacht hatte.

»Ich glaube, das ist eine Schale, in die die Initianten des Voodoo ihre spirituellen Substanzen hineintun, in Form von Haaren und abgeschnittenen Fingernägeln. Diese Zeremonie findet während der Initiation statt. Der Voodoo-Priester schneidet die Nägel und die Haarsträhne persönlich ab. Die Schale wird dann in die Nähe der Abbilder des ›Loa‹, des Gottes gestellt, dem sich der Priester geweiht hat und der ihm seine Macht verleiht. Falls einer seiner Adepten ungehorsam ist, kann der Priester seine Seele in Besitz nehmen und auf sie einwirken.«

»So weit, daß er das Opfer tötet.«

»Ja, aber im allgemeinen geschehen diese Tode nicht plötzlich. Wer von dieser Art von Fluch belegt ist, siecht langsam dahin. Es bedürfte einer außergewöhnlichen magischen Kraft, um einen sofortigen Tod herbeizuführen... Ich habe gehört, daß bestimmte Priester dazu in der Lage sind, indem sie eine seltsame Technik verwenden...«

Parker schluckte ein paar Nudeln herunter. Meine Verblüffung amüsierte ihn.

»Diese Priester konzentrieren sich auf ein mit Wasser gefülltes Gefäß. Sie rufen ihren ›Loa‹ an und lassen das Bild ihres Opfers auf der Oberfläche der Flüssigkeit erscheinen. Dann durchstoßen sie dieses Bild mit einem Messerstich. Wenn die Aktion erfolgreich verläuft, dann verfärbt sich das Wasser mit Blut.«

»Haben Sie eine solche Zeremonie schon einmal miterlebt?«

»Nein, diese Rituale sind extrem abgeschirmt und geheim, aber ich konnte die Sache aus verschiedenen Quellen rekonstruieren, und andere Autoren erwähnen sie auch.«

»Wie kann man sich gegen solche Praktiken schützen?«

»Eigentlich kaum. Die einzige Lösung ist, sich an einen Priester zu wenden, der stark genug ist, es mit dem aufzunehmen, der den Fluch geschickt hat.«

»Das klingt alles ziemlich unwahrscheinlich...«

»Ich weiß, wir leben in einem Zeitalter, wo wir meinen, alles erklären zu können.«

»Angenommen, es ist wirklich möglich, dann benötigt der Priester abgeschnittene Fingernägel und Haare…«

»Oder ein Kleidungsstück.«

»Ist es schwierig, gegen eine solche Macht zu kämpfen, jemanden zu finden, der dazu bereit ist?«

»Ja… Als erstes muß der Priester, den man um Hilfe bittet, herausfinden, wie stark der Zauber ist. Spürt er, daß der Gegner mächtiger ist als er, riskiert er sein Leben, wenn er sich auf das magische Duell einläßt. Wer sich dazu bereit erklärt, läßt es sich sehr teuer bezahlen, und es gibt auch eine Menge Scharlatane. Zweifellos werden viele Krankheiten und Fälle von Siechtum fälschlicherweise auf Zauberei zurückgeführt. Das ist eine richtige Industrie, die hauptsächlich in den Händen von Haitianern liegt, von denen viele in New York und Miami leben. Was ich bei Ihrer Geschichte seltsam finde, ist das Motiv. Weshalb sollte ein Priester eine junge Sängerin und ihre Freundin mit einem Todesfluch belegen?«

»Und die Tatsache, daß sich unter den Sachen der Sängerin die leere Schale gefunden hat?«

»Das könnte bedeuten, daß die Initiantin ihre Seele von ihrem Meister zurückgekauft hat. Das ist gängige Praxis, wenn ein Jünger den Meister wechseln will.«

»Und das Zeichen?«

»Das Zeichen könnte von dem Symbol abgeleitet sein, das zur Bezeichnung einer Gottheit dient, oder es ist vielleicht das Zeichen eines ›Houmfor‹! so heißt der Ort, wo der ›Houngan‹ oder ›Mambo‹ oder Priester seine Messe veranstaltet. Und dort wird er auch vom Loa, vom Geist, besessen. Es könnte ebenfalls eine zusammengerollte Schlange symbolisieren, eine verbreitete Darstellung im Voodoo.

»Stehen Sie noch in Verbindung mit irgendwelchen Priestern?«

»Nein… Mit dem Thema befasse ich mich schon lange nicht mehr, aber ich kenne Leute, die Ihnen weiterhelfen können. Sie werden eine fremde, zuweilen sogar unheimliche Welt betreten.«

»Ist ein Priester in der Lage, auch nach einem Foto eine Diagnose zu stellen?«

»Selbstverständlich.«

Das Gespräch stimmte mich nachdenklich. Ich begleitete Parker noch nach Hause und bedankte mich für seine Hilfe. Er sagte mir, mein Besuch habe ihm gutgetan. Ich wünschte mir, er würde allmählich wieder Geschmack am Leben finden. Wir gingen zusammen in sein Apartment hoch, das das reinste Voodoo-Museum war. Ich machte Bekanntschaft mit den heiligen Trommeln und anderen Kultgegenständen. Er schenkte mir ein Standardwerk über das Thema und gab mir die Adresse einer Haitianerin, die in Harlem wohnte und Verbindung zu dieser unterirdischen Welt hatte. Parker schenkte mir auch noch einen Talisman, der sich in einem kleinen, an einer Kordel befestigten Ledersäckchen befand. Er hatte es einmal von einem mächtigen Priester bekommen, der ihm geraten hatte, es zu tragen.

»Nehmen Sie es«, sagte er. »Ich habe die Krankheit schon in mir, aber Sie könnten es eines Tages brauchen. Hängen Sie es sich um den Hals und nehmen Sie es niemals ab.«

Ich ließ meine Päckchen im Hotel und nahm mir ein Taxi nach Harlem. Er setzte mich vor einem Backsteingebäude ab, das aussah, als hätte es gerade einen Bombenangriff hinter sich. Madame Clémentine wohnte im dritten Stock. Parker hatte versprochen, sie von meinem Kommen zu unterrichten.

Die Tür hielt sich kaum noch in ihren Angeln. Sie stand halb offen. Ich klopfte an und trat ein. Ein dunkler Flur verlief an einer Küche vorbei, in der drei Katzen sich die Köpfe stießen, um aus einem Alu-Napf zu fressen. Es roch überall nach Katzenpisse, kein Wunder, denn im Wohnzimmer stieß ich auf zwanzig weitere, majestätisch auf dem Sofa, den Stühlen und den Fensterbänken ausgestreckt, wo sie von der Sonne gewärmt wurden. Clémentine, eine kleine Alte, verhutzelt und mollig, erwartete mich, bequem in einem Sessel zurückgelehnt, mit dem sie wie verwachsen zu sein schien. Die Spuren der Rollen auf dem Parkett sagten mir, daß auch Clémentine dem Lauf der Sonne folgte. Sie musterte mich mit einem durchdringenden Blick. Sie lächelte nicht, aber ihre ganze Person strahlte etwas Warmherziges aus. Sie hatte sehr bunte Kleidung an, wie eine Mexikanerin oder eine Zigeunerin. Auf einem runden Holzbrett lagen eine Ananas und ein Küchenmesser.

»Sie sind ein Freund von Parker. Ein Detektiv ...«

»Vielen Dank, daß Sie bereit waren, mich gleich zu empfangen.«

»Das ist das einzige, was ich tue, empfangen. Leute sterben, und man weiß nicht warum.«

»Genau.«

In einer Ecke des Raumes befand sich ein Altar mit dem Bild eines Voodoo-Gottes, umgeben von brennenden Kerzen, Zigarren und einer Flasche.

»Das ist Exu. Er mag Rum und Zigarren. Er ist ein sehr mächtiger Gott. Zeigen Sie mir die Fotos.«

Ich holte die Polaroidbilder hervor. Sie forderte mich mit einer Handbewegung auf, sie auf den Tisch zu legen. Sie betrachtete sie nacheinander, vor allem Kates gepeinigtes Gesicht.

»Das ist ›Rotauge‹ ...«

»Wer?«

»Ein sehr böser Geist, ein menschenfressender Dämon. Nur ein sehr mächtiger Priester wäre in der Lage, so einen Tod zu schicken.«

»Ist es möglich, daß der Tod durch ihn sehr schnell eintritt?«

»Ja, manchmal sogar auf der Stelle.«

»Kate, diese junge Frau hier, und auch Bashma wurden innerhalb sehr kurzer Zeit getötet.«

»Daran besteht kein Zweifel. Aber die Priester, die zu solchen Todesflüchen fähig sind, sind mit der Ausbreitung der Städte und der modernen Zivilisation verschwunden. Ich habe einen gekannt, als ich noch ein kleines Mädchen in Port-au-Prince war. Seit seinem Tod hab' ich keinen anderen Priester gesehen, oder von einem gehört, der eine vergleichbare Macht besessen hätte. War der ›Pot-tête‹ leer?«

»Ja, aber im Staubsaugerbeutel habe ich abgeschnittene Fingernägel und ein paar Haarsträhnen gefunden.«

»Wissen Sie, ob die Haare und die Fingernägel dem Opfer gehört haben?«

»Nein, aber das kann mir das Labor sagen.«

»Das ist wichtig. Es gibt Initianten, die ihre Seele zurückkaufen, und derjenige, der sie bei den Göttern eingeführt hat, gibt ihnen dann den Pot-tête zurück, aber es kann auch vorkommen, daß ein Priester, der seinen Jünger und seine Macht über ihn behalten möchte, ihm einen anderen Pot gibt, der Fingernägel und Haare einer ganz anderen Person enthält. Wann können Sie es erfahren?«

»Morgen.«

Clémentine schnitt zwei dicke Scheiben Ananas ab, entfernte die Schale und hielt mir eine Scheibe hin. Ich biß herzhaft hinein. Ein köstlicher Saft füllte meinen Mund.

»Das Leben ist doch schön, oder?«

»Ja.«

»Und warum wollen Sie dann sterben?«

»Ich will nicht sterben. Ich gehe kein Risiko ein. Parker hat mir das hier gegeben«, sagte ich und zog das Amulett, das ich um den Hals hängen hatte, aus dem Hemd.

»Das ist gut, aber nicht ausreichend.«

»Ich will die Sache trotzdem nicht fallenlassen.«

»Dann riskieren Sie, daß ihnen das gleiche passiert wie Ihren Freundinnen und Sie ein von Qualen gepeinigtes Gesicht bekommen.«

»Ich will's verstehen.«

»Voodoo kann man nicht verstehen. Man kann ihn nur leben oder daran sterben.«

Ich dachte nach, während ich an meiner Scheibe Ananas lutschte. Ich dachte an all die Kugeln, die mich gestreift hatten, an all die Male, die ich dem sicheren Tod gerade noch entgangen war.

»Wenn es so einen Priester gibt, dann muß es doch wohl auch jemand geben, der die Macht hat, sich ihm entgegenzustellen, oder?«

Zum ersten Mal lächelte Clémentine.

»Mit dem Bösen kommt man schneller voran als mit dem Guten. Wahrscheinlich gibt es so jemand, aber er müßte bereit sein, sich auf einen magischen Krieg gegen einen tödlichen Gegner einzulassen.«

»Erscheint Ihnen das unmöglich?«

»Man müßte ihn erst mal finden. Sie müssen zwei Personen aufspüren, die beide gleichermaßen versteckt und beschützt sind. Es ist sehr gefährlich, diese Welt zu betreten. Sie können dabei Verstand und Leben verlieren. Eins steht fest, wenn Sie den magischen Kreis überschreiten, erwartet Sie das Leid.«

Sie schnitt noch mal zwei Scheiben Ananas ab und musterte mich schweigend. Ich betrachtete den Altar, die Kerzen, den Rum, die Zigarren, die buntbemalte Gottheit. Ich zog das Medaillon hervor und zeigte es ihr, ohne es aus der Hand zu geben.

»Sie haben dieses Zeichen getragen.«

»Das ist wahrscheinlich das Zeichen des Priesters, das seiner Gruppe.«

»Eine Schlange?«

»Nein, die Schlange bedeutet im Voodoo etwas Positives. Sie ist sehr gebräuchlich, aber die Priester, die den Tod schicken, fürchten sie und würden sie nicht als ihr Zeichen wählen. Es ist etwas anderes. Vielleicht verknotete Gedärme.«

Clémentines Hypothese erschien mir durchaus plausibel.

»Kann ich morgen wiederkommen?«

»Jederzeit.«

»Ich werde Zigarren und Rum mitbringen.«

»Exu wird diese Geste schätzen. Bis morgen, mein Sohn.«

Ich schlenderte noch ein wenig durch Harlem und nahm dann ein Taxi zurück zu meinem Hotel. Ich verspürte ein Kribbeln im Bauch.

Das rote Lämpchen an meinem Telefon blinkte und machte mich darauf aufmerksam, daß jemand angerufen hatte. Es war Lita gewesen. Ich rief sie sofort an.

»Hallo, du Schöne. Ich wette, du liegst gerade am Strand oder im Bett mit Roy, diesem reinen jungen Mann, den du in die Welt der Ausschweifung und des Lasters einführst.«

»Die Sache ist ernst, Zulu. Melody, Bashmas Töchterlein, hat bei meiner Schwester die Malerei entdeckt.«

»Kein Problem, wir finden schon eine Galerie für sie.«

»Sie hat so lange gebettelt, bis ich sie wieder hingebracht habe, und dann hat sie den ganzen Tag gemalt. Und zwar immer das gleiche, und alles in Rot...«

»Das Zeichen?«

»Genau. Du müßtest sie sehen, wenn sie malt. Ihre Augen sind voller Angst, ihr Körper ist ganz starr, so als würde sie Bashmas Tod noch einmal erleben.«

»Unglaublich... Ich bin auf einer irren Spur. Ich bin gerade dabei, mich in die Unterwelt zu stürzen... Richtig unheimlich...«

»Hier ist der Himmel blau. Wir wären sehr traurig, wenn du nicht wiederkommen würdest.«

»Es gibt nichts Aufbauenderes als euch, Live Crew...«

»Ich soll dir von Roy ausrichten, daß dich die Hip-Hop-Gottheiten beschützen werden.«

»Wir reißen den Dämonen den Arsch auf.«

»Bis zum Zäpfchen.«

»Große Worte. Der Kampf geht weiter. Wünsch mir Glück!«

»Hoppla, das ist ja der reinste Rap!«

»Ciao, Prachtstück. Ach, was ich dir noch sagen wollte – frag im Labor nach, ob die Haare und Fingernägel, die wir im Staubsaugerbeutel gefunden haben, Bashma gehören.«

»Okay. Ich ruf zurück, sowie ich was weiß.«

Ich rief eine meiner alten Lieben an. Sie hatte einen Limousinenservice, der aus einem Cadillac und ihr selbst bestand. Sie erklärte sich einverstanden, mich nach East Hampton zu fahren, wo ich mein letztes Treffen hatte.

Sie wartete unten schon auf mich. Eine schöne Brünette à la Rita Hayworth. Jedenfalls hatte sie ihre Augen, ihren Mund und ihre Brust. Was sonst noch, weiß ich nicht. Ich hab's nie mit Rita Hayworth gemacht.

Sie hieß Laura Gozzi und hatte einen guten Schuß Ätnalava in den Adern. Zu meiner großen Überraschung war sie nicht selbst am Steuer. Ein junger Typ namens Luis war mit der materiellen Seite des Transports betraut. Den Rest besorgten Laura und ich im Fond, unterstützt von einer Flasche Champagner.

»Schön, dich wiederzusehen, Zulu...«

»Du bist nicht oft in Miami.«

»Du weißt doch, daß ich einen 18-Stunden-Tag habe. Ich habe jetzt zwei Limos, und Luis. Hast du hier ein Haus gemietet?«

»Nein, ich bin geschäftlich hier.«

Laura ließ die getönte Trennscheibe hoch und machte sich mit Feuer daran, mich auszuziehen. Was mich an schöne Zeiten erinnerte. Die Limousine rollte sanft dahin. Der feine Duft ihrer Muschi war für mich so himmlisch wie eine Kindheitserinnerung. Die Nächte mit Laura waren immer tropisch heiß gewesen, voller Tränen und Schreie.

Als der Schlitten hielt und es plötzlich still um uns war, klebten wir in völliger Verzückung aneinander. Wir mußten schließlich einsehen, daß wir angekommen waren. Ich zog mich widerwillig an. Ich war ihrem Charme völlig erlegen. Gegen diese Verzauberung hatte der Talisman mich nicht beschützen können.

Steward Nordvensen bewohnte eine prächtige weiße Villa, ganz aus Glas, Metall und Beton, die einsam in den Dünen am Meer stand. Die Seeluft erfrischte mich, als ich die streng gestaltete Treppe hinaufging. Ich ging auf die Terrasse. Es gab keine Vorhänge, das Innere, mit ein paar Farbtupfern möbliert, war offen einzusehen. Keine Bücher, keine Unordnung, alles aseptisch wie ein Krankenhaus. In einer Hängematte schaukelte eine Gestalt. Nordvensen war in eine Karodecke eingewickelt. Mit seinem wettergegerbten Gesicht und seinen wäßrigen Augen sah er aus wie ein Seemann, der sein Schiff verloren hat.

»Mister Nordvensen?«

»Sie sehen doch, daß ich da bin.«

Ich zog mir einen Stuhl von derartig modernem Design heran, daß man das Gefühl hatte, auf einem Nagel zu sitzen. Der Alte bot mir nichts zu trinken an. Ich hatte den starken Eindruck, daß ich ihm auf den Geist ging.

»Ich werde nicht lange bleiben...«

»Das hoffe ich auch, ich kann Cops nicht ausstehen...«

»Ich kann verstehen, daß Sie nicht gut auf sie zu sprechen sind, aber ich bin kein Cop.«

»Das kommt aufs gleiche raus. Sie werden dafür bezahlt, daß Sie die Leute zum Reden bringen, und ich habe keine Lust zu reden.«

Ich hatte das Gefühl, daß ich hier nicht ewig bleiben würde.

»Lesen Sie nichts mehr?«

»Wozu braucht man noch zu lesen, wenn man's kapiert hat?«

»Was kapiert hat?«

»Daß es im Leben nur ein Problem gibt.«

»Und das wäre?«

»Es gibt Fragen, die ich nicht beantworte.«

Ich zeigte ihm das Medaillon.

»Kennen Sie das?«

Er sah nicht einmal hin.

»Nein.«

»Ist ›Infinity Movement‹ tot?«

»Ebenso tot wie dieser Hund McCarthy.«

»Demnach war das Unendlichkeitszeichen schlecht gewählt.«

»Das ist der erste intelligente Satz, den Sie von sich geben.«

»Wenn Sie den ganzen Tag das Meer betrachten, werden Sie noch ganz mürrisch.«

»Ich bin nicht, was ich bin, aber wenigstens weiß ich es, was bei Ihnen nicht der Fall ist.«

»Sie haben einen eher langsamen Kreislauf, aber irgendwann beantworten Sie meine Fragen dann doch. Hören Sie gerne Rap?«

»Zum Davonlaufen.«

Ich war überrascht, daß die Hip-Hop-Kultur bis in diese Einöde vorgedrungen war.

»Ich denke gerade an Moby Dick. Vielleicht bin ich auf der Suche nach dem weißen Wal...«

»Vielleicht.«

»Also, ich will Sie nicht länger belästigen. Ich verzieh' mich.«

Nordvensen antwortete nicht. Auf dem Weg von der Antarktis zurück in den Dschungel machte ich einen kleinen Umweg über das Innere des Hauses. Reine Intuition. Von der ich mich schon lange leiten lasse. Intelligenz hat ihre Grenzen. Im großen Wohnzimmer ein hellerer Fleck auf einer weißen Wand. Ein ovaler Gegenstand hatte dort gehangen und war entfernt worden. Das Licht des Ozeans hatte Zeit gehabt, die Umrisse zu zeichnen. Oval... Gesicht... Maske... Warum nicht afrikanische Maske? Ich kramte in meinen Taschen und klebte an die Stelle des fehlenden Gegenstandes ein Polaroidbild der Maske, die bei Bashma gehangen hatte. Ein Souvenir für Nordvensen.

Als wir wieder in New York waren, war es Zeit, sich was einzuschmeißen, was wir bei Shennigan erledigten, wo einem die Steaks in die Augen sehen, bevor sie gegessen werden. Laura hatte einen Mordsappetit und einen beachtlichen Zug. Sie war nicht jemand, der seinen Energiebedarf mit kalorienarmer Kost deckte. In ihrem Wesen bewahrte sie alle vibrierenden Spuren der alten Welt, wovon ich mich überzeugen konnte, als ich mit ihr in das weiche Bett meines Hotelzimmers eintauchte. Mit ihr zu schlafen, das war so, als würde einem John Coltrane sein *Olé* höchst persönlich vorspielen.

Während wir engumschlungen wegdösten, flimmerten Bilder über meine innere Leinwand. Das Zeichen, in Rot, die Gesichter von Parker, Clémentine, Exu, Nordvensen, Melody und Mona. Ich schlief ein, und als ich aufwachte, war ich allein. Lauras Beeper mußte gepiepst haben. Es war sechs Uhr morgens. Ich wankte zum Eisschrank, kippte ein Glas Perrier mit Zitronenschale und rief meinen schwarzen Engel an.

»Hallo, Mona.«

»Ich war eingeschlafen, aber ich habe gespürt, daß du mich anrufen würdest. Geht's dir gut?«

»Ja, aber die Sache wird allmählich ziemlich kompliziert. Und bei dir?«

»Cool. Keine Spannungen. Weißt du Bescheid wegen Melody?«

»Ja...«

»Ihre Bilder sind erschreckend...«

»Das kann ich mir vorstellen. Hast du Angst?«

»Ein bißchen. Die Geschichte gefällt mir nicht. Ich habe das Gefühl, ich werde wieder zur Afrikanerin, ich falle in ein Zeitloch. Ich habe Alpträume. Ich habe gerade geträumt, ich hätte keinen Kopf mehr, und mein abgeschnittener Kopf würde an den Haaren an einer weißen Mauer hängen. Und alles voller Blut.«

»Sah er der Maske ähnlich, die bei Bashma hing?«

»Ein wenig, vor allem mit dem Blut... Ja, das stimmt, wenn ich jetzt dran denke, dann war da auch eine kleine Mulde, wie die, in der du den Schließfachschlüssel gefunden hast. Und irgend jemand hat mir etwas in den Kopf gesteckt, so ein Radiodings...«

»Einen Transistor?«

»Ja... genau...«

»Und meine Bewegungen sind ganz mechanisch geworden, wie bei einem Roboter. Es ist höchste Zeit, daß du kommst und mir den Kopf auseinandernimmst.«

»Ich mache noch einen Abstecher nach Kingston, und dann komme ich. Du kannst mich jederzeit anrufen, und mach dir keine Sorgen. Ich bin auf einer Spur.«

»Paß auf dich auf, Zulu.«

»Gleichfalls, Mona. Ich leck' dir den Bauch.«

»Und die Knöchel...«

»Und den Nacken...«

»Und die Augen...«

»Und die Lippen...«

»Und die Wirbelsäule...«

»Und den Po...«

»Und meine Möse... Zulu, ich komme... Spring in den Himmel und komm wie Batman zu mir zurück...«

Ich schlief noch mal zwei gute Stündchen, bekam die Laboranalysen und machte mich auf den Weg zu Clémentine, nachdem ich vorher ein Cowboyfrühstück verdrückt und einen Liter Kaffee nachgegossen hatte.

Ich vergaß nicht, Zigarren und Jamaika-Rum zu kaufen. Lieber nicht knausern, wenn man sich auf die Geisterwelt einläßt. Als ich ankam, war Clémentine gerade dabei, das Fressen für ihre Tiger vorzubereiten. Sie vermischte den Inhalt mehrerer Büchsen mit milchgetränktem Brot.

»Willst du mal kosten?«

»Miau – nein, danke. Ich esse lieber Obst.«

Clémentine nahm eine Mango aus einem Korb und holte wieder ihr Brett und ihr Messer hervor. Wir gingen zu Exu, und nach unserer Opfergabe machten wir es uns in den Sesseln bequem. Die Sonne hatte ihre Runde um das Gebäude noch nicht beendet.

»Und?«

»Weder die Haare noch die Fingernägel waren von ihr.«

»Wie ich' s mir gedacht habe. Sie hat die Seele eines anderen zurückgekauft. Wahrscheinlich eines Toten.«

»Ich bin einem seltsamen Typen begegnet.«

»Man begegnet nur solchen... Irgendwelche Träume?«

»Alle fangen plötzlich an zu träumen und zu malen.«

»Magie setzt seltsame Dinge frei. Wir stecken voller nutzloser Bilder. Wenn wir in Berührung mit der Welt der Magie geraten, kommen sie heraus.«

»Klingt vielversprechend...«

»Man muß die Bilder vorbeiziehen lassen, wenn du sie festhältst, ziehen sie dich unweigerlich mit.«

»Ich werd's versuchen...«

»Wie sieht der nächste Schritt aus?«

»Jamaika.«

»Bon voyage, mein Sohn...«

Ich verließ Clémentine mit bewegten Gefühlen. Diese Frau hatte mir einen Einblick in diese unsichtbare Welt gegeben, die mir, verglichen mit dem, was ich zu sehen gewohnt war, unendlich groß vorkam. Ich war soweit, daß ich hoffte, Exu würden die Zigarren schmecken. Ich hatte Partagas gekauft. Ich hoffte auch, er würde sich nicht allzu sehr an dem Rum besaufen, der mir von dem Barkeeper im Trader's Wick empfohlen worden war.

6

Am Abend, nachdem ich mit knapper Not drei Verkehrsunfällen entronnen war, setzte ich mich an den Pool des Courtleigh Hotels, einem weißen Bau mit grünen Pflanzenkaskaden, und süffelte in aller Ruhe einen Rumcocktail. Ich hatte noch ein zweites Glas für meinen Gast bestellt, Exu. Ich hatte das Gefühl, seinen Schutz zu brauchen. Ich aß noch schnell einen gegrillten Fisch im vorzüglichen Hotelrestaurant und schwang mich dann nach Kingston, das im Reggaetakt pulsierte.

Ich hatte mir im Hotel kein Auto bestellt, weil ich mir einen Chauffeur aussuchen wollte, dessen Nase mir paßte. Schließlich mußten wir über die ganze Insel fahren, um nach Black River zu kommen. Nicht weit von dort, in den grünen Bergen, mußte sich das Voodoo-Zentrum befinden, das Bashma und Kate dreimal besucht hatten.

Man bot mir Dope, Frauen und Schweizer Uhren zu lächerlichen Preisen an, aber jetzt war nicht der richtige Moment, um high zu werden.

Ich suchte mir einen prächtigen Rastaman aus, dessen Beine aus dem Fenster baumelten, während er vorne in seinem Impala ein Nickerchen machte.

»Sind Sie für die Nacht frei?«

»Zweihundertfünfzig Dollar. Ich heiße Ben.«

»Ich, Zulu. Hundertfünfzig.«

»Für hundertfünfundsiebzig fahr' ich dich, wohin du willst.«

Ich stieg vorne neben ihm ein, und bevor wir die lärmende

Stadt hinter uns ließen, machten wir noch den Hand-Slap. Ben hielt noch mal kurz, damit ich mir meine Grundausrüstung kaufen konnte. Eine Achtunddreißiger und ein vorzügliches Messer.

»Wie lange fährt man bis nach Black River?«

»Knapp vier Stunden.«

Ben legte eine Kassette von Peter Tosh ein. Seine Anlage war gar nicht so übel. Er steckte sich einen duftenden Joint an, ich nahm ein paar Züge, lehnte mich zurück und genoß die Nacht im Licht der Scheinwerfer. Ich dachte an Clémentine, an ihr eindrucksvolles Gesicht, das Gesicht einer Frau, die viel herumgekommen war.

Zwei Stunden später machten wir eine Pause in einem schmierigen Imbißschuppen, der schon fast vom Dschungel verschlungen worden war, und tranken ein Gläschen Rum zu einem stark gewürzten Schweinefleischspieß. Ein Hibiskus stritt sich mit der restlichen Vegetation um die Bude. Einige Lkw-Fahrer mit nackten Oberkörpern ließen sich in aller Ruhe vollaufen, während sie einer Schönheit zusahen, die in der Nacht allein vor sich hin tanzte. Aus einem knisternden Lautsprecher dröhnte ein Stück von Bob Marley.

Das »Zulu«-System hatte den Vorteil, daß ich im allgemeinen Leuten begegnete, die mich bei meinen Ermittlungen voranbrachten. Als wir wieder einstiegen, schnitt ich das Thema Voodoo an. Ben kannte sich aus. Seine Großmutter praktizierte selbst. Sie lebte zurückgezogen zusammen mit einigen Jüngern. Sie hatte auf der Insel einen guten Ruf. Während er den Wagen über eine kurvenreiche Bergstraße lenkte, erzählte er mir ein Dutzend beeindruckende Geschichten. Die Nacht duftete wunderbar. Ich sog die Luft in vollen Zügen ein. Plötzlich tauchte mitten auf der Straße ein Typ in Weiß auf, der mit den Armen fuchtelte. Hätte Ben nicht blitzschnell reagiert und eine Vollbremsung hingelegt, hätte es den Typen zerlegt.

Ein kleines Grüppchen von Leuten stand um eine Frau herum, die in ihrem Blut lag, daneben standen zwei zertrümmerte Autos. Ben fuhr noch etwas näher heran, wir stiegen aus, und im nächsten Moment hatte jeder von uns eine Rasierklinge an der Kehle. Der Rest ging sehr schnell. Ich wachte im Morgengrauen in einem Graben auf, Auge in Auge mit einer Schlange, die verächtlich davonglitt. Ich hatte Blut im Gesicht, heftige Schmerzen im Unterleib und das Gefühl, als hätte man mir die Rippen mit einem Baumstamm bearbeitet. Ich richtete mich mühsam auf die Ellbogen auf. Die Straße war menschenleer. Kein Taxi, kein Ben. Ich fuhr mir durch die Haare und hielt in der Bewegung inne. Mir fehlte ein gottverdammtes Büschel Haare. Ich war einem wahnsinnigen Friseur begegnet, und als ich entdeckte, daß ihm eine Maniküre sekundiert hatte, begriff ich, daß ich schon mitten in der Welt der Magie war. Sie hatten es nicht einmal für nötig gehalten, mir die Waffen abzunehmen, als könnten sie gegen die ihrigen nicht das mindeste ausrichten. Ich besaß auch noch mein Geld, meine Kreditkarten und den Schlüssel zu meinem Hotelzimmer. Meinen Anzug konnte ich allerdings auf den Müll schmeißen.

Es mußte in der Nähe Wasser geben. Ich ging auf allen vieren. Bei jeder Bewegung tat mir alles weh. Eine Quelle sprudelte über Steine. Ich wusch mir das Gesicht, rauchte eine Zigarrenlänge und versuchte aufzustehen, aber die Schmerzen im Unterleib waren so stark, daß ich mich nicht aufrecht halten konnte. Ich knöpfte das Hemd auf und entdeckte auf meinem Bauch, zweifellos mit meinem eigenen Blut gezeichnet, das Zeichen des Medaillons. Ich rieb so lange, bis es verschwand. Dann knöpfte ich mir voller Entsetzen das Hemd wieder zu. Ich hörte einige Autos vorbeifahren.

Ich brauchte eine gute Stunde, bis ich mich endlich aufrichten und wie Frankenstein Richtung Straße humpeln konnte. Gebrochen hatte ich mir nichts, das überraschte mich.

Ein blauer Lieferwagen mit einer Ladung Zuckerrohr hielt

an. Am Steuer saß ein flötender Junge, der wie eine indische Amsel aussah. Der reizende Vogel half mir beim Einstiegen und gab mir etwas zu trinken. Ich erzählte ihm, ich hätte einen Unfall gehabt, und mein Auto hätte man mir gestohlen. Das erschien ihm ganz normal. Bestimmte Inseln unterliegen immer noch den Gesetzen der Piraten, und die Marine Ihrer Majestät kreuzte schon seit langem nicht mehr in dieser hübschen Gegend.

Die Reise endete in Mandeville, wo ich mir neue Garderobe zulegen konnte. Da sie schon meine Seele in Form von Fingernägeln und Haaren besaßen, hatte ich nichts zu verlieren, wenn ich die Sache bis zum Ende verfolgte.

Ich fand einen anderen Fahrer, der mich anderthalb Stunden später vor ein paar auf einem Berghang verteilten Häusern absetzte. Er hielt sich zitternd an seinem Lenkrad fest, so stark schien die Präsenz der Götter in diesem Winkel des Urwalds zu sein.

Ein Mann mit durchscheinender Haut kam mir entgegen. Ich sagte ihm, ich wolle Clesh sprechen. Er bat mich, ihm zu folgen, ließ mich in eines der Häuser eintreten und verschwand. Ich versicherte mich, daß meine Waffe gut lag, daß sie immer noch geladen war und daß die Zivilisation in der Lage war, sich notfalls auch in weniger magischer Form zu manifestieren. Ich hatte das Gefühl, ich hatte irgendein tropisches Fieber. Ich schwitzte und zitterte leicht, was mich nicht daran hindern würde, einem Helfershelfer Satans eine Kugel zwischen die Augen zu drücken.

Ich hörte Flüstern, und dann erschien ein Kopf in der halbgeöffneten Tür. Die Unterleibsschmerzen waren so stark, daß ich mich fragte, ob man mir nicht ein Gift eingeflößt hatte, aber man hätte mich bei dem Überfall ebensogut mit einem Stock, einer Rasierklinge oder mit einer Kugel ins Genick erledigen können. Warum mir da einen Teil meiner Seele wegnehmen?

Eine alte, sehr magere Frau, die sich auf die Schulter eines jungen Mädchens stützte, trat ein und untersuchte mich. Sie sah aus, als hätte sie schon sehr viel gelitten. Ihre Hände waren von Arthrose verkrümmt, aber es ging eine unleugbare Kraft von ihr aus.

»Was möchten Sie?« fragte sie mich in einem Ton, der nicht feindselig war.

»Ein Taxifahrer namens Ben hat mir diese Adresse gegeben. Ich glaube, man hat mich verhext. Ich fühle mich schlecht und ich brauche Hilfe.«

Sie sah die Stelle, wo man mir die Haare abgeschnitten hatte, sie betrachtete meine Fingernägel.

»Haben Sie schon Schmerzen?«

»Ja, heftige Schmerzen im Unterleib.«

»Möchten Sie eine Begegnung mit dem Vater der Götter?«

»Je früher desto besser.«

»Wann hat man Ihnen Fingernägel und Haare abgeschnitten?«

»Letzte Nacht.«

»Es ist teuer, die Verhexung wieder aufzuheben...«

»Ich weiß. Ich habe genug dabei.«

»Tausend Dollar...«

»Möchten Sie sie sofort?«

»Nein... Nach der Arbeit... Ich werde nachsehen, ob der Vater der Götter bereit ist, Sie zu empfangen. Er ist ein großer Houngan.«

»Ich weiß.«

Sie verschwand. Das junge Mädchen hatte mich schweigend mit ihren großen schwarzen Augen fixiert. Ich war begierig, diesem großen Mann von Angesicht zu Angesicht gegenüberzustehen und zu erfahren, ob er der Vater der Götter war oder derjenige der Dämonen. Es sei denn, er bediente beide Seiten. Ich war auf der Hut vor jedem Zeichen, das auch nur im geringsten jenem auf dem Medaillon ähnelte.

Das junge Mädchen holte mich ab. Es forderte mich auf, ihm zu folgen. Ich betrat ein rundes Haus. In der Mitte ein Pfeiler, ein Altar mit den Opfergaben, die Bilder verschiedener Götter, stilisierte Schlangen auf einer weißen Wand, afrikanische Trommeln, Flaschen mit diversen Flüssigkeiten, Öllampen, Kerzen. Auf einem wackligen Rattanstuhl saß ein etwa sechzigjähriger Mann, der eine schmutzige alte Hose und ein rotes Hemd anhatte. Das junge Mädchen schob einen Hocker her, auf dem sich ein Kissen befand, und ich setzte mich vor den Houngan. Sein Blick, ermüdet von all den Kämpfen mit den dämonischen Kräften, richtete sich auf mich.

Sein mit einem Sieben-Tage-Bart garnierter Kiefer bebte rhythmisch. Seine Hände, die auf einem schwarzen Stock lagen, bebten ebenfalls. Ich brauchte einige Minuten, bis ich mich an das schummrige Licht und an den auf mir lastenden Blick gewöhnt hatte. Es war, anders als erwartet, ein Blick frei von jeglichem Haß. Die leuchtenden und geweiteten Pupillen bildeten zwei intensive Lichtpunkte im Halbdunkel. Dieser Mann schien nichts Böses an sich zu haben. Ich konnte mir nicht vorstellen, daß er aus Macht- oder Geldgier Menschen das Leben nahm. Dieser Blick hatte sehr viel Leid gesehen, ein steter, tiefer Blick, der die Seele seines leichten Körpers offenbarte, der sich beinahe zitternd im Raum auflöste.

»Wie bist du bis hierher gekommen?«

»Ein Taxifahrer... Ben...«

Ich sah, daß mir der Alte kein Wort glaubte.

»Was hast du da in deiner Tasche?«

»Fotos.«

»Zeig sie mir.«

Ich holte meine Polaroidbilder hervor. Er prüfte sie eingehend, ohne die geringsten Anzeichen von Erstaunen, und gab sie mir zurück.

»Ich konnte sie nicht retten. Der Gegner ist zu mächtig. Er

ist ein großer Hexer. Seine Kräfte sind fürchterlich, seine »Envois-mort« können nicht zurückgeschickt werden. Bashma und ihre Freundin sind dreimal gekommen. Sie sind über eine Woche geblieben. Ich habe alles versucht, die bösen Kräfte fernzuhalten, aber ich habe versagt. Und jetzt geht mein eigener Körper dahin und bezahlt den Preis dieser Niederlage.«

»Weshalb haben Sie Ihr Leben riskiert?«

»Weil ich alt bin und die Geister mir immer mit Macht geholfen haben. Ich habe mehr Flüche abgewehrt als irgendein anderer Voodoo-Priester. Alle, die zu mir kamen, habe ich gerettet, außer Bashma und Kate... Noch nie bin ich einer solch bösen Macht begegnet... Noch nie...«

»Haben Sie jemals von einem Priester gehört, der in der Lage ist, seine Opfer zu töten, indem er ein Messer in das Bild stößt, das sich auf der Oberfläche einer Schale Wasser spiegelt?«

»Papa mosso in Port-au-Prince. Aber er ist seit dreißig Jahren tot. Das war ein schrecklicher Houngan. Niemand wagte es, sich mit ihm zu messen. Selbst Baron Samedi schien ihm zu gehorchen.«

»Baron Samedi?«

»Der Wächter der Toten, der Geist der Gräber, derjenige, den man außerhalb des Houmfor, des Tempels anruft, weil seine Erscheinungen zu fürchterlich sind. Man begegnet ihm mitternachts an Wegkreuzungen auf dem Land.«

»Wer war Papa Mossos Nachfolger?«

»Die Houngans, die mit ihm gearbeitet haben, sind alle tot. Keiner von ihnen hatte seine Kraft.«

»Wie ist er gestorben?«

»Es heißt, daß Baron Samedi eines Nachts während eines Rituals auf den Gräbern neidisch wurde auf Papa Mossos Macht, und daß der Boden sich öffnete und ihn verschlang.«

Ich bemerkte, daß meine Handflächen und mein Rückgrat

schweißbedeckt waren. Mir war überhaupt nicht zum Lächeln zumute, wie es vielleicht irgendein eingebildeter Student getan hätte.

»Woher wissen Sie diese Dinge?«

»Ich habe die Todesflüche, die Papa Mossos Jünger geschickt haben, zurückgeschickt. Ich bin in der ganzen Karibik für meine weiße Kraft bekannt. Von überall kommen die Menschen her, um sich von mir helfen zu lassen, sogar aus Europa.«

»Sie leben sehr bescheiden...«

»Ich lebe mit den Geistern. Ich muß bloß mein Houmfor unterhalten.«

»Wissen Sie, wie Bashma und Kate zu Ihnen gefunden haben?«

»Die großen Houngans kennen mich... In Miami... In New York...«

Ich schwieg, betrachtete den Tempel, den Mittelpfeiler, Achse dieser fremdartigen Welt, magischer Fahrstuhl zwischen Himmel und Hölle, und mir wurde klar, daß der Vater der Götter diese Reise öfter als einmal gemacht haben mußte. Eine Grille ließ ihr Zirpen ertönen, das in der Stille wie verstärkt klang.

»Ich wurde auf dem Weg zu Ihnen überfallen. Ich habe am ganzen Körper Schmerzen.«

»Das ist nichts. Mit einem ›Trempé‹ und ein paar Worten läßt sich der Fluch wieder aufheben.«

»Ein Trempé?«

»Gewässerte Pflanzen.«

»Hat man mir einen Envois-mort geschickt?«

»Nein, aber das kann jederzeit passieren... Sind Sie ein Verwandter von Bashma?«

»Ein Freund.«

»Haben Sie keine Angst, daß Sie bei der Suche nach der Wahrheit sterben könnten?«

»Doch, ich mache es trotzdem. Ich bin ein guter Houngan in meinem Beruf, und ich bin es nicht gewohnt aufzugeben.«

»Einer der Gründe, warum ich den Kampf gegen die Kräfte des Bösen verloren habe, ist der, daß ich nur handeln konnte, indem ich Bashma und Kate verteidigte. Wäre es mir möglich gewesen, einen direkten Gegenangriff zu führen, und somit das magische Duell mit dem Absender des Envois-mort aufzunehmen, hätte ich siegen können. Deswegen sind die Kräfte des Bösen so mächtig, weil derjenige, der sie entfesselt, fast immer geschützt ist. Aber wenn ein solcher Kampf erst mal begonnen hat, kann er nur mit dem Tod einer der beteiligten Kräfte enden.«

»Ich verstehe... Wenn es mir gelingen würde, den Ursprung der Envois-mort zu ermitteln, wären Sie dann bereit...?«

»Ja. Ich würde es tun. Selbst wenn ich von den Flammen der Hölle verzehrt würde. Es gibt fürchterliche Kräfte, die ich noch nie verwendet habe. Aber ich kenne sie, weil ich sie mein ganzes Leben lang bekämpft habe.«

Der Vater der Götter erhob sich, sprang in die Höhe und umkreiste dreimal den Mittelpfeiler des Tempels, wobei er einen Schrei von außerordentlicher Kraft ausstieß. Er befahl mir, mich auszuziehen. Mit der Spitze seines Stockes zeichnete er einen Kreis um mich herum und sprach einige Sätze, die ich nicht verstand. Mein Körper begann immer heftiger zu zittern, der Schweiß rann aus jeder Pore meiner Haut, meine Zähne klapperten, ich spürte, wie sich meine Augen verdrehten, und ich fiel auf den kühlen Boden. Ich überließ mich ganz dem Zittern, ohne das Bewußtsein zu verlieren.

Der Vater der Götter zündete ein Feuer an, brachte in einem Tontopf Wasser zum Kochen, nahm eine Handvoll Blätter aus einem Korb, der mit einem angeschlagenen Teller bedeckt war, und warf sie ins Wasser, wobei er eine unverständliche Zauberformel sprach. Er berührte meinen Körper an verschiedenen Stellen. Ich hatte das Gefühl, als würde er den Abszeß meines Leidens aufstechen. Das Zittern nahm immer mehr ab, und als der Trank abgekühlt war, wusch er mir, am Kopf beginnend, damit den Körper. Ich verlor jegliches Zeitgefühl und schlief tief ein.

Ich wachte kurz vor Morgengrauen auf. Ich war in eine rauhe Decke eingewickelt, neben mir brannte eine Öllampe, und das junge Mädchen, das ich am Vortag gesehen hatte, betrachtete mich mit seinen großen dunklen, durchdringenden Augen. Sie verschwand bald und kam einige Minuten später mit einer Schale wieder, die ein bitteres Getränk enthielt.

»Trink.«

Sie gab mir drei Bananen. Ich aß sie, und dann zog ich mich an. Sie betrachtete mich ohne Neugier. Ich hatte den Eindruck, es ging ihr nur darum, sich zu vergewissern, daß meine Bewegungen gut koordiniert waren.

Die alte Frau trat ein. Ich hielt ihr ein Bündel Dollar hin. Sie machte eine ablehnende Handbewegung.

»Der Vater der Götter hat dich in seinen Schutz genommen. Du bist sein Sohn. Komm wieder, sowie du erfahren hast, was er wissen muß.«

Ich küßte die beiden Frauen und merkte dabei, wie leicht ich mich fühlte. Die Schmerzen waren völlig verschwunden.

Mein Taxifahrer war immer noch da. Er schlief auf dem Rücksitz. Das junge Mädchen brachte ihm eine Schale Kaffee und ein Stück Kuchen. Als wir im Begriff waren, loszufahren, kam sie ans Fenster und sagte zu mir: »Ich heiße Polynice.«

»Und ich Zulu.«

»Komm bald wieder, Zulu. Der Vater der Götter darf uns nicht verlassen. Er ist ein sehr guter Mensch.«

Sie streichelte meine Hand, und ihr Lächeln verschwand. Wir fuhren wieder ins Tal hinunter. Der Dschungel erwachte mit einem ungeheuren Rascheln.

Ich verpaßte mein Flugzeug, bekam aber einen Platz im

nächsten. Noch nie hatte ich mich derart lebendig und wach gefühlt.

Meine treue Live Crew erwartete mich. Wir fuhren durch den Flughafen, die Anlage bis zum Anschlag aufgedreht. *Serious Tits* war nicht jedermanns Geschmack. Ich verstand es noch nicht, mich unbemerkt zu machen.

Wieder auf dem Highway, auf vertrautem Gelände, erschien es mir als die seltsamste Rückkehr, die ich je erlebt hatte.

»Du siehst aus, als hättest du die ganze Zeit nur am Pool gesessen und Cocktails geschlürft«, sagte Lita.

»Echt wahr«, meinte Rapboy Roy.

»Hast sogar Zeit gehabt, dir einen richtigen Hip-Hop-Schnitt verpassen zu lassen, während wir hier auf dich gewartet haben.«

»Ich muß noch im Leichenschauhaus vorbei und was überprüfen, und danach lade ich euch zu einem Festessen im Palace ein.«

Ich rief Mona an, die noch geschlafen hatte.

»Hallo, Jasminblüte.«

»Kommst du, ein bißchen Honig bei mir schlecken?«

»Komm ins Palace, es gibt einen Festschmaus.«

»Bin dabei. Gib mir eine Stunde Zeit.«

»Ist alles in Ordnung?«

»Ich habe Angst.«

»Die werden wir wieder los.«

»Hoffentlich...«

Wenn man durch die kalten Korridore des Leichenschauhauses geht, merkt man wieder, wie schön das Leben ist. Gordon, der Verwalter, schien schon drüben auf der anderen Seite zu sein. Er war ein dicker, kreidebleicher Bursche, der seine Schützlinge gerne vor den Lebenden abschirmte, aber ihm blieb nichts anderes übrig, als für mich die Schubladen zu öffnen. Er wußte, daß ich Brad und Joe hinter mir hatte.

Ich fing bei Bashma an. Ich sah sofort, daß die Fingernägel an ihren blau angelaufenen Händen abgeschnitten waren, ebenso wie ein Büschel Haare im Nacken. Kleine Details, die mir entgangen waren, als ich sie das erste Mal untersucht hatte. Das gleiche bei Kate. Der, der ihnen den Todesfluch geschickt hatte, hatte eifrige Assistenten, die sich um die niederen Arbeiten kümmerten. Mir wurde plötzlich klar, daß die angeblichen Gaffer bei dem getürkten Autounfall, die mich zu »behandeln« hatten, nicht viel älter als mein Graffitisprayer waren. Es gab also eine solide Infrastruktur, auf die sich der Envoyeur de mort bei der Ausübung seines Terrors stützen konnte.

»Irgendwann einmal werde ich auch über Sie wachen«, sagte Gordon, »und ich werde aufpassen, daß man Sie nicht stört.«

»Zu liebenswürdig, Gordon. Sie sind ein äußerst gewissenhafter Bursche.«

»Das stimmt. Man kann sich auf mich verlassen«, sagte er, während er das große Tor öffnete.

Die Luft von Miami war köstlich. Gloria empfing mich etwas frostiger als sonst. Mir war klar, daß ich meine drei Tage Bedenkzeit überschritten hatte.

»Ich brauch' unbedingt einen kleinen Aufschub von zwei Tagen.«

»Du kannst gerne dein Glück versuchen.«

Das beruhigte mich, und ich versprach ihr, es zu versuchen, sowie der Envoyeur de mort mir eine kleine Ruhepause gönnte. Wir ließen uns auf der Terrasse nieder und bestellten wild durcheinander. Roy nahm einen Hühnersalat, Lita und ich gegrillten Mauhi-Fisch auf Spinat und eine Flasche Chablis. Ich hatte Lust auf eine gute Zigarre, so daß Petra gerade zur rechten Zeit auftauchte. Sie bot mir eine Schachtel mit drei Zigarren an, die mit einer gelben Schleife zusammengebunden waren.

»Du hast wohl einen direkten Draht zu Castro. Handgedrehte Zigarren sind schon seit Jahren nirgends mehr zu kriegen.«

»Hab' ich dir nie erzählt, daß er früher einmal total in mich verknallt gewesen ist?«

»Nein, aber ich glaub's dir gern.«

Ich steckte meiner Freundin ein Bündel Dollar zu. Sie machte eine Verbeugung und entfernte sich.

Ein Taxi hielt vor dem Hotel. Mona stieg aus. Ich sah sofort, daß etwas nicht stimmte. Sie war fahl, was bei Leuten unserer Hautfarbe wie Alupapier aussieht. Ich stand auf, und sie warf sich mir schluchzend in die Arme. Während ich ihr übers Haar strich, spürte ich, daß ihr am Nacken ein Büschel Haare fehlte, und an ihren Fingern, die mich zitternd umklammerten, sah ich, daß die Nägel kurz abgeschnitten worden waren.

»Sie sind in der Nacht gekommen. Ich habe nichts gespürt... Sie werden mich umbringen... Wie Bashma... Sie werden mich töten...«

»Sie werden niemanden umbringen oder töten. Ich bin ihnen auf der Spur.«

Mona hob den Blick und entdeckte auch bei mir die abgeschnittene Stelle im Haar. Sie nahm meine rechte Hand in ihre.

»Du auch... Wieso? Wieso haben sie Bashma und Kate getötet, und jetzt...«

»Ich habe in den letzten Tagen eine Menge erfahren... Ich bin nicht mehr allein...«

Ich zog einen Stuhl an meinen heran und behielt Mona in meinen Armen. Allmählich beruhigte sie sich. Ich berichtete von meiner Reise.

Mona kostete von meinem Teller und trank einen Schluck Wein.

»Und der Sprayer?«

»Der Hurensohn ist verschwunden. Ich hab' nach weiteren Zeichen Ausschau gehalten. Aber Fehlanzeige. Du hast ihn wahrscheinlich verscheucht.«

Ich rief Mono an, um zu erfahren, ob die Masterbänder inzwischen wieder aufgetaucht waren.

»Und, was ist mit den Bändern?«

»Nicht die geringste Spur. Der Vertrieb macht mir schon ungeheuer Druck. Die wollen eine Riesenwerbekampagne starten, ich hab' die Redakteure sämtlicher Zeitschriften am Hals, und bin dabei, mir das größte Geschäft meines Lebens zu versauen, nur wegen so einem Arsch von Sekretärin. Naja... Hier laufen die Telefone heiß... Bis bald, Zulu.«

Er legte auf, bevor ich ihn bitten konnte, mich mit dem Toningenieur Pedro zu verbinden. Ich rief gleich noch mal an. Die neue Sekretärin hatte eine reizende Stimme.

»Ja, hier Pedro.«

»Sag mal, gab's bei *Pure Steel* Titel, die nicht aufs Album gekommen sind?«

»Ja... Zwei... Aber man kann sie noch so oft remixen, da wird kein Dynamit draus...«

»Kannst du mir eine Kopie ziehen? Ich komme gleich vorbei.«

»Du wirst enttäuscht sein.«

Ich nahm Mona und Live Crew mit, und dann düsten wir zu Rapadise Records. Pedro war mit der Überspielung gerade fertig. Ich dankte ihm und steckte die Kassette ein.

Ich schob sie in den Recorder. Es stimmte, die Stücke waren nicht so gut wie der Rest. Aber plötzlich riß es mich, als ich den Text des zweiten Teils hörte:

Kate – Kate – Kate
Sag, wieso dein Vater
das Rot nicht liebte
Kate – Kate – Kate
Sag, warum dein Vater

das Blut liebte
Kate – Kate – Kate
Sag, warum Joseph
die Magie nicht liebte
Kate – Kate – Kate
Sag, warum Joseph
die Zauberer nicht liebte!

Ich fuhr Tempo 70, bis die Verbindungen hergestellt waren, und dann spuckte meine Festplatte folgende Informationen aus: Rot = Kommunisten / Joseph = McCarthy / Kate = Kate.

»Glaubst du, hier geht's um Zauberei?« fragte Lita.

Ich lächelte, rief Brad an und sagte ihm, falls jemand in seinem Büro war, solle er ihn rausschmeißen.

Ich fuhr mit Vollgas die Collins Avenue runter und parkte auf dem Parkplatz der Cops. Ich griff mir die Kassette und den Ghettoblaster und stürmte in Brads Büro, wie eine Anti-Terror-Einheit in ein Flugzeug.

»Stell das Scheißding leiser«, brüllte Brad.

Schließlich fanden wir das gewünschte Stück.

»Verdammt interessant.«

Zwei Minuten später gingen wir die Dateien des Computers durch und ließen uns die vollständige Biographie von James Henning, Kates Vater, ausdrucken.

Er war während der Hexenjagd auf die Kommunisten sehr aktiv gewesen und wegen eines »Zwischenfalls« suspendiert worden, der sich bei der Vernehmung eines Schauspielers ereignet hatte, der verdächtigt worden war, Kommunist zu sein.

»Ein kleiner Ausrutscher«, sagte Brad, der was für makabre Scherze übrig hatte.

»Du sagst es. Und zwar am 2. November 1954.«

»Genau einen Monat bevor die Hexenjagd vom Senat verurteilt wurde.«

»Das Opfer, Erwin Zab, war dreiundzwanzig Jahre alt.«

Besonders interessant war die Tatsache, daß der fragliche Schauspieler Voodoo praktizierte, und daß man bei ihm verschiedene Kultobjekte gefunden hatte, sowie einige Utensilien, die typischerweise bei der Schwarzen Magie Verwendung fanden.

Bei seiner Verteidigung hatte Henning behauptet, er habe nach der Entdeckung der Gegenstände die Kontrolle über die Situation verloren. Aber noch interessanter war, daß Henning 1962 nach einer langen Krankheit gestorben war, die von den Ärzten nicht identifiziert werden konnte.

»Die gleiche Todesart wie bei Kate, wie bei Bashma. Kate war also das Ziel, nicht Bashma.«

»Rache.«

»Von wem? Zwangsläufig von jemandem, der in der Zauberei mit Erwin Zab sehr verbunden war.«

Brad spielte weiter auf der Tastatur herum und brachte eine weitere erstaunliche Tatsache ans Licht: Kates Mutter war zwei Jahre später gestorben, unter den gleichen Umständen, und Kate, die damals drei Jahre alt gewesen war, wurde unter einem anderen Namen in einem Pensionat großgezogen, das den Kindern von Regierungsbeamten vorbehalten war. Vor vier Monaten hatte sie beantragt, ihren ursprünglichen Namen benutzen zu dürfen, wie es ihr von Gesetz wegen auch zustand, und das war der Moment, in dem der Envoyeur de mort auf sie zielte.

»Die Frage ist, wie dieser Rächer oder diese Rächerin von Bashmas Song erfahren hat.«

»Vielleicht durch Zufall«, meinte Brad.

»An solche Zufälle glaube ich nicht mehr… Dieser Zab hatte doch Familie.«

»Eine Schwester. Sollen wir sie suchen?«

»Je schneller, desto besser.«

»Und wie war deine Reise?«

Ich erzählte ihm die Höhepunkte.

»Eine verrückte Geschichte.«

»Du kannst mich jederzeit anrufen.«

Mein Abgang wurde weniger beachtet. Während ich wieder zu meinem Auto ging, wurde mir klar, weshalb Bashmas Apartment leergeräumt worden war. Kate mußte ihr irgendwelches Material über ihren Vater anvertraut haben, und der Envoyeur wollte nicht das Risiko eingehen, sich irgend etwas durch die Lappen gehen zu lassen. Wenn er auch die Masterbänder von *Pure Steel* klauen ließ, war das Ergebnis für ihn bestimmt enttäuschend. Andererseits konnte es passieren, daß er jemanden zum Lagerhaus schickte, um Rapadise Records zu durchsuchen. Ich bat Brad, es überwachen zu lassen.

»Sieht so aus, als hätten wir es bald geschafft«, sagte Lita.

»Wir kommen voran.«

»Ein richtiger Klopper, die Geschichte«, meinte Roy.

Mona, nachdenklich und beeindruckt, schwieg.

»Ich brauch' mal eine kleine Pause. Ich muß mir einen neuen Anzug kaufen.«

»Wir wollten's dir ja nicht sagen, aber Lita und ich, wir fanden, daß du verdammt billig ausgesehen hast, als du da aus dem Flugzeug rausgekommen bist«, sagte Roy.

7

Als Waffe gegen die Mächte des Bösen mochte Französisches Boxen ja vielleicht unpassend erscheinen, aber man mußte trotzdem in Form bleiben, und so verbrachte ich drei Stunden bei Roger und schlug Phantome zusammen. Lita machte Fortschritte, und Brad und Joe waren dabei, genauso gut zu werden wie ich.

»Ein bißchen steif heute«, sagte Roger.

»Ich weiß…«

»Zulu, du mußt meinen Ruf verteidigen. Wenn dir jeder Kaspar was auf die Rübe geben kann, dann kann ich meine Koffer packen und nach Paris zurückfahren!«

»Ich werde etwas öfter kommen.«

»Gerade an einem schwierigen Fall?«

»Das kann man wohl sagen. Mein Gegner ist Meister in einer Kampfart, die tötet, ohne daß es einen sichtbaren Kampf gibt.«

»Ich hab' dir doch gesagt, daß Drogen und Training nicht zusammenpassen. Du warst in Kingston wohl ganz schön bedröhnt.«

»Ich meine das ernst.«

Statt einer Antwort knallte er mir einen Haken vor die Kehle, den ich nur mit größter Mühe abwehren konnte. Camembert hatte einen sehr direkten Sinn für Dialektik. Er ließ mich selber die Schlußfolgerungen aus diesem Angriff ziehen und wandte sich Lita und Roy zu.

Als wir fertig waren, gingen wir alle ein Glas Guavensaft bei einem kubanischen Obsthändler trinken.

»Die Geschichte schlägt allmählich Wellen. Der Staatsanwalt hat sich mit einem Bischof beraten«, sagte Joe.

»Das ist wohl ein Witz«, meinte Brad.

»Nein, anscheinend besitzt die Kirche irgendwelche Waffen gegen Satan.«

Joe lächelte boshaft. Das bleiche Gesicht des materialistischen und ehrgeizigen Lüstlings verriet uns, daß er vorhatte, den Staatsanwalt bald zu verdrängen, und daß seine Methoden erheblich wirksamer wären.

»Und was ist mit Erwin Zabs Schwester?« fragte ich.

»Wir werden sie im Laufe des Tages finden.«

»Krieg' ich bald mal was Konkretes, was ich dem Staatsanwalt unter die Nase halten kann?« fragte Joe.

»Alles liegt in Zulus Hand. Meine Leute kommen nicht weiter.«

»Soll er sich doch mit seinem Bischof amüsieren, und wir machen unsere Arbeit.«

Wir trennten uns. Ich verschrieb Live Crew ein paar Stunden Ruhe und machte mich auf die Suche nach einem stillen Plätzchen. Jill lud mich zum Tee ein. Sie hatte gerade letzte Hand an einen Schokoladenkuchen gelegt, der fertig sein würde, wenn ich käme.

Sie hatte eine Hängematte in ihrer Bibliothek, ein ruhiger, kühler Ort, der sich zu einem prächtigen Garten öffnete. Ich würde ein bißchen schaukeln und nachdenken. Live Crew würde mich später bei Mona wieder aufgabeln.

Tee, englisches Porzellan, gelesene Bücher, Stille. Der Schokoladengeschmack durchströmte noch meinen Körper. Ich sammelte meine Fäden zusammen. Erwin Zabs Schwester war die wichtigste Informationsquelle. Sie mußte wissen, mit wem ihr Bruder Schwarze Magie praktiziert hatte, und diese Person interessierte mich lebhaft.

Es gab auch noch eine andere mögliche Spur, die weniger sicher und komplizierter war und vielleicht im Sande verlaufen würde. Dabei ginge es darum, jemanden aus Papa Mossos Umkreis zu finden. Aber einfach nach Port-au-Prince zu fahren, das wäre das gleiche, als wollte man die Wüste Gobi nach einem blauen Sandkorn absuchen. Vielleicht konnte Clémentine mir helfen. Ich ließ meinen Arm zu Boden gleiten und holte mein Handy hoch.

»Clémentine, hier ist Zulu.«

»Und, mein Sohn, gibt's Neuigkeiten?«

»Es lief alles bestens. Ich bin fast krepiert, aber ein gutes Trempé hat mich da rausgeholt.«

»Du betrittst allmählich unsere Welt.«

»Hieß der Houngan, den Sie in Port-au-Prince gekannt haben, zufälligerweise Papa Mosso?«

»Papa Mosso... Ja... Papa Mosso, so hieß er. Wie hast du das rausgekriegt?«

»Seit man mir ein Büschel Haare entfernt und die Fingernägel geschnitten hat, mache ich interessante Funde.«

»Damit scherzt man nicht, mein Sohn.«

»Es stimmt aber.«

»Dann bist du in ernster Gefahr.«

»Das weiß ich. Deswegen muß ich mich beeilen. Haben Sie Verwandte in Port-au-Prince?«

»Ich kenne einige, ja.«

»Ich muß alles wissen, was sich über Papa Mosso herausfinden läßt, alles, über seine Jünger und seine Familie. Ich brauche jemand, der mir zu irgendeiner Spur verhilft.«

»Ich werde ein paar Anrufe machen.«

»Würden Sie nicht gern selber nach Haiti fahren?«

»Ich gehe nicht mehr viel aus dem Haus.«

»In einer Stunde werden Sie von einer Freundin von mir abgeholt. Sie wird Sie zum Flughafen fahren, sich um Ihr Tikket kümmern und Ihnen soviel Geld geben, daß Sie über die Runden kommen.«

»Das ist lieb, mein Sohn. Ich würde meine Heimat gern

wiedersehen, aber ich bin mir nicht sicher, ob ich finden werde, was du suchst.«

»Das macht überhaupt nichts, Clémentine. In dem Fall ist es einfach ein Geschenk.«

»Ich bin in einer Stunde bereit.«

»Notieren Sie sich meine Telefonnummer, und rufen Sie mich jederzeit an, auch bei dem winzigsten Hinweis. So können Sie mir vielleicht das Leben retten, Clémentine...«

»Ich weiß, mein Sohn. Deswegen fahre ich hin.«

Ich leerte meine Teekanne und sagte mir, die beste Art, die Zeit zu überbrücken, während meine Kumpels am Ball waren, wäre, Gloria anzurufen.

»No mail today, Zulu.«

»Ich erwarte dich bei Jill.«

»Ich arbeite.«

Ich gab ihr die Adresse durch und vertraute auf ihr Improvisationstalent. Dann ging ich in die Küche zu Jill, die gerade in einem dicken Roman von Fernando del Paso las, während sie mit der anderen Hand eine Mischung aus Lachs und Kräutern zusammenrührte.

»Was bereitest du da vor?«

»Eine Lachsterrine mit eingeweichtem Brot. Ein Rezept aus den Südstaaten.«

»Dein Schokoladenkuchen ist eine Wucht. Hast du heute abend ein Dinner?«

»Ja, Freunde.«

»Krieg' ich ein Zimmer für heute nacht?«

»Müßte ich erst noch schalldicht machen lassen.«

»Wir werden so leise wie möglich sein.«

»Nicht so schlimm. Das große Ein-Zimmer-Apartment im dritten Stock?«

»Ideal.«

Etwas Soße spritzte auf das Buch.

»Einige von deinen Büchern könntest du wirklich langsam

in den Ofen schieben, mit dem, was da alles schon drauf ist, gäben sie eine tolle Lasagne.«

»Daran habe ich auch schon gedacht.«

Ich drückte ihr ein Küßchen auf ihr gutes altes Doppelkinn und ging hoch. Auf Jill konnte man sich verlassen, immer. Das Apartment war ganz in Holz gehalten. Auf dem mit bunten mexikanischen Teppichen ausgelegten Boden stand ein niedriges, superbequemes Doppelbett. Ich rief meine schöne Limousinenchauffeuse an.

»Na, Prachtstück, du machst es genau wie die Macker, verziehst dich gleich nach dem Bumsen.«

»Ich hatte einen wichtigen Kunden, der mich in Atlantic City erwartet hat. Ein Typ, dem man nicht absagen kann.«

»Verstehe. Und ich bin wohl jemand, dem du absagen kannst?«

»Nein.«

»Ich habe eine wunderbare Nacht mit dir verbracht.«

»Ging mir auch so. Du hast Fortschritte gemacht.«

»Danke... Du holst eine Frau namens Clémentine ab. Du gibst ihr fünftausend Dollar und reservierst für sie den nächsten Flug nach Port-au-Prince.«

»Oh, da muß ich erst mal im Lotto gewinnen.«

»Ich überweise dir sofort was. Du bringst sie bis ins Flugzeug und holst sie wieder ab.«

Ich notierte mir ihre Kontonummer, gab ihr die Adresse, duschte und legte mich zwischen die Laken, die nach Lavendel dufteten. Inzwischen hatte der ›Envoyeur de mort‹ sicherlich das Material bekommen, das er brauchte, um Mona und mich auf die Liste seiner Opfer zu setzen, und diese Vorstellung behagte mir absolut nicht. Um den Lauf des Schicksals etwas zu bremsen, verabschiedete ich mich zu einem Nickerchen.

Ich spürte eine Art Frische, und dann, hier und dort, winzige Hitzepunkte, die über meine Haut wanderten. Danach hatte ich ein Gefühl, als würden die Engel ihre Haare über meinen ganzen Körper gleiten lassen. Lippen streichelten mich, ein Mund erforschte meinen Körper und ein glühender Körper schmiegte sich an meinen. Meine Zunge wanderte in einem köstlichen Mund umher, und meine Speicheldrüsen kamen im selben Moment zum Höhepunkt wie die von Gloria, die ich erkannte, als ich die Augen aufschlug.

Der Duft ihres Körpers berauschte mich, ich glitt zur Seite und machte mich auf die Suche nach den Quellen dieses Parfüms, das sich durch einige sanfte Küsse zu noch vollerer Blüte entfaltete. Dieses Mädchen war die reinste Destillerie berückender, wilder Wohlgerüche. Ich berauschte mich mit allen Sinnen an ihr. Unsere Musik begann die Holzwände hinunterzuwandern. Glorias Fingernägel zeichneten chinesische Zeichen auf meine Haut. Wir durchdrangen uns mit unserer Hitze, die schwer und geladen war mit erregenden Versprechungen dessen, was noch kommen würde. Ich verschwand mit dem ganzen Gesicht zwischen ihren Schenkeln. Meine Zunge, meine Finger, meine Nase, meine Stirn improvisierten auf ihrem Körper Ornamente, die Glorias Schreie immer wieder ins Epizentrum zurückholten. Ich streichelte ihren Bauch, ihre Schenkel, ihre Brüste, ihren Hals, ihr Gesicht, ihren Hintern, ihren Rücken. Sie wand sich wie eine Tänzerin in Trance, und ich überließ mich diesem Lebenspuls, der mich für einige Stunden mit dem All verband.

Es wurde Nacht. Jills Gäste gingen wieder, und erst um vier Uhr morgens, nachdem unsere Körper mit jedem mexikanischen Teppich Bekanntschaft gemacht hatten, so eng wurde uns das Bett, erreichten wir den siebten Himmel mit einem letzten Orgasmus.

Über Miami ging eine Sintflut nieder und trug alle Gerüche der Erde bis zu unserem Refugium hinauf. Glorias Augen waren geöffnet; mit halboffenem Mund lachte sie und drückte mich mit krampfartigen Bewegungen an sich, die sich verbanden wie Wellen, nachdem man einen Stein ins Wasser geworfen hat.

Gegen fünf Uhr morgens holte ich meine Jasminblüte am Obstmarkt ab. Ich fühlte mich frisch und in Topform. Ich steckte ihr ihre Rose ins Haar, machte Menschenfreund Speed meine Aufwartungen, und wir düsten los Richtung Monas kleinem weißen Häuschen. Sie holte zwei Gläser mit Eiswürfeln, und dann ließen wir uns auf dem zerschlissenen Sofa auf der Veranda nieder. Die Luft war warm und feucht, im Viertel war es still, die Kids noch im Bett. Nur der Alte, der nie schlafen konnte, saß draußen auf seiner Veranda, wo ein Lüftchen wehte, und sah fern. Ich liebte diese Stunde, in der sämtliche Spannungen vorübergehend in der Schwebe zu sein scheinen.

»Guten Tag gehabt?«

»Ich komme voran. Bashma wurde nur aus Versehen getötet. Anscheinend hatte sie irgendwelches belastendes Material bei sich.«

»Und warum sind sie hinter uns her?«

»Weil Bashma einen Rap aufgenommen hat, der die ganze Geschichte erzählt und der nicht auf den Masters drauf ist. Pedro und sein Chef haben zwei Nummern rausgeschmissen.«

»Also haben sie die Bänder umsonst geklaut.«

»Sie können sie immer noch versilbern.«

»Ich habe Angst. Die ganze Nacht lang hab' ich Angst gehabt. Ich bin vor jedem Zittern meines Körpers auf der Hut, vor jeder Veränderung, als würde ich darauf warten, endlich krank zu werden.«

»Je mehr du daran denkst, desto leichter machst du es ihnen. Damit bereitest du ihnen den Boden…«

»Es ist stärker als ich.«

Ich nahm sie in die Arme. Sie setzte sich neben mich und preßte sich an mich. Noch nie zuvor war sie mir so jung, so zerbrechlich vorgekommen. Man konnte ihr die Sorge an den

Augen ablesen. Sie war weich und heiß. Ich streichelte sie. Sie stöhnte leicht.

»Sowie ich bei dir bin, verschwindet die Angst. Ich fühle mich jetzt besser.«

»Hast du ein bißchen von deinem Geld ausgegeben?«

Sie lachte.

»Ich kann mich einfach nicht an die Vorstellung gewöhnen, daß es mir gehört. Heute nachmittag habe ich ein bißchen Shopping gemacht. Ein smaragdgrüner Minirock, italienische Schuhe in derselben Farbe, und dann habe ich mir eine Gesichtsmaske bei Corale Gables machen lassen, wo die reichen Tussis hingehen. Es war toll. Das war das erste Mal, daß ich sowas gemacht habe. Ich kam mir vor wie eine Königin. Ich bin sogar eingeschlafen, so gut hat es mir getan.«

»Du wirst bald eine ruhige Kugel schieben können. Hast du eine Vorstellung, was du bezahlen müßtest, um dich von Speed loszukaufen?«

»Du mit deinen Verbindungen könntest ihm doch soviel Druck machen, daß er mich in Ruhe läßt.«

»Es ist einfacher und weniger riskant, wenn wir zahlen. Die Zuhälter statuieren gerne Exempel.«

»So um die zwanzigtausend Dollar, soviel ich weiß.«

»Ich habe inzwischen mit einem meiner Anwaltsfreunde geredet. Er kann die Sache mit dem Finanzamt hinbiegen, aber nicht ohne was Ordentliches für sie springen zu lassen.«

»Das ist egal, Hauptsache mir bleibt noch was für mich und Melody übrig.«

»Weißt du schon, was du machen möchtest?«

»Ja, ich möchte gern am Leben bleiben, um mein Geld zu genießen. Sonst kann ich mir immer noch ein Marmorgrabmal aufstellen lassen, wie eine ägyptische Königin oder irgendeine Göttin.«

Jetzt mußte ich lachen. Wir flößten uns den Bourbon schluckweise ein. Unsere Körper entspannten sich, verschmolzen mit der Nacht. Mona knöpfte mein Hemd auf, spielte mit der Zungenspitze um meinen Bauchnabel herum.

»Ich möchte, daß du mich bumst«, sagte sie.

Sie zog mich aus. Ich ließ ihren Minirock herunterrutschen, zog ihr das T-Shirt aus, streichelte ihr Brust und Bauch mit meinen Lippen. Sie öffnete die Beine, setzte sich auf eine Lehne des Sessels, ich leckte ihr das Gesicht und die Augen, dann drehte sie sich um, und meine Zunge streichelte die Muskeln ihres Nackens bis zum Ansatz ihrer kurzen, festen Haare. Mona stöhnte und ließ sich sacht zu Boden gleiten, wobei sie sich auf die Hände aufstützte. Meine Zunge folgte den Muskeln ihres Rückgrats, wanderte über ihr Kreuz, glitt zwischen ihren Arschbacken bis zum sanft gekräuselten After und zur geöffneten Möse, aus der schon einige Lusttropfen hervorperlten. Ich leckte sie lange und sanft. Ihre Atmung beschleunigte sich, ihr Stöhnen wurde lauter.

»Nimm mich von hinten«, flüsterte sie.

Die Cops sind nicht immer schnell, erreichen aber trotzdem oft ihr Ziel. Sie sind Meister im schlechten Timing, so auch Brad, der mich morgens um zehn nach neun anrief, als meine Glieder und meine Seele noch vollkommen mit Monas verschmolzen waren. Ich weiß nicht, wie wir ins Bett gekommen waren, aber von dort nahm ich den Anruf entgegen, während die graue Katze wie das Triebwerk einer 747 schnurrte.

»Das kann ja nur ein Cop sein, wer zu dieser Zeit anruft...«

»Bingo!« sagte Brad.

»Ich hoffe, es lohnt sich.«

»Glaub' schon. Rachel Zab. 2376 Westwood Lane, Atlanta. Sie ist Architektin und arbeitet zu Hause. In der Regel arbeitet sie bis acht. Geschieden. Ein Kind, Aaron, zwölf Jahre alt.«

»Danke, Cop. Ich nehme die nächste Maschine. Mach's gut.«

Mona war noch nicht aufgewacht. Sie schlief so fest, daß man ihr hätte die Haare glätten können, ohne daß sie es gemerkt hätte. Was ich mit ihr machte, war erheblich sanfter. Sie kam noch im Schlaf. Ich zog mich an und weckte meinerseits Live Crew auf, um ihnen zu sagen, daß sie bis zu meiner Rückkehr am Abend schlafen konnten. Wenn sie das Auto brauchten, konnten sie es am Flughafen abholen. Ich würde den Parkschein unterm Sitz lassen, wie immer.

Bevor ich ging, hinterließ ich Mona noch eine Botschaft. Ich klebte ihr ein Post-It auf den Bauch, mit folgendem Text: ›Dein Arsch ist so weich und süß wie das Paradies. Er hat mir Flügel wachsen lassen, und obwohl ich kein Engel bin, werde ich morgen früh um fünf wieder da sein. Zulu.‹

Ich machte einen Abstecher zum Beach Pressing, suchte mir einen himbeerfarbenen Leinenanzug aus, ein Hemd im Pistazienton, eine nachtblaue Krawatte, ein Paar geflochtene Schuhe, Marke Rossetti, von der gleichen Farbe. Meine Artillerie ließ ich zurück, reservierte mir einen Platz in der nächsten Maschine und düste Richtung Atlanta.

Der Flughafen dieser reizvollen Stadt war der reinste Alptraum, aber was tut man nicht alles, um zu überleben? Ich rief Rachel Zab vom Flugzeug aus an und erzählte ihr, ich sei ein Werbemanager, der gerade seine zehnte Million verdient habe und sich jetzt eine Villa in Pensacola am Strand bauen lassen wolle, an die Stelle, wo jetzt ein kleines Holzhäuschen stehe, das meinen Alten gehöre. Sie besaßen tatsächlich ein ordentliches Stück Sand und führten ein friedliches Leben an diesem Ort, der von Marineveteranen bevorzugt wurde. Anläßlich dieser Halbwahrheit nahm ich mir vor, meine Eltern zu besuchen, sowie der Tod mir nicht mehr auf den Fersen war.

Nach der Landung nahm ich mir sofort ein Taxi und ließ mich zu Rachel fahren, die mich schon erwartete. Sie mußte einen Haufen Kohle machen. Ein Stockwerk für das Büro, drei Etagen Wohnung, ein großer schwarzer, ziemlich schöner Würfel in einem Garten, in dem eine Truppe von Chicanos den Rasen pflegte.

Rachel Zab war eine junge Fünfzigerin. Sie empfing mich in einem großen, fast leeren Raum mit Teppichboden und perlgrauen Wänden. Ein großformatiges Gemälde von Joan Mitchell pulsierte von Farbigkeit. Ein niedriger Tisch aus Metall und Glas, einige Jugendstilsessel mit anthrazitgrauem Leder und ein beiläufig abgelegtes Buch vervollständigten das minimalistische Dekor. Rachel Zab war groß und gut gebaut, ihr italienisches Kostüm war perfekt, ihr Gesicht das eines Workaholic. Sie hatte sehr schmale Lippen, ihre Brille von Gian Carlo Ferré, die einen lebhaften Blick umrahmte, saß auf einer imposanten gebrochenen Nase, die aber voller Charakter war. Alles, was dieses Gesicht und dieser Körper ausstrahlte, ließ sich mit einem Wort resümieren: Effizienz.

Sie bat mich lächelnd, Platz zu nehmen, und eine ebenso elegant gekleidete junge Dame trat ein und fragte mich, was ich zu trinken wünsche: Fruchtsaft, Whiskey, Portwein, Perrier, Champagner oder Bordeaux. Ich entschied mich für einen Perrier Orange, meine Gastgeberin nahm einen Karottensaft.

»Wer hat mich Ihnen empfohlen?«

»Meine Augen.«

»Das ist ein Kompliment.«

Die junge Dame bediente mich. Dann fragte Sie mich, ob ich mir die Mappe ansehen wolle, und legte sie mir sanft auf den Schoß. Ich sah sie mir in aller Ruhe durch. Ausschließlich hochkarätige Villen.

»Großartig.«

Rachel schenkte mir ein weiteres Lächeln.

»Wieviel Fläche steht Ihnen zur Verfügung?«

»Ein Hektar Sand am Meer.«

»Haben Sie schon eine Vorstellung, wie das Haus aussehen soll?«

»Ein einziger Raum, Typ Hangar. Alles offen.«

»Originell.«

Jetzt war es an mir zu lächeln.

»Interessieren Sie sich für Voodoo?«

Einige erröten, andere erregen sich, Rachel begann am ganzen Körper zu zittern. Sie brauchte eine gute Minute, um sich wieder zu fassen.

»Wer sind Sie?« kreischte sie mit einem schrillen Schrei.

Ich zeigte ihr meine Lizenz.

»Ich prüfe alte Geheimakten, die eventuell mit aktuellen Ereignissen in Zusammenhang stehen können, darunter die Ihres Bruders.«

Rachel stand auf und goß sich ein Glas mit Scotch voll, das sie in einem Zug leerte. Dann tigerte sie, das Glas in der Hand, im Zimmer auf und ab.

»Mein Bruder wurde von einem Bullen umgebracht... Von so einem wie Sie!«

»Ich weiß, aber weder bin ich ein Bulle noch ein Henning, und ich hege die allergrößte Sympathie für jene, die den Mut hatten, sich am Infinity Movement zu beteiligen. Also hören Sie auf, mich zu beschimpfen.«

Sie setzte sich und blickte mir direkt in meine schwarzen Augen. Was sie dort sah, beruhigte sie offenbar.

»Verzeihen Sie mir, Sie haben da an qualvolle Erinnerungen gerührt...«

»Ich verstehe...«

»Wollen Sie mit nach oben kommen? Dort sind wir ungestört.«

Rachel rief die Sekretärin und wies sie an, uns unter keinen Umständen zu stören. Wir stiegen in den ersten Stock hoch. Hunderte von Kunstbüchern, in Yves-Klein-Blau gestrichene Wände, Unordnung, ein großer Arbeitstisch, eine Superanlage mit futuristischen Boxen, die bestimmt sündhaft teuer gewesen waren. Die Sessel und Sofas aus rosa Leder verliehen dem ganzen einen fröhlichen Touch. In einem Regal einige hundert CDs, Zeitungen und Zeitschriften, an der Wand ein De Kooning.

»Wir haben den gleichen Kunstgeschmack. Vielleicht kommen wir miteinander klar.«

»Wirklich?« sagte sie erstaunt.

Sie zog einen großen roten Aktenordner heraus und legte ihn geöffnet auf ihren Arbeitstisch.

»Bilder von Erwin... In einem Stück von Tennessee Williams...«

Der Junge hatte ein leidenschaftliches Gesicht, sehr ausdrucksstark. Sie zeigte mir noch andere Fotos. Der Ordner enthielt außerdem noch einige Bündel Briefe und Zeitungsausschnitte.

»Er wäre einer der allergrößten geworden. Seine Ausstrahlung war genauso stark wie die eines Brando oder Newman.«

»McCarthy hat eine ganze Generation von Genies vernichtet und die anderen beschmutzt, indem er sie kompromittiert hat. Eine der finstersten Epochen unserer Geschichte.«

»Was wollen Sie wissen?«

»Alles, was Sie mir sagen wollen.«

»Stellen Sie mir Fragen...«

Ich betrachtete den De Kooning, bevor ich begann.

»Wußten Sie, daß Ihr Bruder Voodoo praktizierte?«

»Ja... Er war sehr sensibel, wie viele Künstler. Manche wenden sich an Hellseher und Astrologen, andere, wie Erwin, handeln lieber, oder tun das, was sie unter Handeln verstehen. Er verspürte in sich ein Bedürfnis nach Macht, das er in seinem normalen Leben nicht befriedigen konnte. Wie viele Psychopathen meinte er, er könne die ganze Welt allein manipulieren, sie mit Magie lenken. Sein Wunsch nach Macht konnte sich nur über diesen Weg verwirklichen.«

»Wie ist er zum Voodoo gekommen?«

»Erwin war homosexuell. Zu der Zeit, als er in dem Stück

von Tennessee Williams gespielt hat, lernte er einen Mann kennen, der viel älter war als er. Ein großer Voodoo-Meister, der über furchtbare Macht verfügte. Erwin wurde von ihm initiiert. Ich glaube nicht, daß er es jemals besonders weit gebracht hätte.«

»Wie kommen Sie dazu, das zu meinen?«

»Wir standen uns sehr nahe. Ich war jünger als er und verfolgte alles, was er tat, mit großer Bewunderung. Er erzählte mir von seinen Zweifeln, von seinen unbefriedigenden Erfahrungen.«

»Und wie hat er reagiert?«

»Er hat sich ganz und gar hineingekniet, im Glauben, daß er irgendwann einmal wirklich von den Göttern Afrikas in Besitz genommen würde... Das ganze hatte etwas Pubertäres an sich.«

»Sind Sie seinem Meister einmal begegnet?«

»Einmal, als ich zufällig vorbeikam.«

»Hatten sie ein Liebesverhältnis?«

»Ich glaube ja.«

»Können Sie mir diesen Mann beschreiben?«

»Er war schwarz, sehr brillant. Ich glaube, er lehrte damals an der Columbia University.«

»Wissen Sie, wie er heißt?«

»Nein. Erwin bezeichnete ihn immer als den ›Vater der Götter‹.«

»Was hat er gelehrt?«

»Anthropologie, glaube ich.«

Mir begann das Blut in den Adern zu kochen. Ich konnte nicht glauben, daß es sich um Parker handeln sollte. Hatte er mich etwa zu Clémentine geschickt, um mich besser manipulieren zu können?

»Dieser Mann war Mitglied des Infinity Movement?«

»Ja. Er hat Erwin dort eingeführt. Für ihn war es ein großer Augenblick. Er wurde Mitglied einer außergewöhnlichen

Elite, und gleichzeitig glaubte er, absolute Macht erlangen zu können. Eine grauenerregende Geschichte.«

»Haben Sie irgendwelches Material über diesen Mann oder irgendwelche Bilder, auf denen er zu sehen ist?«

»Ich habe ein Bild, auf dem man sie zusammen sieht. Es ist ein schlechtes, unterbelichtetes Bild. Ich weiß nicht, ob es Ihnen etwas nützt.«

Rachel kramte in den Papieren herum und zog ein Foto hervor, das einen gezackten Rand hatte. Ich erkannte Parker sofort. Ein Irrtum war ausgeschlossen. Dieser brave Mr. Parker, der den untröstlichen Witwer spielte.

»Glauben Sie, daß zwischen diesem Mann und Erwin eine sehr tiefe Beziehung bestanden hat?«

»Ja, ich glaube, es war eine leidenschaftliche Liebe.«

»Können Sie mir dieses Foto vorübergehend überlassen?«

»Ja. Sie können es behalten. Ich mag es nicht.«

»Vielen Dank. Sie haben mir sehr geholfen. Wahrscheinlich werden Sie dazu beitragen, mehreren Menschen das Leben zu retten, einschließlich mir.«

»Ich verstehe nicht...«

»Das erkläre ich Ihnen, wenn alles vorbei ist.«

»Gut... Ich respektiere ihr Schweigen... Ich freue mich, daß ich Ihnen von Nutzen sein konnte...«

»Ich werde Ihnen meine Telefonnummer geben. Rufen Sie mich an, sowie Ihnen noch irgend etwas einfällt. Auch wenn es eine Kleinigkeit ist, die Ihnen völlig unscheinbar vorkommt.«

Ich schrieb meine Nummer auf einen Zeichenblock, der sich auf dem Tisch befand, und besorgte mir dann ein Taxi. Ich nahm die nächste Maschine nach New York und ließ mich gleich in die Nähe der Straße fahren, in der Parker wohnte. Ich mußte unbedingt seine Wohnung durchsuchen, und dazu mußte ich ihn dazu bringen, sie zu verlassen. Ich schrieb ein paar Zeilen auf einen Zettel, den ich einem Jungen zusammen mit einem Fünf-Dollar-Schein gab. Ich lud Parker ein, mit mir in einem Restaurant zu speisen, das so weit wie möglich entfernt lag. Ein schickes Lokal im Village. Ich schrieb ihm, ich hätte meine Ermittlungen abgeschlossen und könne ihm erstaunliche Dinge berichten. Ich war mir so gut wie sicher, damit seine Neugier zu wecken. Ich reservierte einen Tisch und sorgte dafür, daß man meinem Gast mitteilte, ich würde mich um eine halbe Stunde verspäten. Ich ging mir auf dem Broadway einen Koffer kaufen und stopfte ihn mit schweren Sachen voll.

Zehn Minuten später verließ der gute Mr. Parker seine Wohnung und ging relativ schnell Richtung Broadway, wo er sich ein Taxi rief.

Der Portier war derselbe wie bei meinem letzten Besuch. Er las langsam, er hatte seinen Stephen King immer noch nicht fertig.

»Guten Abend...«

»Sie haben kein Glück... Mr. Parker hat gerade das Haus verlassen.«

»Ich habe ihm doch gesagt, daß ich ihn abhole. Er wird etwas vergeßlich... Ich sollte ja nicht so von meinem Onkel reden, aber manchmal kriege ich wirklich einen Zorn...«

»Wissen Sie, in seinem Alter ist das normal.«

»Und außerdem wiegt dieser Koffer hier mindestens eine Tonne. Da sind seltene Werke drin, die ich für ihn aus Stanford mitbringen sollte.«

»Sie können ihn bei mir abstellen.«

»Da sind Bücher im Wert von über hunderttausend Dollar drin.«

»Bücher?«

»Seltene Erstausgaben.«

»So was Dummes... Besser wär's ja, sie zu ihm hochzubringen. Aber ich bin allein.«

Ich machte eine verzweifelte Miene.

»Na gut, dann gehe ich eben.«

Der Portier öffnete eine Schublade, kramte in den Schlüsseln herum und fand schließlich den richtigen. Ich ging hoch, stellte den Koffer ab, entfernte den Wohnungsschlüssel vom Bund und ersetzte ihn durch einen meiner eigenen, der ihm einigermaßen ähnlich sah, ging wieder nach unten und gab den Schlüsselbund dem Portier zurück.

»Danke.«

»Nichts zu danken.«

Es begann zu regnen. Ich verbarg mich auf der anderen Straßenseite gegenüber dem Gebäude und wartete auf eine Gelegenheit, hineingehen zu können, ohne daß der Portier es merkte. Einige Minuten später hielt ein Taxi, und eine Frau erschien im Foyer. Sie ging auf Krücken. Der Portier öffnete seinen Regenschirm, begleitete die Frau bis zum Taxi, und während er ihre Beine hineinbugsierte und die Krücken verstaute, schlüpfte ich ins Haus und lief die Treppe hoch. Unterwegs stellte ich mir einen Raum voller Pots-têtes vor, Plastiktüten mit meinen Fingernägeln und Haaren und denen von Mona. Eine Schale, einen Kultdolch und alle möglichen widerlichen, mit Nägeln durchbohrte Statuetten.

8

Die Drei-Zimmer-Wohnung befand sich auf der Südseite des Gebäudes. Im Wohnzimmer gab es nichts Besonderes. Nur Bücher, Bücher, Bücher. Die afrikanischen Gegenstände, die ich schon gesehen hatte. Ein Schild, ein Speer, Figurinen, ein Fernseher, ein paar häßliche, aber bequeme Sessel, ein Sofa, ein Liegesessel. Ich betrat das Arbeitszimmer. Auch dort Bücher, vom Boden bis zur Decke. Ein Tisch, auf dem sich nur ein Scheckbuch und ein paar Rechnungen befanden. Parker arbeitete wahrscheinlich nicht mehr viel dort. Ich öffnete die Schubladen eines chinesischen Schranks, der als Rumpelkammer diente.

In einem Kasten lag ein Bündel Briefe. Ich las drei davon, es waren Briefe von seiner Frau. Ich schloß die letzte Schublade und ging weiter ins Schlafzimmer, dessen schwere Vorhänge zugezogen waren, so daß kein Licht von der Straße eindringen konnte. In dem Moment hörte ich, wie sich jemand am Schloß der Wohnungstür zu schaffen machte. Es dauerte etwas länger als mit dem Schlüssel, aber schließlich war der Eindringling drin. Ich schraubte schnell die Birne aus der Deckenlampe und versteckte mich hinter dem dicken Vorhang.

Der Eindringling durchsuchte eilig das erste Zimmer, ging weiter ins Arbeitszimmer, dann ins Schlafzimmer, betätigte den Schalter, fluchte, knipste eine Taschenlampe an, inspizierte das Zimmer. Ich sah ihn durch den Schlitz zwischen den beiden Vorhängen. Zwanzig Jahre alt, Jeans, Lederjacke, gestylte Frisur. Das war kein Dieb, sondern ein Lieferant. Er öffnete den begehbaren Kleiderschrank, machte das Licht an, schob zwei Koffer beiseite und versteckte dahinter einen Kasten. Ich hätte ihn ohne Mühe abfangen können, aber ich hatte das Gefühl, mehr zu erfahren, wenn ich ihn wieder gehen ließe. Was er auch tat, indem er hinter sich die Tür zumachte. Ich schraubte die Birne wieder ein, holte den Kasten heraus und öffnete ihn. Ich fand darin alles, was ich gesucht hatte. Die Pots-têtes, Fotos von Kate, von ihrem Vater, von Bashma, von Mona und mir. Ferner einige leidenschaftliche Briefe, die mit Erwin unterschrieben waren. Eine Schale, ein Kultdolch, Kerzen und eine Darstellung von Baron Samedi.

Ich öffnete die Pots-têtes. Sie enthielten Haare und Fingernägel, die wahrscheinlich den einzelnen Fotos zugehörten, die, wie es aussah, mit Teleobjektiv aufgenommen worden waren. Ich erkannte Kates Haare, Bashmas, welche, die vermutlich Henning gehörten, und meine. Die einzige Unsauberkeit, die mir auffiel, war, daß dort eindeutig weniger Haare drin waren, als man mir abgeschnitten hatte. Es fehlte auch die Hälfte der abgeschnittenen Fingernägel. Fest stand, daß es genug waren, um einen geistig trägen Cop zu täuschen. Man versuchte, Parker die Sache in die Schuhe zu schieben, und ich mußte eingestehen, wäre ich als zweiter Besucher eingetroffen, hätte ich allen Grund gehabt, ihn zu verdächtigen. Doch ich war schneller gewesen, und ich stellte fest, daß sich allmählich eine Spur abzeichnete. Wahrscheinlich war ich bei meiner letzten Reise beschattet worden. Der ›Envoyeur de mort‹ hatte geahnt, daß ich Rachel finden würde, die mir ihre ganze Aufregung nur vorgespielt hatte. Sie sollte mich auf Weisung des ›Envoyeur de mort‹ manipulieren. Ich mußte also vorgeben, ihnen auf den Leim zu gehen. Ich machte den Kasten wieder zu, stellte ihn zurück, verließ die Wohnung und das Gebäude, während der nicht gerade eifrige Portier gerade nicht an seinem Platz war. Ich kannte Häuser, die besser bewacht wurden. Ich ging ein Stück zu Fuß, um mich zu vergewissern, daß mich niemand verfolgte, und nahm mir dann ein Taxi.

Auf dem Weg ins Village beschloß ich, noch mal in East Hampton vorbeizufahren, und rief Laura an, um ihr zu sagen, daß sie mich in anderthalb Stunden im Restaurant abholen solle. Ich bat sie, mir eine Achtunddreißiger mitzubringen.

Parker freute sich, mich zu sehen. Ruhig und entspannt. Wir bestellten gefüllte Krabben und Lammkeule und dazu eine Flasche Saint Emilion.

»Kommen Sie voran, Zulu?«

»Ja... Sie werden erstaunt sein: Man versucht, Ihnen die Sache in die Schuhe zu schieben.«

»Mir?«

»Ja. Man hat mich mit einem Foto von Ihnen und Erwin Zab auf Ihre Spur gesetzt.«

»Eine schreckliche Geschichte. Er war ein sehr guter Schauspieler und ein lieber Mensch. Wir haben ihn sehr gemocht, meine Frau und ich.«

»Wissen Sie, mit welchen Mitgliedern der Bewegung er in näherer Verbindung stand?«

»Er war das jüngste Mitglied. Wie gesagt, er wurde von allen gemocht. Er war immer voller Elan und sehr komisch.«

»Wußten Sie, daß er homosexuell war?«

»Ja...«

»Hatte er mit irgendeinem Mitglied der Gruppe intime Beziehungen?«

»Keine Ahnung.«

»Hatten Sie innerhalb der Bewegung irgendeinen Feind oder mehrere Feinde?«

»Nein, ich glaube nicht. Wir waren durch ein gemeinsames Ideal miteinander verbunden, und beruflich gab es auch keine

Reibungen, weil es außer mir keine anderen Anthropologen in der Bewegung gab.«

»Was können Sie mir über Nordvensen erzählen?«

»Ein sehr brillanter Kopf, ein Wissenschaftler erster Garnitur. Seine Karriere wurde durch die Ereignisse zunichte gemacht. Davon hat er sich nie erholt. Selbst nach dem Senatsbeschluß ging es mit ihm nicht mehr bergauf. Aber wenigstens war er sehr wohlhabend.«

»Können Sie sich erinnern, ob Sie sich mit ihm oder Erwin jemals über Voodoo unterhalten haben?«

»Nein... ich glaube nicht...«

»Aber sie wußten, daß Sie ein Fachmann auf dem Gebiet waren...«

»Gewiß, aber ich kann mich nicht erinnern, daß sie auch nur die geringste Neugier gezeigt hätten. Nordvensen war ein hochkarätiger Wissenschaftler, und für Leute wie ihn ist Voodoo nichts weiter als irgendein obskurer Aberglaube.«

Ich zeigte Parker das Foto, das Rachel mir überlassen hatte. Er ergriff es mit einer gewissen Erregung, betrachtete es lange schweigend und richtete dann seinen Blick auf mich.

»Wo haben Sie das her?«

»Das war das erste Glied der Kette, mit der Sie zum Envoyeur de mort abgestempelt werden sollten. Die Polizei wäre vielleicht darauf reingefallen.«

»Mit anderen Worten, ich habe Glück gehabt, daß ich an Sie geraten bin...«

»Ich konnte nicht verstehen, wieso Sie mich zu Clémentine geschickt hätten.«

»Aber einen Moment lang haben Sie selber dran geglaubt...«

»Genug, um Ihre Wohnung zu durchsuchen. Das Abendessen war eine Falle.«

»Ich nehm's Ihnen nicht übel.«

»Wenn man weiß, daß das Leben derjenigen, die man liebt,

und auch noch das eigene bedroht ist, handelt man bisweilen zu impulsiv.«

»Hätte dieses Foto ausgereicht, mich zu belasten?«

»Nein, aber das, was sich seit einer Stunde bei Ihnen befindet...«

»Sie waren nicht allein?«

»Ich habe meinerseits Besuch bekommen. Ein ›Lieferant‹ ist gekommen und hat in Ihrem Schrank ein paar Pots-têtes versteckt, eine Schale, einen Kultdolch, Fotos von vergangenen und zukünftigen Opfern und verschiedene Accessoires.«

»Sind sie immer noch da?«

»Ja... Würden Sie sich bereit erklären, das Spiel bis zum Ende mitzuspielen?«

»Worin genau würde das bestehen?«

»Ich werde eine vorgetäuschte Verhaftung veranlassen. Unsere Gegner werden sich dann in Sicherheit wiegen, und ich hätte mehr Spielraum, um die Sache zu Ende zu bringen. Sie würden unter Polizeischutz stehen.«

Parker zögerte einige Sekunden.

»Eins ist mir noch nicht klar...«

»Was?«

»Angenommen, es gelingt Ihnen, die Identität des Envoyeur de mort zu ermitteln, wie wollen Sie dann gegen ihn vorgehen? Ich kann mir schlecht vorstellen, daß die Justiz dieses Landes in der Lage sein wird, irgend jemandem ein Verbrechen nachzuweisen, das mittels Schwarzer Magie begangen wurde... Das würde Wellen schlagen, unser Rechtssystem würde versagen. Unser guter alter Rationalismus würde Ihnen und den Opfern entgegenstehen, und ungeachtet der Zahl der Toten würde das ganze Verfahren zweifellos eingestellt werden...«

»Sie haben völlig recht, und bis dahin hätten ich und meine Freunde reichlich Zeit, die Liste der Opfer zu verlängern.«

»Genau... Also...«

»Ich beabsichtige, sie mit ihren eigenen Waffen zu bekämpfen.«

»Unmöglich.«

Ich schwieg, um die Lammkeule zu kosten und den Saint Emilion zu würdigen, ein 1961er Château Cheval Blanc, der ein kleines Vermögen kostete. Parker folgte meinem Beispiel, während er mich mit seinem verschleierten Blick musterte.

»Clémentine erinnert sich an einen sehr mächtigen Voodoo-Priester... Papa Mosso...«

»Der Name sagt mir etwas... Das ist schon lange her... In Haiti...«

»Genau... Clémentine ist gerade dort... Auf der Suche nach seinen Spuren... Er ist seit gut dreißig Jahren tot, aber irgend jemanden muß es noch geben... irgendwelche Verwandte... auf jeden Fall einen seiner Jünger, und der ist der Envoyeur de mort...«

»Hoffen wir, daß Clémentine eine Spur findet... Sie ist eine reine, gute Frau... Intelligent... Sie kennt viele Leute... Sie wird Erfolg haben...«

»Das einzige Problem ist die Zeit.«

»Ich bin bereit, Ihnen zu helfen.«

»Gut, ich werde so tun, als würde ich wieder zu Ihnen nach Hause gehen. Sie bestellen sich noch ein Dessert, vielleicht einen kleinen Cognac, und fahren dann zu sich. Kurz darauf wird die Polizei Sie abholen kommen. Es wirkt vielleicht ein bißchen zu offensichtlich.«

»Egal... Sie sind mutig... vielleicht sogar kühn... Ich möchte nicht, daß Ihnen etwas zustößt...«

»Ich auch nicht.«

»Haben Sie Angst?«

»Ja.«

Parker lächelte. Ich rief den Oberkellner und gab ihm meine Kreditkarte.

»Ich verlasse Sie jetzt, Parker. Bis später. Ich wäre gern einer Ihrer Studenten gewesen.«

»Sie schlauer Fuchs, Zulu ...«

Ich rief Live Crew an. Es lag eine Botschaft von Clémentine vor. Sie war auf einer Spur, hatte aber noch nichts Konkretes.

Laura, schön wie immer, erwartete mich am Steuer ihrer Limousine.

»Schon wieder da? Bist du frei für die Nacht?«

Ich küßte sie.

»Hast du die Knarre?«

»Na klar. Ich hab' dir doch gesagt, daß ich Kunden mit Beziehungen habe.«

»Wenn du nicht mit einem Toten schlafen willst, dann drück auf die Tube.«

»Wo geht's hin?«

»East Hampton.«

»Gleiche Stelle?«

»Yo.«

»Probleme?«

»Ernste.«

»Dachte ich mir doch. Du wirkst angespannt.«

»Ich kämpfe gegen Baron Samedi.«

»Kenn' ich nicht.«

»Macht nichts, erklär' ich dir zwischen den Laken.«

»Ich bumse unheimlich gern mit dir.«

»Versuch, das nächste Mal bis zum Frühstück zu bleiben.«

»Versprochen.«

Es wurde Nacht. Wir verließen New York. Ich betrachtete Lauras Profil, das sich vor der wolkigen Abenddämmerung abhob, und dachte, daß dies vielleicht die letzte schöne Frau war, die ich in meinem Leben sehen würde.

Das Meer war aufgewühlt. Ich bat Laura, einen guten Kilometer vor Nordvensens Haus zu halten. Ich nahm die Waffe an mich, überprüfte, ob sie funktionierte, und machte mich im Schutz der Nacht und der Dünen auf den Weg. Der Wind stieß lange schwermütige Klagen aus. In der Ferne die erleuchtete Villa des »Abgesandten des Todes«, einsam wie ein Tempel. Parker hatte recht, ich konnte mir schlecht vorstellen, daß sich die Richter mit so einem Fall herumschlagen würden. Man konnte weder die Todesursache noch die Vorgehensweise dieses Verbrechens beweisen. Ich sah ihn nicht mit seiner Schale und seinem Dolch vor einem Geschworenengericht stehen.

Als ich das Gebäude erreichte, hörte ich nur noch das Heulen des Windes. Vielleicht war das Baron Samedi, der persönlich gekommen war, um meiner und Monas Hinrichtung beizuwohnen.

Ich ging die Treppe hoch. Das Haus schien leer zu sein. Ich ging zu der Hängematte. Nordvensen lag nicht drin. Weiter innen sah ich eine riesige Küche, ein Schlafzimmer, ein Badezimmer aus Marmor mit einem Whirlpool, ein Arbeitszimmer. Eine Treppe führte ins Souterrain, wo sich wahrscheinlich die Garage und ein Bootshaus befanden.

Ich ging um das Haus herum, leichtfüßig wie eine Katze. Ich drückte gegen den Griff der Glastür, sie glitt leise auf. Ich trat ein, schob die Tür hinter mir zu, lauschte. Nichts. Ein leichter Duft nach Paprika und Fisch ließ mich vermuten, daß Nordvensen gerade gespeist hatte. Mein Polaroidbild hing nicht mehr an der Wand. Es war durch eine Tonplastik ersetzt worden, ein schönes, junges Gesicht, das von Erwin Zab.

Ich ging in die Küche, eine Geschirrspülmaschine lief fast geräuschlos. Ich stellte sie ab und öffnete sie. Es befanden sich nur ein Besteck drin, ein Teller, ein Glas und eine kleine Soßenschale. Nordvensen war allein. Er mußte im Souterrain sein.

Ich betrat das Arbeitszimmer und ging dann die Treppe hinunter, wobei ich jede Stufe einzeln nahm. Eine Tür trennte uns noch voneinander.

Nordvensen sprach schnell. Ich meinte einige französische Wörter herauszuhören. Es hörte sich an, als würde er kreolische Zauberformeln deklamieren. Seine Stimme zitterte leicht. Ich drückte die Klinke herunter, machte die Tür einen Spalt breit auf. Ich sah Nordvensen im Profil. Er hatte einen langen roten Umhang an. Der Raum war rund, in der Mitte stand ein Holzpfeiler. Es gab von Kerzen beleuchtete Götterbilder und diverse Opfergaben, so wie ich sie schon auf Mr. Cleshs Altären gesehen hatte. Auf einem langen Holztisch standen Wachsfiguren, die von langen Nägeln durchbohrt waren.

Nordvensen war über eine Schale gebeugt, die auf einem Pfosten stand. Auf der Flüssigkeit war kein Bild zu sehen. Die Zauberformeln sollten zweifellos eines heraufbeschwören. Monas oder meins.

Nordvensen war so versunken, daß er mich nicht eintreten sah. Ich schlich mit einem Moon-Walk hinter ihm vorbei, stellte mich schräg hinter ihm auf, so daß ich die Oberfläche der Flüssigkeit im Auge behalten konnte. Ich war von dieser Schale wie hypnotisiert. Ich wartete, die Waffe schußbereit in der Hand.

Nordvensen zitterte, ich sah Schweißtropfen auf seiner Stirn und auf seinem Nacken. Er wiederholte unaufhörlich die gleiche, ziemlich lange Formel. Der Kultdolch lag auf einem kleinen runden Tisch neben der Schale. Nordvensen wiederholte seine Formel gut hundertmal, hielt dann plötzlich inne und schloß die Augen. Eine Weile war es totenstill. Auf einmal sah ich, wie sich langsam ein Gesicht im Wasser bildete, wie auf Fotopapier in einem Entwicklerbad. Es war Monas Gesicht.

Nordvensen schlug die Augen auf, ergriff den Dolch, hob ihn langsam über den Kopf. Ich trat vor, er stieß einen grausigen Schrei aus, der Dolch schoß auf Monas Gesicht zu, mein Bein schnellte mit einer Drehung vor, mein Fuß traf ihn an der Kehle, er taumelte mit seinem Dolch rückwärts, und Monas Bild verschwand.

Es dauerte einige Minuten, bis Nordvensen wieder bei Bewußtsein war, und als er die Augen öffnete, war er überrascht, mich vor sich zu sehen. Er hatte Angst. Sein Blick wanderte hin und her, als suche er Hilfe. Er erhob sich, seine Luftröhre massierend, und blickte auf den Dolch, der in eine Ecke des Raumes geflogen war. Ich hörte einen Hahn krähen und sah dann den Käfig, in dem er sich befand.

»Wir gehen nach oben, Nordvensen, dieser Raum hat eine schlechte Atmosphäre.«

Er musterte mich keuchend mit seinem halluzinierenden Blick. Das Sprechen fiel ihm schwer.

»Es ist ein Sakrileg, so ein Ritual zu unterbrechen. Der Fluch von Baron Samedi wird über Sie kommen. Sie hätten der erste Nichtinitiierte sein können, der einem Envoi-mort beiwohnt... Es fasziniert Sie... Sie zergehen vor Neugier, Sie würden gern erfahren, wie so etwas möglich sein kann...«

»Sie sind krank und wahnsinnig, Nordvensen.«

»Kein Geschworenengericht wird mich so bezeichnen. Sie würden sich lächerlich machen.«

»Wer spricht von einem Geschworenengericht?«

Nordvensen bückte sich, hob den Dolch auf und stellte sich wieder vor die Schale. Ich baute mich ihm gegenüber auf und richtete die Kanone auf die Stelle zwischen seinen Augen.

»Ihre Waffen können gegen meine nichts ausrichten. Ich schicke den Tod mit dem Geist, und der Geist ist schneller als jede Kugel. Passen Sie gut auf, Zulu, Sie werden Ihrem eigenen Tod beiwohnen. Ist das nicht das faszinierendste Schauspiel, das es gibt? Gerade eben war ich im Begriff, Ihre Freundin zu töten, aber jetzt werden Sie den Dolchstoß bekommen, und das Wasser wird sich mit Ihrem Blut verfärben. Aber vorher muß ein Opfer dargebracht werden, eine Opfergabe.«

Eine morbide Faszination drängte mich, ihn gewähren zu lassen. Er merkte das und begab sich vor den Altar. Er betete im Stehen. Er machte den Eindruck, als würde er ein vertrauliches Gespräch mit den Göttern führen. Er trank einen Schluck Rum und zündete sich eine Zigarre an. Ich sah ihm wie hypnotisiert zu. Er nahm von meiner Anwesenheit keinerlei Notiz mehr. Nach einigen Minuten hielt er inne und befahl mir, ihm den Hahn zu bringen, der sich im Käfig befand. Der Hahn hackte nach mir. Meine Hand begann zu bluten, aber ich packte das Federvieh und brachte es Nordvensen, der es in einen fachmännischen Griff nahm. Mit einem Schnitt seines Dolches trennte er dem Vogel den Kopf ab und ließ das Blut über sich spritzen, während das geköpfte Tier mit den Flügeln schlug.

Nordvensen ließ den Hahn los, stellte sich wieder vor die Schale und begann ein weiteres Mal mit seiner Litanei. Ich stellte mich wieder ihm gegenüber, und wie er schwitzte ich, bis mein Gesicht auf der Wasseroberfläche erschien. Nordvensen verstummte. Er fixierte mich, mein Blick schoß schnell zwischen der Schale und ihm hin und her.

Er hob den Dolch, atmete ein, stieß einen Schrei aus, aber die Bewegung des Dolches wurde durch die Kugel meiner Achtunddreißiger gestoppt, die ihm in den Mund drang und ihn gegen die Wand schleuderte. Mein Gesicht verschwand von der Wasseroberfläche. Ich stieg, außer Atem, die Stufen hoch.

Laura erwartete mich im Wohnzimmer, bequem in einen Sessel gelagert.

»Du bist etwas blaß, Zulu.«

»Ich habe beinahe meiner eigenen Hinrichtung durch Hexerei beigewohnt.«

»Du hättest mich rufen können.«

»Das ist kein schöner Anblick.«

»Wo ist der Hexer?«

»Tot.«

»Es kann leicht passieren, daß man sich bei solchen Spielchen umbringt.«

»Ich habe etwas nachgeholfen.«

»Ich würde sehr gern etwas Starkes trinken.«

»Fühl dich wie zu Hause. Das gleiche für mich. Ich muß die Cops benachrichtigen.«

Es stand ein Telefon in der Nähe. Ich wählte Brads Nummer.

»Hi, Cop.«

»Was Neues?«

»Ein Toter. Notwehr. Nordvensen.«

»Das passiert dir aber selten.«

»Deswegen kannst du mir auch glauben.«

»Ich benachrichtige New York. Du hast Glück. Das ist ein Kumpel von mir.«

»Wäre ganz schön ungünstig, wenn wir nicht zusammen studiert hätten... Er war's. Ich habe gesehen, wie er es getan hat. Er war kurz davor, uns ins Jenseits zu befördern.«

»Wer uns?«

»Mona und mich.«

»Beruhigend. Ich würde nicht gerne auf der Liste dieser Kranken stehen.«

»Abergläubisch?«

»Wenn du ihn kaltgemacht hast, mußt du doch auch so gewisse Zweifel gehabt haben.«

»Jeder von uns trägt seinen kleinen Schatten mit sich.«

»Komisch, nicht, diese Sachen...? Müssen uns mal drüber unterhalten...«

»Kommst du rüber?«

»Wäre besser, glaube ich.«

»Laß mir genug Zeit, um das Haus zu durchsuchen.«

»Ich bin heilfroh, daß wir endlich Licht am Ende des Tunnels sehen.«

»Und ich erst...«

»Bis später, Zulu.«

Nordvensen hatte einen exzellenten Bourbon. Laura und ich sprachen ihm angemessen zu, wonach ich mich im Arbeitszimmer des Seemanns ohne Schiff niederließ und versuchte, die Qualen dieser verlorenen Seele besser zu verstehen.

»Kann ich mich mal umsehen?«

»Wenn du willst, aber hinterlaß keine Fingerabdrücke. Wir müssen die Dinge nicht unnötig verkomplizieren.«

Ich nahm mir die abgeschlossenen Schubladen vor. Das Schlüsselbund lag auf dem Schreibtisch. Nordvensen war ein ordentlicher Mensch gewesen. Die Aktenordner hatten Aufschriften. Auf einem stand Erwins Name. Ich holte einen Haufen Briefe hervor, die die Geschichte ihres Liebesverhältnisses gut nachzeichneten. Die Briefe, die keinen direkten Bezug zu Nordvensen enthielten, fehlten, genau die, die bei Parker waren und inzwischen zweifellos bei den Cops. Das Telefon klingelte. Ich sah, daß der Anrufbeantworter eingeschaltet war. Ich hörte mir die Nachricht an.

»Alles läuft nach Plan. Parker wurde gerade von den Cops abgeholt.«

Der Anrufer legte auf. Zweifellos ein Mitglied von Nordvensens sauberer Truppe. Eins mußte man ihnen lassen, sie hatten es geschafft, mich zu beschatten, ohne daß ich es gemerkt hatte. Aber andererseits ist das auch nicht so schwierig, wenn man zahlreich und gut organisiert ist.

Nach Erwin Zabs tragischem Tod war Nordvensens gesamtes Leben nur noch auf Rache ausgerichtet gewesen. Überraschend fand ich, daß neben Zabs Liebesbriefen auch Nordvensens da waren. Er mußte sie sich nach dem Tod seines Liebhabers und Jüngers wiedergeholt haben. Es gab zahlreiche Fotos, einige vor einem exotischen Hintergrund aufgenommen. Haiti?

Nachdem ich eine ganze Masse uninteressanter Unterlagen gesichtet hatte, stieß ich auf zwei bemerkenswerte Dinge: Rechnungen von Galerien, eine für einen De Kooning, die andere für einen Mitchell. Wenn Nordvensen Rachel Zab derartige Bilder geschenkt hatte, dann mußte er ihr gegenüber eine Riesenschuld gehabt haben.

Laura kam wieder herauf. Sie wankte.

»Du siehst blaß aus, Liebling...«

Sie rang sich ein Lächeln ab, goß sich vier Fingerbreit Bourbon ein und ließ zwei Eiswürfel hineingleiten.

»Ist ja grauenhaft...«

Ich brauchte drei Stunden, um den Papierkram zu sichten. Ich fand keinen Hinweis auf Papa Mosso, aber ich wußte nur zu gut, daß das Okkulte nicht immer Spuren hinterließ.

»Die Cops kommen gleich. Du weißt von nichts. Du hast mich nur chauffiert, okay?«

»In Ordnung. Bleiben wir hier noch lange?«

»Du kannst nach Hause fahren. Ich fahr' mit einem Freund zurück, der mit den New Yorker Cops zusammen anrückt.«

»Ist mir recht. Ich bin müde.«

Ich begleitete Laura zu ihrer Limousine.

»Bist du überhaupt fahrtüchtig?«

»Geht schon.«

»Sehen wir uns bald?«

»Versprochen.«

Ich sah zu, wie die Bremslichter der Limousine in der Nacht verschwanden, und füllte meine Lunge mit frischer Seeluft. Das Meer beruhigte sich, was beweist, daß die mythologischen Klischees nicht immer stimmen. Große Zauberer können durchaus das Zeitliche segnen, ohne daß die Elemente ihnen die letzte Ehre erweisen, indem sie sich entfesseln. Das hat mich irgendwie beruhigt, und mir wurde klar, daß man unter entsprechenden Umständen schnell abergläubisch werden kann.

Ich ging wieder zur Villa hoch. Diesmal betrat ich sie durch den Haupteingang. Da kein Licht brannte, folgte ich der Mauer, indem ich mich von meiner Hand führen ließ, die plötzlich auf eine kleine Vertiefung stieß. Meine Finger entzifferten eine Signatur: Rachel Zab, 1987.

9

Brad, Lieutenant Cummings vom New Yorker Morddezernat, ein paar Sanitäter und einige Cops kamen ins Wohnzimmer. Ich war eingeschlafen. Wie alle Cops waren sie nicht gerade Meister diskreten Auftretens. Immerhin hatte ich zwei Stunden schlafen können. Brad machte uns bekannt. Cummings, ein Dickerchen, Farbton Schweinchenrosa, schwarzer Anzug, Fliege, runde Brille und Pomade im Haar, wollte offenbar Maßstäbe in Sachen Stil setzen. Ich weiß nicht, ob ich erholt aussah, aber Cummings musterte mich mit einer gewissen Neugier. Durch die Zusammenarbeit mit Brad vergaß ich leicht, daß Cops im allgemeinen nichts für Privatdetektive übrighatten.

»Notwehr?« fragte Cummings.

»Er wollte mich erstechen.«

»Wo ist die Kugel eingetreten?«

»Im Mund. Austritt aus dem Nacken.«

»Das ist Notwehr mit Totschlag. In so einem Fall versucht man eher, dem Angreifer ins Bein zu schießen... Jedenfalls bei der Polizei...«

»Ich erinnere Sie daran, daß wir die Todesumstände eines Cops untersuchen, der einen Verdächtigen so lange gefoltert hat, bis dieser starb«, bemerkte ich, um der Lektion ein Ende zu setzen.

»Na schön... Dann sehen wir uns mal den Schaden an...«

»Er ist unten, in seinem Voodoo-Tempel«, sagte ich und zeigte auf die Treppe, die vom Arbeitszimmer aus nach unten ging.

Brad blieb noch eine Sekunde bei mir.

»Er ist ein Kumpel, aber geh es sacht an, er hat sich verändert.«

»Mit den Kumpels ist das wie mit den Flugzeugen. Man muß sie regelmäßig überprüfen.«

»Sehen wir's uns mal an ...«

Wir gingen nach unten. Wir wurden von einem umfassenden Schweigen empfangen. Man muß zugeben, daß die Szene, die sich bot, nicht uninteressant war. Alles war so, wie ich es verlassen hatte, bis auf Nordvensen, der, obwohl tot, in Fleisch und Blut zur Hölle gefahren sein mußte, denn er war nicht mehr da. Es waren nur noch ein paar bräunliche Spuren übrig, seine Kleider, seine Schuhe, das ganze genau an der Stelle, wo sie den Körper umhüllt hatten, nachdem er zu Boden gegangen war. In der Wand steckte eine Kugel, in einem relativ frischen Blutfleck, und dann fand sich auch noch das Blut des geopferten Hahns, der, im Gegensatz zu Nordvensen, noch da war.

Seitdem ich in die Welt der Magie eingetreten war, konnte ich glauben, daß einer die Fähigkeit hatte, seine Opfer per Telepathie zu töten, aber daß ein toter Zauberer einfach aufsteht, um eine Runde zu drehen, das ging zu weit. Alle Blicke waren auf mich gerichtet, mit Mienen, die von Verblüffung bis zu äußerstem Mißvergnügen reichten.

»Erklärung?« fragte Cummings trocken.

»Hhm... Hhm... Hhm... wie Sherlock Holmes sagen würde.«

»Und der Dolch?«

»Den muß er mitgenommen haben.«

»Was kann einem Mann passieren, der aus einer Achtunddreißiger eine Kugel in den Mund bekommt und einfach weggeht?«

»Er wird ernste Schluckbeschwerden haben.«

Brad warf mir einen flehenden Blick zu. Da Cummings

langsam blau anlief, gab ich mir einen Ruck und erzählte ihm ausführlich, was sich seit meinem Eintreffen ereignet hatte, wobei ich aber einige Dinge, die ich in Nordvensens Papieren entdeckt hatte, für mich behielt.

Cummings hörte aufmerksam zu, schickte dann einen Cop los, der sich die Treppe vorknöpfen sollte, und drei weitere zu einer Hausdurchsuchung, während die übrigen Fotos machten und Staubproben nahmen. Der Typ, der für die Spurensicherung zuständig war, überließ mir eins seiner Plastiksäckchen. Sie fanden ein paar Blutspuren, die darauf hindeuteten, daß der Körper wegeschleift wurde.

»Sieht aus, als wäre er hier rausgekrochen.«

Cummings konnte mich nicht mehr ertragen, das spürte ich, aber bei gewissen Leuten kann ich mich einfach nicht beherrschen. Im Sand fanden die Cops keine Spuren mehr, da der heftige Wind sie verweht hatte. Wir versammelten uns wieder im Wohnzimer.

»Technisch gesehen gibt's keinen Toten. Ich kann Nordvensen höchstens als vermißt melden.«

»Also glauben Sie auch an Zauberei...«

»Brad«, brüllte Cummings, »ich möchte mal wissen, warum du dieses Arschloch deckst.«

Brad ließ sich nicht aus der Ruhe bringen.

»Er ist der beste Detektiv, den ich kenne, und er erspart mir oft Spannungen mit dem Staatsanwalt... Und außerdem findet er in der Regel, was er sucht.«

»Okay... Ich fahre zurück nach New York und warte, bis ich was von euch höre. Ich werde trotzdem den Strand mit Hunden absuchen lassen. Nordvensens Reste könnt ihr haben.«

»Yo, könnte ja sein, daß er sich unterm Sand versteckt hat.«

Cummings erhob sich, grüßte Brad, aber nicht mich, und verließ den Raum mit seiner kleinen Truppe. Er wirkte wie ein mickriger Theaterregisseur, der versucht, ein Avant-Garde-Stück zu kapieren. Bevor er verschwand, rief ich ihm noch nach: »Passen Sie auf, daß Sie nicht aus Versehen über ihn drüberlaufen. Sonst spießt er noch seinen Dolch in Ihre feinen italienischen Schuhe.«

Darauf folgte ein langes Schweigen. Ich goß Brad ein Glas ein. Ich hatte ihm das Leben schwergemacht.

»Absolut unglaublich, diese Geschichte.«

»Ich vermute einfach, daß Nordvensens Truppe ihn hier rausgeschleppt hat, während ich geschlafen habe.«

»Und warum haben sie dich bei der Gelegenheit nicht kaltgemacht?«

»Wenn ich ein Auge aufgemacht hätte, hätte ich sicher eine Kugel in meinen Schädel fliegen sehen.«

Ich trank auch einen Schluck. Es wurde Tag, das Meer hatte sich beruhigt.

»Ich glaube, sie haben ihn geholt, um ihn an einem geheimen Ort mit Voodoo-Zeremonie zu bestatten und aus seinem Grab einen Begegnungsort zu machen, wo sie bestimmte Rituale der Schwarzen Magie praktizieren können!«

»Möglich«, sagte Brad. »Ich habe Parker einsperren lassen, so wie du's haben wolltest. Ist alles gut verlaufen.«

»Ich habe von einem von Nordvensens Schergen die Bestätigung per Telefon bekommen.«

»Meinst du, man wird die Leiche irgendwann finden?«

»Nein. Das ist ein bißchen wie im Kino. *Die Rückkehr der lebenden Toten Teil 2.*«

»Gibt es genug Beweismittel?«

»Tonnenweise.«

Ich führte Brad ins Arbeitszimmer und zeigte ihm die Akten, die ich beiseite gelegt hatte.

»Komisch, daß sie hier nicht alle Spuren beseitigt haben.«

»Wahrscheinlich aus Zeitmangel.«

Brad nahm die Akten mit. Er drehte nochmal eine Runde

durchs Haus, sammelte die Überbleibsel von Nordvensen ein, die sich als Beweismittel eigneten.

»Das Blut und das Hähnchen überlasse ich Cummings«, sagte Brad. »Wir haben genug, um vor Gericht zu gehen.«

»Ich war überrascht, daß ich die Master-Tapes nicht hier gefunden habe.«

»Bist du sicher, daß es keinen Tresor gibt?«

»Yo.«

Während unserer Rückfahrt nach New York erzählte ich Brad die ganze Geschichte. Ich war mir sicher, Clémentine würde herausfinden, daß Nordvensen Papa Mossos Schüler und Jünger gewesen war und seine schädliche Energie dazu benutzt hatte, um seine Rache in die Tat umzusetzen. Das einzige, was mich wunderte und ich gerne verstanden hätte, war die Beziehung zwischen Princess Bashma und Nordvensen. Gut, sie hatte vielleicht irgendwelches Beweismaterial bei sich zu Hause, aber das hätte man sich auch beschaffen können, ohne durch einen Mord Aufmerksamkeit zu erregen. Ihre neue CD, *Pure Steel*, sollte Anspielungen auf Kates Vater enthalten, aber ich konnte mir nicht vorstellen, welcher Rapfan so neugierig sein würde, sich diesbezüglich irgendwelche Fragen zu stellen. Man hätte den Text einfach als ein Statement gegen den Rassismus verstanden. Vielleicht gab es in dieser finsteren Geschichte doch noch etwas aufzudecken.

Ich bat Brad, an einer Tankstelle zu halten. Ich kaufte ein paar Sandwiches und Kaffee. Ich hatte einen Riesendurst.

»Ich kann den Fall abschließen, egal ob man Nordvensen findet oder nicht. Auf die Art vermeidest du auch möglichen Ärger mit Cummings.«

»Yo, mach ruhig... Ich bleib' noch ein bißchen dran, nur so zum Spaß...«

»Wie du willst. Wann nehmen wir uns mal drei Tage frei und gehen angeln?«

»Jederzeit.«

»Man könnte zu den Keys runterfahren und sich dort ein Boot mieten. Aber nur wir beide, klar? Wenn Joe mitkommt, dann bestimmt wieder mit irgend so einer Sado-Maso-Mietze im Schlepptau, und wir können ihn wieder vom Haken nehmen... Ich mache mir Sorgen um ihn... Er geht zu weit... Und wir brauchen unseren Staatsanwalt noch. Weißt du, daß er nach unseren Hochrechnungen die besten Chancen hat?«

»Veranstaltet ihr jetzt Meinungsumfragen bei euch?«

»Kommt schon mal vor. Cops sind vielseitig interessiert... Die Journalisten machen mir angst. Und die Mädchen. Irgendwann wird eine von denen versuchen, ihn zu erpressen.«

»Da wirst du dich schon drum kümmern.«

»So was muß man auch sachte angehen. Ich habe nicht nur Freunde im Department.«

»Soll ich mit ihm eine Entziehungskur machen?«

»Soll das ein Scherz sein?«

»Nein... Wenn ich ihm ein Mädchen mit einem guten Drehbuch schicke, das wir beide uns ausdenken, und er wirklich mal um sein Leben fürchtet, dann hört er vielleicht damit auf. Aber es muß ein cleveres Mädchen sein, und man darf keine Angst haben, zu weit zu gehen.

»Du hast immer geniale Ideen, Zulu.«

»Die Angst muß größer sein als die sexuelle Erregung.«

Wir ließen das Auto am Kennedy-Airport stehen und nahmen den nächsten Clipper nach Miami. Ich hatte es eilig, wieder in Monas Armen zu liegen, meine Zellen gierten nach der sanften Berührung ihrer Haut und den kreativen Improvisationen ihrer Lippen.

Diesmal hatte ich Live Crew nichts mitgebracht. Brad setzte mich am Palace ab. Er versprach mir, den Inhalt des Plastikbeutels so schnell wie möglich analysieren zu lassen. Ich gönnte mir ein Bora-Bora, gegrillten Hai mit einer Flasche Chablis, danach Schokoladenkuchen, einen vorzüglichen Kaffee, atmete den Duft von Miami in kleinen genießerischen Zügen ein und krönte das ganze mit einer Churchill, die mir meine polnische Fee brachte. Sie ließ sich von mir zu einem Eis einladen. Gloria war noch nicht da. Trotzdem brachte man mir meine Post mit den üblichen Rechnungen, die ich alle zwei Wochen an meinen Buchhalter weiterleitete, der dann die entsprechenden Schecks ausstellte. In einem schönen roten Umschlag entdeckte ich zu meiner Freude einige Zeilen von Mona, die mit Bleistift auf eine Papierserviette geschrieben waren.

Zulu, kleiner Filou
Meine Haut schreit nach dir,
Mein Körper zittert,
Ich erwarte dich,
Nackt und duftend
Wie der Jasmin
Den du so gerne riechst.

Mona

Das war frisch und schön. Ich behielt das Gedicht und den Umschlag. Ich nahm mir ein Hotelzimmer, duschte ausgiebig, legte mich eine Viertelstunde lang unter den Ventilator, bis ich trocken war, steckte dem Portier, der eine Studie über Serienmörder las, zwanzig Dollar zu, und ging zu Fuß zum Beach Pressing, um mich vollständig neu einzukleiden. Zur Feier meiner Wiederauferstehung wählte ich einen Anzug Farbe Tropisch-Beige, eine Krawatte Modell fünfziger Jahre, himmelblau mit gelben Kreisen und roten Dreiecken. Und um das ganze abzurunden, Socken mit Saguaro-Kaktus-Muster und nachtblaue Sandalen von Rossetti.

Dann ging ich mit meinen Badeklamotten an den Strand, schwamm drei Kilometer und begegnete einer prachtvollen Sportlerin, die mir eine Mitgliedskarte für einen Aerobic-Club schenkte, der sich jeden Abend um neunzehn Uhr am Strand traf.

»Sie haben einen sehr schönen Body, aber was hindert Sie

daran, Ihr Körperprofil noch weiter zu verschönern, indem Sie unserem Klub beitreten?«

Ich plauderte zwei Minuten mit ihr und rief dann Live Crew an, um mich abholen zu lassen.

»Vollständiger Bericht, meine Kinder...«

»Du hast uns ungeheuer gefehlt«, sagte Roy.

»Stimmt«, bestätigte Lita.

Ich war sprachlos angesichts derart heftiger Liebesbeteuerungen.

»Ihr wärt beinahe arbeitslos geworden.«

»Was würde in so einem Fall passieren?« fragte Lita.

»Ich habe entsprechende Anweisungen bei meinem Anwalt hinterlegt. Ihr würdet den Schlitten kriegen, ein hübsches Päckchen Geld und ein Foto von mir als Säugling, das ihr euch rahmen und auf den Kaminsims stellen könntet.«

»Vielleicht keine schlechte Idee, ihn loszuwerden«, meinte Roy mit einem einnehmenden Lächeln.

»Sogar eine sehr gute«, sagte Lita.

Sie machte sich an den Bericht.

»Nichts Neues von Clémentine. Roy begreift allmählich, daß er mich nicht so rauf und runter bumsen muß, daß ich mit dem Kopf gegen die Wand schlage, jedesmal wenn er mir seinen Stengel reinrammt, und...«

»Aber in den Filmen machen die das auch immer so, und ich versichere dir, es gibt Mädchen, denen das gefällt...« verteidigte sich Roy.

»Ungestüme Jugend«, bemerkte ich philosophisch.

»Oh, alter Meister, ich danke dir für diese Belehrung!«

»Hör dir das an...«

Roy legte die neueste CD von Roxanne Shanté in den Blaster ein. Ging gut unter die Haut.

»Das ist unser Geschenk.«

Wir legten uns wie die Krokodile auf den Sand und sahen zu, wie die Sonne im Meer versank, dann beendeten wir diesen Nachmittag, indem wir bis zum Fontainebleau marschierten.

»Lädst du uns zum Essen ein?« fragte Lita mit einem unwiderstehlichen Lächeln.

Wir setzten uns unter eine Palme. Nachdem sie von mir grünes Licht bekommen hatten, suchten sie sich das Teuerste aus, was es auf der Speisekarte gab. Man darf seine Angestellten nicht zu schlecht behandeln. Gegen Mitternacht ging ich mit ihnen in den Club Nu, wo ein Haufen Drachen von der Decke baumelten und eine kalifornische Frauenrockband namens Concrete Blonds spielte. Wir tanzten bis fünf Uhr morgens. Monas Stunde.

Ich fuhr direkt dorthin, wo der Wagen von Menschenfreund Speed stand. Es war Zeit, einen Deal mit ihm zu machen. Ich parkte hinter ihm und stieg ohne Einladung in seinen Palast ein. Er machte den Handslap mit dem seligen Lächeln des Beutegreifers, der ein Bündel Dollars wittert.

»Hey, Man, reden wir Business?«

»Yo...«

»Bist voll hinter Monas Muschi her, was?«

»Ich kauf' sie dir ab...«

»Einen Joint? Eine Linie? Einen Whiskey?«

»Whiskey.«

Er gab mir einen Flachmann, der auf dem Ledersitz lag. Ich trank drei Schluck.

»Du weißt, sie ist eine meiner besten Pferdchen. Es bedeutet sechs Monate harte Arbeit, so eins zuzureiten, und dann gibt's die, in die man umsonst investiert... Die Junkies, die Labilen, die, die immer im Krankenhaus rumhängen. Mona ist nicht so eine. Sie ist eine richtige kleine Königin.«

»Deswegen bin ich auch hier. Nenn mir einen Preis.«

»Dreißigtausend halt' ich für angemessen, sogar cheap.«

Ich gab ihm einen Klaps auf die Schulter, lachte laut und stieg aus seiner Mühle aus. Ich ging in Richtung Mona. Ich hörte die schwere Tür des Continental, ein Geräusch, wie wenn ein dicker Fisch in die Lagune hüpft. Menschenfreund Speed holte mich ein.

»Übersteigt das deine Mittel? Ich hab' gehört, du machst nicht schlecht Kohle.«

»Ein Grund mehr, sie nicht zum Fenster rauszuschmeißen.«

»Findest du, die Pussy ist es nicht wert?«

»Ja.«

»Und was ist sie deiner Meinung nach wert?«

»Siebzehntausend, cash, morgen.«

»Fick dich doch selber, Mann. Fünfzehntausend kostet schon eine Pussy, die mehr Kilometer drauf hat als eine 747. Wie die auf der Grand Avenue. Kauf dich doch da ein.«

»Diese Pferdchen bringen fünfzehntausend auf dem Markt.«

Menschenfreund Speed lachte.

»Hast du einen Finanzberater, der den Markt beobachtet?«

»Ich hab' meine Beziehungen.«

»Wo willst du sie arbeiten lassen?«

»Privat.«

»Gut so. Wenn du sie nimmst, will ich sie hier nicht mehr sehen. Das wäre geschäftsschädigend. Ich geb' dir einen Kredit. Sagen wir, fünfzehntausend morgen und dann 18 Wochen lang tausend pro Woche.«

»Darf ich dich drauf aufmerksam machen, daß das 33 ergibt?«

»Soviel kosten Kredite heutzutage.«

»Shit, ich komm' mir vor, als würde ich mit meiner Bank verhandeln.«

»Und während dieser Zeit arbeitet sie weiter für mich.«

»Ich glaube, du hast zu viel Kohle, Speed. Du bist gar nicht dran interessiert, ein Geschäft zu machen. Dann muß ich mir wohl eine andere suchen. Ich werde noch mal eine letzte Nacht mit der Kleinen verbringen, und dann kannst du sie behalten.«

Speed zündete sich einen Joint an.

»Schließlich ist Liberty City voll von süßen kleinen Häschen, die man sich mit einem Essen bei Burger King und etwas Know-how angeln kann.«

Speed ließ seinen Joint ausgehen. Er stand unter dem Streß, mit ansehen zu müssen, wie sich ein Bündel Kohle vor seinen Augen in Luft auflöste.

»Ciao, Speed.«

Er antwortete nicht und blickte mir nach, wie ich zu Mona stieß, die alles beobachtet hatte, ohne sich äußerliche Aufregung anmerken zu lassen. Nur ihre Augen leuchteten wie Glimmer. Wir stiegen ins Auto, ich hielt auf Speeds Höhe, sie gab ihm seinen Zaster, und dann düsten wir los.

Mona drückte sich an mich. Meine Stromkreise wurden von Impulsen durchzuckt, die den Laserstrahlen am nächtlichen Himmel von Miami glichen.

»Zulu, du hast mir gefehlt.«

»Du mir auch, Mona. Ich trockne aus wie eine Mumie, wenn du nicht bei mir bist.«

»Ist er einverstanden?«

»Er wird einverstanden sein, bevor es hell wird.«

»Gehen wir in ein Hotel?«

»Nein, zu dir. Ich habe das Gefühl, er wird vor morgen früh vorbeikommen, um den Deal zu machen.«

»Ich möchte nicht mehr als 20000 ausgeben.«

»Ich werde sie ausgeben, Baby.«

»Nein, ich möchte keine Schulden mehr haben. Das ist kein guter Anfang.«

»Wie du willst.«

»Ich habe Champagner kaltgestellt.«

»Wunderbar.«

Halb sitzend, halb liegend auf dem Sofa betrachteten wir die Nacht und schnüffelten ihren Duft, während sich unsere Körper wieder aneinander gewöhnten.

»Ich möchte dich bumsen, Zulu.«

Wir gingen hinein. Drums machte uns ein bißchen Platz auf dem Bett. Mona zog mich aus.

»Du bewegst dich nicht... Das ist mein Solo... Laß einfach mit dir machen.«

Ich lachte. Mona schmiegte sich wie eine frische Brise an mich. Sie berührte mich am ganzen Körper mit langsamen Liebkosungen. Ich fühlte, wie ihre festen, zarten Brüste über meine Fußsohlen, meine Schenkel, meine Leisten, meinen Bauch, meine Brust, meinen Hals und mein Gesicht strichen. Meine Zellen explodierten, ich leckte ihre Brüste, ihr ganzer Körper schwebte wie an unsichtbaren Fäden über mir, ich verlor jegliches Zeitgefühl, es kribbelte mich überall. Die Energie pulsierte sanft und gleichmäßig zwischen Kopf und Füßen hin und her. Dann spürte ich ihre Zunge, ihre Lippen, ihre Zähne, die sich zärtlich in mein Fleisch gruben. Ich war zu keiner Bewegung mehr fähig, gekreuzigt durch eine Ekstase ohne Ende.

Die ersten Vögel begannen zu singen. Ich tauchte sanft wieder auf. Wir waren so eng aneinandergeschmiegt, als wollten wir jeden Zentimeter unserer Haut miteinander verbinden. Ich hatte das Gefühl, Speed saß auf dem Sofa. Wir mußten vorsichtig vorgehen. Ich zwinkerte Mona zu und deutete mit einer Handbewegung nach draußen. Dann stand ich auf und zog mich an.

»Gehst du?«

»Yo, Beauty. Waren ein paar tolle Tage mit dir.«

»Das soll wohl heißen, daß du endgültig abhaust?« fragte Mona in einem aggressiven Ton.

»Yo, ich glaube, wir sind soweit mit allem durch, wir beide.«

»Ihr seid doch alle gleich. Wenn euer Schwanz befriedigt ist, löst ihr euch plötzlich in Luft auf.«

»Du hast doch nicht im ernst gemeint, daß wir eine Weltreise zusammen machen.«

»Ich hab' mehr davon gesehen, als du denkst. Verpiß dich, Arschloch.«

»Hier sind hundert Dollar. Mehr war's nicht wert.«

Mona schleuderte eine Lampe in meine Richtung. Sie krachte gegen die Wand. Ich hörte, wie Speed sich diskret verdrückte. Mona war super gewesen. Ich küßte sie und ging nach draußen.

Ich lief ein paar hundert Meter. Das weiße Schiff folgte mir. Schließlich überholte mich Speed und bedeutete mir, stehenzubleiben. Er wirkte sehr verärgert.

»Müssen echt mal miteinander reden, Zulu.«

»Bereits geschehen.«

»Shit, man sieht, daß du kein echter Afrikaner bist. Dir geht die Lust am Handeln ab.«

»Ab einem bestimmten Punkt friert ein Deal ein.«

»Glaub das ja nicht, Mann... Niemand macht so gern Geschäfte wie ich... Wir brauchen nur ein bißchen mehr Verständnis füreinander...«

»Und?«

»Du hast zu weit unten angefangen... Man muß den tatsächlichen Marktwert der Dinge berücksichtigen. Du hast selber gesehen, was die Kleine alles kann... Wenn du sie in einem hübschen kleinen Apartment an einen Telefonanschluß setzt, kann dir diese Pussy da Typen ranholen, die Luxuspreise bezahlen... Du mußt ihr noch ein bißchen Schliff beibringen... sie erstklassig einkleiden...«

»Du weißt, was ein Apartment im Moment kostet.«

»Zwanzigtausend.«

»Ich spreche von Miami Beach... Das kannst du mit drei multiplizieren...«

»Sei kein Hund, Zulu, willst du mich ausbluten?«

»Man muß die Gelegenheit beim Schopf ergreifen.«

»Nenn mir einen Preis... Cash...«

»Zwanzig...«

»Für fünfundzwanzig gehört sie dir. Du kannst sie gleich übernehmen.«

»Ich habe mich wirklich bemüht. Das war's. Du siehst mich nie wieder.«

»Du bist wirklich ein knallharter Geschäftsmann.«

»Zweiundzwanzig. Morgen abend.«

Speed lächelte traurig, als würde ich ihm das Herz zerreißen.

»Okay... Du hast gerade den besten Deal des Jahrzehnts gemacht...«

»Dann kannst du dir endlich einen neuen Wagen kaufen.«

»Stimmt was nicht mit meinem Wagen?«

»Ich frag' mich, ob er durch die nächste Inspektion kommt.«

»Morgen... Gebrauchte Scheine, keine Kohle, die frisch aus der Druckerei kommt.«

»Morgen.«

Ich wußte, daß ich jetzt nicht zu Mona zurückkehren durfte. Ich ging Richtung Miami Beach, nahm mir ein ruhiges Zimmer im Winter Haven und schlief wie ein neugeborener Säugling ein.

Gegen drei Uhr nachmittags steuerte ich das Palace an, wo Gloria mich mit einem ruhigen Lächeln empfing.

»Du wirkst ja so frisch wie eine Rose.«

»Ich war gestern hier...«

»Hat man mir gesagt. Wie immer?«

»Einen extra Muffin, ich hab einen Riesenhunger.«

Sie servierte mir meinen Kaffee, ich streichelte sie ein bißchen, und dann brachte sie mir meine Post. Es war ein Federal-Express-Umschlag dabei. Ich gebe zu, als ich den Plastikumschlag öffnete, stieg meine Spannung schlagartig an. Er enthielt das Polaroidbild, das ich an Nordvensens Wand gelassen hatte, eine Art Absender des handgeschriebenen Textes. Die Handschrift erkannte ich sofort. Es war das erste Mal, daß mir ein Toter schrieb, und die Botschaft war alles andere als angenehm:

Guten Tag, junger Unschuldiger. Ich habe dich ja gewarnt, deine Waffen sind erbärmlich materiell. Es war wahrscheinlich das letzte Mal, daß du dich ihrer bedient hast. Mona wird langsam verrecken, und anschließend du. Ich werde die sanfte Methode anwenden. Die dauert lange und ist fürchterlich schmerzhaft. Willkommen in der Hölle.

Gloria schwebte lachend mit meinem Frühstück herein. Sie merkte sofort, daß etwas nicht in Ordnung war.

»Probleme?«

»Ich glaube, das kannst du alles wieder in die Küche zurückbringen.«

»Das ist das erste Mal, daß dir ein Brief auf den Magen schlägt.«

Sie küßte mich, um mich zu trösten. Ich rief Live Crew an und brachte trotz allem doch noch einen Muffin hinunter. Sie waren in null Komma nichts da. Das Telefon summte. Es war Brad.

»Ich habe die Ergebnisse vom Labor. Das Säckchen enthielt Fragmente von menschlicher Lunge, Milz und Leber. Die Blutgruppe ist identisch mit dem Blut und den Gehirnpartikeln, die wir an der Wand gefunden haben.«

»Das beruhigt mich etwas.«

»Deine Stimme hört sich so komisch an. Ist irgendwas?«

»Ich habe gerade per Federal Express einen Brief von Nordvensen bekommen.«

Brad brach an seinem Ende der Leitung in schallendes Gelächter aus.

»Du wirst allmählich verdammt abergläubisch, mein Lieber. Ich glaube, Nordvensen sitzt in der Hölle und zählt die Sandkörner.«

»Möglich.«

»Mit Sicherheit. Soll ich vorbeikommen?«

»Nicht nötig. Ich bin schon wieder dabei, auf den Teppich zurückzukommen.«

»Parker ist an einem sicheren Ort. Ich habe heute mit ihm gesprochen. Es geht ihm gut.«

»Freut mich zu hören, daß es anderen gut geht. Ich ruf' später nochmal an, Kumpel.«

Live Crew hatte Hunger. Ich ging mit meinem Handy ein bißchen am Strand spazieren und flehte Exu an, Clémentine möge sich melden. Ich wartete fast zwei Stunden lang. Ich rief Brad zurück, ließ mir Parkers Nummer geben, rief ihn an und erzählte ihm die ganze Geschichte.

»Glauben Sie, daß Kräfte, die man vor dem Tod in Bewegung gesetzt hat, sich noch post mortem auswirken können?«

»Wenn er die Handlung beendet hätte, hätte er nicht das Ritual mit der Schale veranstaltet.«

»Das leuchtet ein.«

»Und eine traditionelle Handlung kann von etlichen Priestern abgewendet werden. Sogar Clémentine könnte das schaffen.«

»Ich würde gerne mal was von ihr hören.«

»Keine Angst, Zulu, Sie sind aus dem Schneider.«

»Können getrocknete Organteile dazu dienen, eine Verhexung abzuwenden?«

»Meiner Meinung nach gehören die nicht Nordvensen.«

»Gleiche Blutgruppe.«

»Viele Menschen haben die gleiche Blutgruppe.«

»Stimmt.«

»Haben Sie kein Foto von Nordvensen, ein Kleidungsstück?«

»Ich nicht, aber die Polizei. Das kann ich sehr schnell bekommen...«

»Gute Idee.«

Ich fuhr zu Brad und verließ ihn wieder mit einem blutverschmierten Hemd, einem Stück getrockneter Leber und einem Foto. Damit konnte man was anfangen.

Ich weiß nicht, ob Exu mich erhört hatte, denn endlich rief die gute Clémentine an. Sie war mit hochkarätigen Informationen am Flughafen.

Der BMW dröhnte, ich fuhr bei der Bank vorbei, hob zweiundzwanzigtausend Dollar ab und erreichte mit Hilfe einer Polizeieskorte, die mir den Weg freimachte, in weniger als zwölf Minuten den Flughafen.

Clémentine hatte den seligen Blick von jemandem, der einen Schatz gefunden hat. Ich küßte sie.

»Es war nicht leicht, aber ich bin fündig geworden.«

»Sie sind eine Wucht, Clémentine.«

Wir gingen zum Auto. Ich trug ihren kleinen Pappkoffer.

»Papa Mosso hat eine Tochter gehabt, Eurydice. Und diese Eurydice wohnt wo?«

»In Miami«, sagte ich, nicht allzu überzeugt.

»Ganz genau.«

»Haben Sie die Adresse?«

»Ja.«

»Neueren Datums?«

»Ja, ich hab' sie von einer ihrer Nichten bekommen.«

»Sie sind eine geborene Detektivin.«

»Ich wollte nicht, daß du das ganze Geld umsonst ausgibst.«

»Praktiziert sie?«

»Nein, sie hat sich von allem losgesagt. Sie hat vor zwölf Jahren einen Autohändler geheiratet.«

»Hoffentlich weiß sie etwas.«

»Nach dem, was man mir gesagt hat, hatte ihr Vater große

Hoffnungen in sie gesetzt. Er initiierte sie, und sie hat jahrelang zu seinem Houmfor gehört.«

Clémentine kramte in ihren Taschen und zog ein Stück Packpapier hervor, auf dem Eurydices Adresse stand.

10

Eurydice wohnte in einem langgezogenen Bungalow, zusammen mit fünf Fünfziger-Jahre-Schlitten und einem Ehemann, der nicht da war. Der Rasen sah so aus, als würde er jede Woche geschnitten. Kein Baum störte die geraden Linien. Eine offene Garage, ein Auto mit hochgestellter Motorhaube, eine Kollektion Werkzeuge. Fred, so hieß der Ehemann, war wohl auf Restaurierung spezialisiert. Ich beschloß, allein hinzugehen. Clémentine verstand das, obwohl sie fast vor Neugier platzte.

Ich läutete, ein Köter begann zu kläffen. Eine Frauenstimme befahl ihm, still zu sein. Eurydice musterte mich durch die Glastür und kam offenbar zu dem Schluß, daß ich weder wie ein Seifenverkäufer noch wie ein Räuber aussah. Sie machte auf. Sie war eine schöne Frau um die fünfzig, mit einer sehr aufrechten Haltung. Sie hatte eine Adlernase, sehr schwarze Haut und intelligente Augen.

»Eurydice Gonzales?«

»Ja, das bin ich.«

»Ich bin Detektiv. Ich würde Sie gerne sprechen.«

»Ist Rodrigo irgendwas passiert?« fragte sie beunruhigt.

»Nein, keine Sorge.«

Sie trug ein Baumwollkleid und eine Schürze, die sie jetzt ablegte. An den Händen hatte sie Mehl.

»Kommen Sie herein... Ich bin gerade beim Kuchenbacken.«

»Mit Orangenblütenaroma...«

Sie lachte.

»Sie haben eine gute Nase...«

Das Innere des Hauses war gemütlich eingerichtet. Die Farbe des Teppichbodens, der Sessel, des Sofas, Typ verblaßte Kamille, war nicht besonders schön. Allein die Vorhänge mit kleinen roten und blauen Blumen steuerten eine fröhlichere Note bei.

»Nehmen Sie Platz, Mister...«

»Zulu...«

»Ist das Ihr richtiger Name?«

»Nein. Ich heiße Ignazio Talawapi Alonzo Marwin Utusha Tenero.«

»Ich verstehe.«

Ich ließ mich in einem der riesigen Sessel nieder.

»Ich habe gerade eine Karaffe Limonensaft vorbereitet. Sagt Ihnen das zu?«

»Sehr sogar.«

Ich hörte, wie ein Kühlschrank Eiswürfel in Gläser spuckte. Sie kam wieder, wobei sie sich die Hände an ihrem Kleid abwischte. Eurydice hatte eine schmale Taille und sehr breite Hüften. In Blau gemalt, hätte sie als ein Matisse durchgehen können.

»Ihr Mann restauriert alte Autos?«

»Nein, er ist Vertreter für Toyota. Das ist mein Sohn Luis. Für so was gibt es viele Abnehmer. Er macht alles selber, sogar die Lederbespannung. Es ist sehr viel Arbeit, mindestens drei Monate pro Auto.«

»Das könnte mich mal interessieren.«

»Jetzt wissen Sie, wo Sie ihn finden.«

»Sie sind die einzige, die mir helfen kann... Vielleicht sogar die einzige, die mir das Leben retten kann...«

Sie sah mich erstaunt an. Da ihre Miene nicht ohne Mitgefühl war, begann ich mich schon besser zu fühlen.

»Worum geht es?«

»Ich ermittle in einem Fall, bei dem es um Voodoo geht.

Schon fünf Menschen sind auf unerklärliche Weise und sehr plötzlich zu Tode gekommen. Der Mann, der für diese Tode verantwortlich ist – das ist der Schluß, zu dem ich gekommen bin –, muß ein Jünger Ihres Vaters sein. Wir konnten bis jetzt noch nicht seine Identität feststellen, obwohl wir schon einige Vermutungen haben ... Die Tatsache, daß ich der nächste auf der Liste bin, macht mich ziemlich aktiv ... Ich hänge an meinem Leben ...«

Eurydices Miene war ernst und traurig geworden, Bilder zogen in ihrer Erinnerung auf.

»Ich hatte gehofft, mein Vater würde die letzten Geheimnisse seiner teuflischen Kunst mit ins Grab nehmen ... Können Sie mir genau beschreiben, wie diese Menschen gestorben sind?«

Ich beschrieb es ihr, so gut ich konnte, und sie kam zu dem Schluß, daß es sich dabei nicht um eine geläufige Form des Envoi-mort handelte.

»Nach Ihrer Darstellung könnte das ohne weiteres die Methode sein, mit der mein Vater vorging ...«

»Haben Sie einer solchen Zeremonie schon einmal beigewohnt?«

»Mein Vater hat mich bereits als sehr junges Mädchen ausgebildet. Ich besaß große Kräfte; aber bevor wir dieses Gespräch fortsetzen, möchte ich etwas klarstellen ... Mit siebzehn hatte ich eine Art Vision, die mich unwiderruflich vom Voodoo getrennt hat. Ich habe über ein Jahr allein in einer Hütte verbracht ... Ich habe mich von der Welt des Bösen gereinigt, in der ich gelebt hatte, und ich habe mich von meinem Vater entfernt, der darüber in großen Kummer verfiel. Wenn er seine Kräfte benutzt hätte, das Böse zu bekämpfen, wäre er sehr groß gewesen ...«

Eurydice saß einige Minuten lang mit versunkenem Blick da und fuhr dann fort: »Papa Mosso war als sehr junger Mensch von einem Voodoo-Priester, der ihn aufgenommen hatte, pervertiert worden. Meine Familie war von Grundbesitzern massakriert worden, die uns unser Land weggenommen hatten, und mein Vater hatte die Pflicht, seine Geschwister und seine Eltern zu rächen. Er hatte einen schrecklichen Haß in seinem Herzen... Ich hingegen mußte niemanden rächen. Diejenigen, die uns Böses angetan hatten, waren alle schon längst tot. Der Kreis hatte sich geschlossen. Unsere Plantage bekamen wir dennoch nicht zurück... Dafür war es zu spät, und mein Vater hatte in seinem Leben nur eins gelernt... die allerschrecklichste Gewalt...«

»Aber Sie hätten doch die Kraft, die Sie besessen haben, umwandeln können, um damit Menschenleben zu retten...«

Sie lächelte traurig über meine Bemerkung, die ihr naiv vorkommen mußte.

»Um das tun zu können, muß man die Envois-mort zurücksenden und diejenigen töten, die sie geschickt haben. Das ist ein Teufelskreis, dem man nicht entrinnen kann. Die Leute glauben, es gäbe Schwarze und Weiße Magie, aber das stimmt nicht. Jegliche Magie rührt eines Tages an das Böse. Wenn ich Menschen hätte retten wollen, hätte ich den magischen Zweikampf mit dem größten aller Voodoo-Priester aufnehmen müssen, mit meinem Vater, und ich wäre dabei gestorben, so wie alle, die ihn herausgefordert haben... Es gab nur eine Lösung für mich... Christus... Er hat mich aus dieser Welt gerettet...«

»Ich verstehe... Hatte Ihr Vater viele Jünger?«

»Es kamen viele zu seinem Houmfor...«

»Haben Sie sie alle gekannt?«

»Ja, ich glaube schon... Die meisten von ihnen sind unter tragischen Umständen gestorben... Sie besaßen nicht seine schwarze Kraft...«

Eurydice war sehr aufgewühlt. Ich redete ihr zu, fortzufahren.

»In gewisser Weise... habe ich meinen Vater getötet... Als

ich wieder aus meiner Isolation kam, stellte er mir keine einzige Frage... Er hat sofort erkannt, daß ich das Licht wiedergefunden hatte... und daß dieses Licht unfehlbar war... Drei Monate später ist er gestorben... Er hatte keinen Nachfolger...«

Ich war so berührt, daß es mir die Kehle zuschnürte. Ich trank einen Schluck. Dann holte ich das Bild von Nordvensen heraus und zeigte es ihr.

»Nord«, sagte sie mit einem halb traurigen, halb belustigtem Lächeln.

»Glauben Sie, Ihr Vater hat ihm die Methode beigebracht, wie man jemanden tötet, indem man sein Bild auf einer Wasseroberfläche erscheinen läßt und dann mit einem Dolch durchstößt?«

Eurydice lachte traurig.

»Er war sehr reich, aber mein Vater machte sich immer lustig über ihn. Er sagte, Nord würde niemals die nötige Gabe und Kraft besitzen. Er unterrichtete ihn weiter, weil Nord sehr gut bezahlte. Sogar ein schönes Haus hat er meinem Vater gekauft.«

Ich war von dem, was ich gerade erfahren hatte, wie vor den Kopf gestoßen.

»Sie sind sich sicher, daß er auf keinen Fall hätte allein handeln können, auch nicht mit jemandes Hilfe?«

»Man spürt sofort, ob jemand diese Kraft im Prinzip besitzt. Schon beim ersten Blick weiß man, wozu einer nach zehn oder zwanzig Jahren harten Lernens fähig sein wird.«

»Er war unser Hauptverdächtiger.«

»Er war stolz und intelligent. Voodoo hat ihm als Spiel gefallen. Ihm gefiel die ganze Inszenierung, aber er wäre nicht der geringsten magischen Handlung fähig gewesen. Ich weiß, daß er auch Hypnose betrieb, um gewisse Leute von seiner Macht zu überzeugen.«

Ich konnte mir nicht vorstellen, daß das Bild, das in der

Schale erschienen war, das Ergebnis von Suggestion gewesen sein sollte, aber es fiel mir genauso schwer zu glauben, Eurydice könnte sich irren.

»Hatte Papa Mosso andere Jünger, die fähig gewesen wären, diese Tötungsmethode zu erlernen?«

»Ja. Aber ich habe Ihnen ja gesagt, inzwischen sind alle tot.«

»Könnte es sein, daß Ihr Vater während des Jahres, das Sie in der Einsamkeit verbrachten, einen anderen Jünger gehabt hat, dem Sie vielleicht nicht begegnet sind?«

»Davon hätte ich erfahren müssen... Mein Vater hätte es mir gesagt... Und außerdem hat er gegen Ende seines Lebens gar nicht mehr praktiziert. Er hatte andere Vergnügen entdeckt...«

»Welche?«

Eurydice lachte. Sie wirkte etwas verlegen.

»Er hat sich in ein Mädchen verliebt, das jünger als ich war. Eine sehr schöne Amerikanerin. Sie muß damals fünfzehn Jahre alt gewesen sein. Sie hat bis zum Schluß mit meinem Vater zusammengelebt.«

»Wie hieß sie?«

»Princess...«

»Soll das heißen, sie war eine Adlige?«

»Nein... sie nannte sich nur so... Ihren richtigen Namen habe ich nie erfahren...«

Plötzlich hatte sich in meinem Kopf der Schaltkreis geschlossen. Dank der Bücher, dank Yale, dank meiner inneren Festplatte, die so viele Informationen speicherte: Princess, so hieß die Heldin in Tennessee Williams' Theaterstück *Sweet Bird of Jouth*, in dem Erwin Zab die Rolle des Chance spielte, bis zu dem Zeitpunkt, als er von Henning getötet wurde. Princess konnte nur Rachel Zab sein. Ich war sprachlos.

»Ist alles in Ordnung?« erkundigte sich Eurydice.

»Ja... Können Sie sie mir beschreiben?«

»Sie war ziemlich groß für ihr Alter, brünett, schöne Augen, und strahlte eine Tragik und Heftigkeit aus, der mein Vater sicher nicht widerstehen konnte.«

Ich konnte mir die fünfzehnjährige Rachel gut vorstellen, wahnsinnig vor Schmerz und Trauer nach dem Tod ihres Bruders, zu allem bereit, um ihn zu rächen. Nordvensen, den sie ja kannte, muß den großen Voodoo-Priester gespielt haben. Über ihn hat sie vermutlich Papa Mosso kennengelernt.

»Ist es möglich, daß ein sehr begabtes junges Mädchen in fünfzehn Monaten lernt, wie man einen Envoi-mort verschickt?«

»Ihre Frage macht mir Sorgen... Mir wird plötzlich klar, daß mein Vater fürchterlich enttäuscht gewesen sein muß, mich zu verlieren... Möglicherweise hat er alle seine Hoffnungen auf Princess übertragen und sie in die geheimen Rituale eingeweiht... Es ist keine Frage von Alter oder Zeit, sondern von Kraft, und wenn ich mich zurückerinnere, dann muß ich sagen, daß von Princess eine ganz besondere Kraft ausging.«

Ich war von dem, was mir jetzt klar wurde, erschüttert, von dem Ausmaß des Hasses, den Princess der Welt entgegenbrachte, von der außergewöhnlichen Schlauheit, die sie unter Beweis gestellt hatte. Wie Papa Mosso hatte auch sie Nordvensen manipuliert, um ihm das Geld aus der Tasche zu ziehen. Auf Parkers vorgetäuschte Verhaftung war sie nicht hereingefallen, und die Wahl des Symbols, eine Abwandlung des Unendlichkeitszeichens, erklärte sich von selbst.

»Ich glaube, Sie haben mir das Leben gerettet, Eurydice. Ich kenne Princess. Sie hat all diese Verbrechen begangen. Aber eins verstehe ich nicht: Wieso hat sie Ihnen nicht den Tod geschickt, wo Sie doch die einzige Person sind, die sie mit Papa Mosso in Verbindung bringen kann?«

»Ich kenne die Geheimnisse, und wenn ich bedroht wäre, würde ich es sofort spüren. Der Tod würde zu demjenigen zurückkehren, der ihn geschickt hat, und ihn auf der Stelle vernichten.«

»Ich habe noch eine technische Frage... Wenn Princess verhaftet und isoliert würde, könnte sie dann immer noch einen Envoi-mort schicken?«

»Das Ritual dient nur zur Unterstützung der geistigen Kraft, hat aber trotzdem auch seine eigene Bedeutung. Bei dem Envoi, den mein Vater praktizierte, ist die Schale das entscheidende. Sie muß von dem Envoyeur auf eine bestimmte Art und Weise hergestellt werden, und der Ton muß physische Bestandteile des Opfers enthalten, wie zum Beispiel Teile eines Kleidungsstücks, Haare oder Fingernägel. Die Schale muß drei Tage lang in der Sonne trocknen und eine Nacht lang im Mondschein stehen.«

»Princess hat diese Bestandteile. Sie hat sie uns abschneiden lassen.«

»Dann gibt es nur eine Möglichkeit, nämlich die Schalen finden und vernichten, indem man sie in Quellwasser auflöst.«

»Und wenn sie noch mehr Fingernägel und Haare hat?«

»Dann braucht sie immer noch drei Tage und eine Nacht, um eine neue Schale herzustellen.«

»Ich befinde mich in einem furchtbaren Dilemma: Wie kann ich mich retten, wie kann ich jene retten, die mit mir sterben sollen?«

»Es gibt einen Mann, der Sie vielleicht retten kann. Er ist sehr mächtig. Sogar mein Vater hat ihn gefürchtet. Er lebt auf Jamaika und heißt Clesh. Sie finden ihn in der Nähe eines Dorfes, das Black River heißt.«

Obwohl ich zitterte, lächelte ich.

»Er hat schon zweimal gegen Princess verloren.«

»Vielleicht wußte er nicht, wo der Envoi herkam.«

Ich erhob mich und küßte Eurydice. Als ich im Begriff war zu gehen, rief sie mich zurück, blickte mir tief in die Seele und sagte: »Um das Böse, das mein Vater verursacht hat, fortzuwaschen, und damit dieses schreckliche Wissen nie mehr weitergegeben wird, bin ich bereit, meine Seele zu verlieren. Ich begleite Sie nach Jamaika.«

In diesem Augenblick fuhr draußen ein Wagen vor. Ein Mann kam auf das Haus zu.

»Das ist mein Mann. Lassen Sie mich machen.«

Er trat ein. Eurydice küßte ihn und stellte mich vor: »Das ist Mr. Marwin vom *Miami Herald Tribune* ...«

»Guten Tag.«

Er schüttelte mir die Hand.

»Erinnerst du dich an das Preisausschreiben?«

»Ja... Ja...«

»Ich hab' gewonnen! Eine Woche Jamaika. Morgen geht's los.«

»Es wird alles bereit sein, Madam. Ich werde persönlich vorbeikommen und Ihnen Ihr Ticket bringen.«

Eurydice besaß Improvisationstalent. Als ich sie verließ, hatte ich wieder das Gefühl, eine gewisse Zukunft zu haben, was keineswegs unangenehm war. Ich wußte, daß wir nicht unsterblich waren, aber lieber solange unsterblich sein wie möglich.

Ich stieß wieder zu Clémentine und Live Crew. Sah also so aus, als müßte ich schon wieder in einen Clipper springen. Die Sache drängte. Ich mußte unbedingt meine und Monas Seele wiederholen. Es ist schon seltsam, daß man in einer sonnen- und mondgetrockneten Tonschale gefangen sein kann. Die Wissenschaft hat schon ihre guten Seiten, aber manchmal versagt sie völlig.

»Und?« fragte Clémentine, die schon vor Neugier platzte.

»Ich habe ein oder zwei Chancen zu überleben.«

»Pech, Alter«, bemerkte Roy.

Ich gab ihm eine freundschaftliche Kopfnuß.

»Clémentine, haben Sie Lust, ein paar Tage in Miami zu

verbringen? Live Crew wird sich um Sie kümmern. Sie kriegen ein schönes Zimmer mit Meeresblick, die beiden werden mit Ihnen in die besten Restaurants gehen, sie werden Ihnen vorlesen, Ihnen was vortanzen, Roy wird auf Händen gehen, und sie werden Sie mit den Drachen bekanntmachen.«

»Was für ein Programm... Da sage ich nicht nein...«

»Ich flieg' auf einen Sprung nach Atlanta hoch und komme in der Nacht oder morgen früh wieder.«

Ich gab Lita ein Bündel Dollar.

»Viel Spaß damit.«

»Du mauserst dich ja allmählich zum Erste-Klasse-Chef, Zulu«, meinte Lita, indem sie sich ans Steuer setzte.

»Weißt du, was ich mir gerade baue?« fragte Roy.

»Keine Ahnung.«

»Einen motorisierten Kinderroller. Spitze 110.«

»Tatsächlich.«

»Ja«, sagte Lita. »Ich hab' ihn schon ausprobiert.«

»Hab' gar nicht gewußt, daß du dich mit so einem Kram abgibst...«

»Falls ich bis fünf Uhr morgens nicht wieder da bin, fahrt ihr zu Menschenfreund Speed und gebt ihm das.«

Ich hielt Lita einen Umschlag hin. Sie wog ihn in der Hand.

»Hhmm... Damit kann er bestimmt einen Supermarkt aufmachen... Soll er irgendeine Quittung unterschreiben?«

»Die Quittung ist sein Leben. Das weiß er... Das wünsche ich ihm jedenfalls...«

Clémentine amüsierte sich köstlich. Sie war in einer ganz anderen Welt.

»Ich würde heute abend gerne tanzen gehen.«

»Keine Sorge, Oma«, sagte Roy voller Respekt, »heute abend geht bei uns mächtig die Post ab.«

Wir erreichten den Flughafen. Ich beauftragte Lita, für den nächsten Tag drei Plätze nach Kingston zu buchen. Einen für Eurydice, einen für Mona, einen für mich.

»Mit Rückflug?«

»Nein. Ich bin abergläubisch geworden.«

»Erzählst du uns alles, wenn du wiederkommst?« fragte Clémentine.

»In allen Einzelheiten.«

Wie immer erreichte ich die Maschine auf dem letzten Drücker. Ich ließ mich in der Ersten Klasse nieder. Eine reizende Stewardeß brachte mir einen Piccolo Veuve Clicquot. Eine junge Frau, an der ich vorbeigegangen war, verließ ihren Platz und setzte sich neben mich.

»Entschuldigen Sie... Ihr Gesicht ist so vertrauenerweckend... Ich habe schreckliche Flugangst... Darf ich hier neben Ihnen sitzenbleiben?«

Sie mußte um die dreißig sein. Graues Kostüm, blaue Augen, blonde Locken, ein Mund, groß genug, um ein Flugzeug zu verschlingen, schöne Zähne, eine vor Angst vibrierende Stimme, eine graue Krokohandtasche, farblich darauf abgestimmte Schuhe, ein kleiner Diamant, ein Ehering. Schöner Busen, ein liebenswerter Po. Einem so hübschen Angsthäschen konnte ich meinen Beistand nicht verwehren.

»Setzen Sie sich ganz tief in den Sessel hinein... So...«

Ich machte meinen Sicherheitsgurt zu. Ich legte meine rechte Hand auf ihren Solar Plexus und stellte dabei fest, daß sie keinen BH trug.

»Jetzt langsam und in den Bauch hinein atmen... So ist's gut...«

Sie keuchte, aber die Wärme meiner Hand entspannte sie. Sie warf mir einen schmachtenden und dankbaren Blick zu. Ich kannte die Überlebensmaßnahmen an Bord in- und auswendig und war deshalb für die Rolle des Helfers in der Not bestens gerüstet. Ein Texaner, dessen Pfoten mit dicken von Edelsteinen strotzenden Silberringen bestückt waren, musterte mich mit einem haßerfüllten Blick. Er wäre gern an meiner Stelle gewesen.

»Das Flugzeug bewegt sich«, sagte die Blondine mit einem panischen Stöhnen.

»Bringen Sie mir einen dreifachen Bourbon«, sagte ich zur Stewardeß, die den Ernst der Situation erkannte und uns noch bediente, bevor sie sich anschnallte.

Ich flößte meinem schönen blonden Baby den Drink ein. Ich gab eine erstklassige Amme ab. Die Schweizer hätten mich als Lawinenrettungshund engagieren können.

»Ein Prinz muß eine Prinzessin retten, die in einem maurischen Palast gefangen ist. Sie wird von einem Eunuchen bewacht, der mit einer Machete bewaffnet ist. Und der Prinz wandert in ein Labyrinth, in dem es vor Drachen wimmelt. Mit Nägeln bespickte Falltüren gehen auf, der Prinz entkommt der ersten Falle durch einen Sprung, aber dann nähert sich der Drache, und…«

»Es wird schneller…«

»Ja, er öffnet die Flügel und stürzt sich auf den Prinzen, der sein smaragdbesetztes goldenes Schwert zieht und einen furchtbaren Schrei ausstößt. Währenddessen speiht der Drache Feuer, das dem Prinzen die Augenbrauen versengt…«

Während ich improvisierend weitererzählte, massierte ich ihr sanft den Bauch bis zum Ansatz der Brüste. Sie hörte auf zu atmen.«

»Atmen, Prinzessin, atmen…«

Sie sog einen Fingerhut voll Druckluft ein, und Schweiß trat ihr auf die Schläfen. Das Flugzeug hob ab. Sie schrie und umklammerte mich. Ich streichelte ihr Gesicht, strich ihr über die Haare und entspannte ihre von Angst gehärteten Lippen mit meiner Zunge. Während der Clipper in den Himmel aufstieg, grub die Prinzessin ihre Nägel in den weichen Stoff meines Anzugs. Sie zitterte am ganzen Leib. Ich küßte sie etwas heftiger, und da ich ihr eine gute Minute lang die Luft abschnürte, mußte sie danach tief Atem holen. Der Texaner fixierte uns mit seinen kleinen schwarzen Äuglein, in denen ich ein Ku-Klux-Klan-Kreuz brennen sah. Der Typ würde mich lynchen, sowie er seinen Sicherheitsgurt aufmachen durfte. Er war schon scharlachrot vor Haß, kurz davor, zu explodieren.

Während das Flugzeug weiter stieg, legte ich eine Hand auf die linke Brust meiner schönen Mitreisenden, küßte sie immer weiter, bis ich mit Freude feststellte, daß ihre Zunge weich wurde und sich um meine wickelte. Die Prinzessin öffnete die Beine, wobei sie kleine tiefe, sanfte Schreie unterdrückte. Sie legte ihr linkes Bein auf meins, ich streichelte sie am Nacken und am Ohr, küßte ihren Hals, meine Hand glitt an ihrem feinen Strumpf hoch bis zur Schließe ihres Strumpfhalters, dann unter ihren Slip, und streichelte sanft ihr feuchtes, glühendes Geschlecht. Die Prinzessin begann sich wie ein kleiner Drache zu winden, ihre Schreie erfüllten die Erste Klasse-Kabine, und der Texaner hätte mich schon abgeknallt, wenn die Kontrollen nicht so streng gewesen wären. Ein Segen, daß es den Sicherheitsdienst gab. Über den Bordlautsprecher ertönte die tiefe und wohlklingende Stimme des Kapitäns: »Guten Tag, Leute. Wir haben jetzt unsere Flughöhe von 8200 Metern erreicht. Die leichten Turbulenzen, die Sie gespürt haben, sind dadurch entstanden, daß warme Luftmassen auf kältere Strömungen gestoßen sind, aber ich glaube, daß wir jetzt einen sehr ruhigen Flug haben werden. Die Temperatur in Atlanta beträgt 42 Grad Celsius... Zögern Sie nicht, sich an unsere Stewardessen zu wenden, die sich bemühen werden, Ihnen die Reise so angenehm wie möglich zu gestalten. Wir wissen, daß Sie die Wahl zwischen zahlreichen Fluggesellschaften haben, und wir danken Ihnen, daß Sie sich bei diesem Flug für Delta entschieden haben. Unsere Landung wird voraussichtlich in 58 Minuten erfolgen. Wir wünschen Ihnen einen angenehmen Flug.«

Die Prinzessin kam mit einem langgedehnten Schrei. Die Stewardeß eilte mit teilnahmsvollem Blick herbei. Ich klickte unsere Sitzgurte auf, die Stewardeß machte uns den Weg wie eine Motorradeskorte frei, und wir stürzten zur Toilette. Die luftkranke blonde Prinzessin tat so, als könne sie nur mit Mühe den Inhalt ihres Magens unten behalten, und in der Abgeschiedenheit der winzigen Liebeskammer zogen wir uns ganz aus. Die Therapie schien, obwohl nur punktuell angewandt, doch gut anzuschlagen. Die blonde Prinzessin ließ ihre brennenden Lippen über meinen Körper wandern. Ich stellte mit Freude fest, daß Blondinen doch nicht ohne Geschmack und Geschicklichkeit waren. Sie kam noch zwischen meinen Lippen, ich kam in ihrem Mund.

Wir liebten uns leidenschaftlich, wobei sie sich auf dem Waschbecken abstützte. Ein letzter Orgasmus ließ uns beide genau in dem Moment aufschreien, als die Räder der Boeing die Landebahn berührten.

Während wir uns wieder anzogen, rollte die Maschine zum Flugsteig. Die blonde Prinzessin lachte und frischte mit funkelndem Blick ihr Make-up auf. Ich hörte die Passagiere die Maschine verlassen, und als alles still schien, öffneten wir sacht die Tür. Zu unserer großen Überraschung war die Crew komplett angetreten, und wir verließen das Flugzeug unter donnerndem Applaus.

Wir marschierten tropisch erhitzt über den schwarzen Gummiteppich. Die blonde Prinzessin sah mich an, zwinkerte mir diskret zu, ich zwinkerte zurück, und dann ging sie weiter. Ich sah genußvoll zu, wie sie mit wippendem Hintern zehn Meter vor mir herging. Die Prinzessin betrat die Ankunftshalle, wo ein großer blonder, sportlich-eleganter Typ sie in die Arme nahm. Im Vorbeigehen hörte ich einige Gesprächsfetzen: »War der Flug nicht zu beschwerlich für dich, meine Liebe?«

»Ich werde nie wieder Angst haben.«

»Ich habe dir doch gesagt, daß die Therapie funktionieren würde...«

Einige Meter weiter lauerte uns der vor Zorn violett angelaufene Texaner auf. Ich erwartete, er würde auf mich losgehen, aber er trat an das glückliche Paar heran, und ich hörte, wie er den großen Blonden anbrüllte: »Mein Herr, Ihre Frau ist eine Hure!«

Der Dialog hörte an dieser Stelle auf, weil der große Blonde ihm die Faust ins Gesicht hämmerte und ihn glatt k. o. schlug. Während sie an mir vorbeigingen, fragte er die Prinzessin lächelnd: »Wer war dieser Spinner?«

»Er hat neben mir gesessen und versucht, einen Moment der Panik auszunutzen.«

Die schöne Prinzessin und ihr Ritter entfernten sich. Der Texaner rührte sich noch immer nicht. Ein Steward gab ihm ein paar freundschaftliche Ohrfeigen, damit er wieder zu sich kam.

Als ich den Flughafen verließ, fühlte ich mich frisch wie eine Lilie. Was mich erwartete, war ein wenig haariger. Ich nahm mir ein Taxi und ließ mich zu Rachel Zab fahren, eine Prinzessin ganz anderer Sorte. Unterwegs machte sich ein kleiner Hunger bemerkbar, und ich ließ den Fahrer in einem Drive-in von Eat a Burger halten, der besten Kette dieser Branche. Ich bestellte mir einen Bacon Burger.

»Essen Sie diesen Müll?« fragte der Fahrer.

»Hin und wieder schmeckt es köstlich.«

»Angeblich wachsen einem davon Haare in den Ohren.«

»Wer hat Ihnen das denn erzählt?«

»Meine Frau. Sie arbeitet in einem Bioladen.«

»Ich habe noch keine Haare in den Ohren.«

»Man ist das, was man ißt, sagt meine Frau.«

»Falls ich mich vor der Ankunft in einen Hamburger verwandeln sollte, seien Sie so nett, fahren Sie mich zum Krankenhaus und bitten die Notärzte, mir zuallererst die Schinkenscheiben herauszunehmen. Könnte für meine Gesprächspartner sonst etwas irritierend sein.«

»Sind Sie vom Film?«

»Ja.«

»Schauspieler?«

»Nein, Scriptgirl.«

Er hielt vor dem schönen schwarzen Gebäude. Ich ging zur Glastür und trat ein. Die hinreißende Sekretärin, die heute einen gelben Minirock trug, schien begeistert zu sein, mich wiederzusehen. Es war Büroschluß, und sie war gerade dabei, zu gehen.

»Guten Abend, ist Rachel da?«

»Ich wußte nicht, daß Sie kommen wollten. Sie hat gerade einen Kunden, aber ich werde ihr Bescheid sagen.«

»Hat sie heute abend irgendwas vor?«

»Ich glaube nicht.«

»Wunderbar, dann kann ich sie ja zum Essen einladen.«

»Darf ich Ihnen einen Scotch oder einen Kaffee bringen?«

»Einen Kaffee.«

Ich setzte mich. Die Sekretärin kam mit einer Tasse Kaffee wieder. Sie hatte sehr schöne Augenbrauen, die sich beinahe berührten.

»Haben Sie wegen Ihrer Villa schon eine Entscheidung getroffen?«

»Ja... Ich bin kurz davor...«

»Das freut mich. Zucker?«

»Yo.«

Sie rührte um und reichte mir die Tasse, wobei sie sich mit ihrem Gesicht meinem näherte. Sie schien überrascht und lachte.

»Was gibt's?«

»Nichts... Nichts...« sagte sie und errötete ordentlich.

Mir wurde klar, daß der köstliche Duft meiner blonden Prinzessin immer noch an mir haftete.

»Ganz neu auf dem Markt. Sehr teuer.«

»Aha! Und wie heißt es?«

»›Pussy‹ von Chanel.«

Sie lachte schallend.

»Bleiben Sie heute nacht in der Stadt?«

»Das weiß ich noch nicht.«

»Es findet gerade ein Kongreß statt. Alle Hotels sind ausgebucht.«

Sie ging zu ihrem Schreibtisch, notierte eine Nummer auf einem himmelblauen Post-It und gab ihn mir mit einem umwerfenden Lächeln.

»Wenn Sie kommen, werde ich Sie mit Rosenblüten bedekken…«

»Hhm…«

»Ich heiße Fiona…«

Sie verschwand und ließ mich mit köstlichen Gedanken an Rosenblüten und Orgelmusik zurück.

11

Rachel begleitete ihren Kunden, der ganz begeistert wirkte, zur Tür. Sie schloß ab und kam mir mit einem breiteren Lächeln entgegen als bei unserer ersten Begegnung.

»Ich wollte Ihnen danken. Sie waren großartig. Ohne Sie hätte ich den Täter nie gefunden.«

»Ich habe getan, was ich konnte, in Angedenken an Erwin.«

»Sind Sie heute abend frei?«

»Ja. Ich hatte zwar vor, ins Kino zu gehen, aber das hat Zeit.«

»Ich mache Ihnen einen Vorschlag. Ich rufe den besten Gourmetservice der Stadt an, und wir lassen uns ein kleines raffiniertes Festessen bringen. Ich muß sonst ständig in Restaurants sitzen, und Ihr Haus fasziniert mich. Es ist alles so gut durchdacht, so perfekt entworfen.«

»Mit Vergnügen. Ich bin sehr neugierig zu erfahren, was passiert ist. Aber vorher möchte ich Sie bitten, mir eine halbe Stunde Zeit zu lassen, damit ich duschen und mich umziehen kann. Ich hatte einen harten Tag. Gehen wir nach oben?«

Ich war überrascht über den Charme, den Rachel verströmte, und ich muß sagen, daß er ihr erheblich besser stand als ihre trockene, professionelle Art. Ich folgte ihr in den zweiten Stock.

»Zeigen Sie mir Ihre Wohnung?«

»Mit Vergnügen. Was darf ich Ihnen anbieten? Champagner?«

Ich nahm lächelnd an.

»Kommen Sie gerade aus New York?«

»Ja. Die Ermittlungen haben länger gedauert als erwartet.«

Wieder bewunderte ich den De Kooning. Sie öffnete gekonnt eine Flasche und setzte sich, um uns einzuschenken. Ich brachte einen Trinkspruch aus.

»Auf unseren Erfolg!«

Sie lachte und wiederholte meinen Satz mit einer Andeutung von Ironie. Der Abend versprach interessant zu werden.

»Sie haben noch zwei weitere Stockwerke?«

»Ja, für jede Aktivität eins. Wir können nach oben gehen, wenn Sie wollen.«

Wir verließen die Bücher, das Yves-Klein-Blau, und gingen in die Etage, die der Kunst des Essens gewidmet war. Eine riesige Küche trennte zwei Räume, von denen der eine Platz für eine große Abendgesellschaft bot, während der andere intimer war, eine verglaste Ecke, die auf den Garten hinausging. Der Farbton, in dem dieses Stockwerk gehalten war, Butterblumengelb, harmonisierte bestens mit den ultramarinfarbenen Stühlen. Auch hier hing nur ein einziges großes Gemälde, auf dem Rot dominierte. Das stumpfe, großbohlige Parkett erinnerte an das Deck eines Segelschiffes. Ein riesiger Strauß Pfingstrosen in einer mexikanischen Vase steuerte den Schuß Farbe bei, der das ganze im Gleichgewicht hielt.

»Ich habe dieses Haus vor sechs Jahren gebaut. Vorher wohnte ich in einer alten Garage in der Vorstadt.«

»So was gefällt mir sehr gut. Wenn ich ein Haus hätte, würde ich so eins haben wollen.«

»Wohnen Sie in einem Apartment?«

»Ich wohne nirgends. Weder in einem Haus noch in einem Apartment. Ich suche mir jeden Abend ein Hotelzimmer.«

»Das ist originell.«

»Mein Leben ist ziemlich kompliziert, und ich mag Veränderungen. Meine Eltern besitzen ein kleines Haus in Pensacola, wie ich Ihnen schon gesagt habe. Vielleicht lasse ich mir irgendwann einmal dort was bauen. Welche Farbe hat die obere Etage?«

»Kommen Sie mit... Das ist die Etage der Ruhe, des Schlafs.«

Wände und Decke waren dunkelrot. Sanfte Beleuchtung. Viele Bücher. Wir betraten ein großes Schlafzimmer. Mir fielen sofort die Fotos von Erwin auf, dessen Präsenz hier allgegenwärtig war. Ein Fernsehsystem mit Rückprojektion, eine weitere Hifi-Anlage, CDs, ein Badezimmer aus Marmor, dessen Maserung farblich zu den Wänden des Schlafzimmers paßte. Zwei Gästezimmer, die beide ebensogut für schlaflose Nächte ausgestattet waren.

»Leiden Sie an Schlaflosigkeit?«

»Ja... Ich kann immer erst morgens einschlafen... Wie sind Sie darauf gekommen?«

»Ich weiß nicht. Intuition.«

»Nachts kommt die Vergangenheit wieder.«

»Es gibt Mittel, sich von solchen Dingen zu befreien...«

»Erzählen Sie mir nichts von Psychotherapie.«

»Halten Sie nichts davon?«

»Nein. Ich habe es drei Jahre lang versucht, mit dem Erfolg, daß der Schmerz noch stärker wurde.«

»Es gibt auch noch andere Mittel...«

»Sie müssen mir davon erzählen... Ich mache mich jetzt fertig... Warten Sie im zweiten Stock auf mich... Neben dem Telefon liegt ein Adreßbuch. Rufen Sie bei Divine Cooking an und nennen Sie meinen Namen. Das sind die besten.«

»Haben Sie irgendeinen besonderen Wunsch?«

»Sie bereiten Fische im ganzen vorzüglich. Und ich habe eine Vorliebe für Schokolade.«

»Wie ich.«

»Bestellen Sie aber bloß keinen Wein, ich habe einen hervorragend bestückten Keller.«

»Ich hoffe, Sie zeigen ihn mir.«

»Später. Ich überlasse Ihnen dann die Wahl...«

Ich ging nach unten. Ich hatte das Gefühl, daß der Abend voller Überraschungen sein würde. Sie wußte, daß ich bestimmte Sachen wußte, und glaubte wahrscheinlich, daß ich einiges nicht wußte, was mir bekannt war. Ich rief bei Divine an, wo man mir einen Hummersalat vorschlug, einen Petersfisch mit Sauerampfer und einen herben Schokoladenkuchen. Das klang ideal. Aus Neugier blätterte ich Rachels Adreßbuch durch. Nordvensens Nummer stand nicht drin. Clever. Wer weiß, vielleicht würde er zurückkommen, um mit uns zusammen zu Abend zu essen. Ein magisches Mahl.

Ich sah mir die CDs an. Viel Jazz. Ich zog eine Aufnahme mit Archie Shepp und Dollar Brand heraus und legte sie ziemlich laut auf. Die Anlage war großartig. Ich schlürfte etwas Champagner und entspannte mich. Zwischen den Tracks dachte ich ein bißchen nach. Ich stellte mir vor, daß Rachel, wie alle Künstler, bestimmte Gewohnheiten hatte und daß ihr Houmfor sich wahrscheinlich im Souterrain befand, wo auch meine und Monas Seele weilten. So wie bei Nordvensen.

Rachel erschien wieder in einem prächtigen schwarzen Kleid aus gaufriertem Samt. Die Müdigkeit schien wie weggeblasen. Ihre Arme waren nackt, und ihre großen, ausdrucksvollen Hände zierte keinerlei Schmuck.

»Sie haben sich gerade Archie Shepp angehört?«

»Ich liebe seine Musik.«

»Wollen Sie etwas anderes auflegen?«

»Nein... ich möchte lieber plaudern.«

Ich schenkte ihr etwas Champagner ein. Sie trank. Ich sah, daß das Make-up auf ihren Augenlidern eintätowiert war. Trotz Dusche hatte es sich nicht verändert.

»So... Erzählen Sie mir alles...«

»Ich fange mal mit Parker an. Er wurde von einem anderen Mann manipuliert, der wahrscheinlich auch in Erwin verliebt war. Nach dem jetzigen Stand der Ermittlungen scheint Parker unschuldig zu sein. Er ist einer der größten Experten in Sachen Voodoo, aber wie viele Akademiker hat er nie praktiziert. Tatsächlich war es so, daß kurz bevor ich in seine Wohnung kam, um ihn zu überführen, irgend jemand belastendes Material bei ihm versteckt hatte – Briefe von Erwin, ein paar Pots-têtes, eine große Tonschale und einen Dolch.«

»Aber wie haben Sie den anderen Mann gefunden?«

»Das war nicht so schwierig. Vom ›Infinity Movement‹ leben nur noch drei Mitglieder. Ich begann bei dem, der am nächsten wohnte, ein gewisser Nordvensen, Besitzer eines sehr schönen Hauses in East Hampton.«

»Der Name kommt mir doch irgendwie bekannt vor... Einen Moment...«

Rachel erhob sich, stellte den Macintosh an, der sich in einer Ecke des Raumes befand, und suchte den Namen...

»Ja... Da ist er... Ich habe dieses Haus 1976 für ihn entworfen. Unglaublich!«

»Es ist toll. Haben Sie ihn mal persönlich kennengelernt?«

»Ja. Ich war da, um mir das Gelände anzusehen, was ich immer tue, und um die Bauarbeiten zu überwachen. Ich erinnere mich an einen großen, wettergegerbten Mann mit einem klaren Blick. Nicht sehr sympathisch, aber ich hatte keine Ahnung, daß er Erwin kannte. Was für ein merkwürdiger Zufall.«

»Er muß von Erwin gewußt haben, wer Sie waren, und vielleicht hatte ihr Bruder ihn Ihnen gegenüber wegen der diabolischen Macht dieses Mannes nie erwähnt.«

»Glauben Sie wirklich an so was?«

»Ich habe die Wirkung seiner Macht an verschiedenen Personen feststellen können, die praktisch vor meinen Augen gestorben sind.«

Es klingelte. Rachel drückte den Summer, und kurz darauf erschien ein gestylter junger Mann mit einem großen Warmhaltetablett.

»Guten Abend, Mrs. Zab, guten Abend, Sir. Ich bringe es gleich hoch. Soll ich den Fisch in den Ofen schieben, damit er warm bleibt und noch durchziehen kann, während Sie das Hors d'oeuvre zu sich nehmen?«

»Sehr gut, Peter.«

Wir begleiteten ihn. Rachel hatte den kleinen Tisch gedeckt. Das Geschirr war mexikanisch, die Gläser mundgeblasen. Es gab sogar einen dreiarmigen Leuchter. Während Peter den Fisch in den Ofen stellte und den Salat auf die Teller verteilte, bezahlte ich die Rechnung. Hundertfünfunddreißig Dollar. Ich gab ihm noch ein Trinkgeld und schlug dann meiner Gastgeberin vor, gemeinsam in den Keller zu gehen und den Wein auszuwählen.

Im Keller war es kühl; mit gleichbleibender Temperatur und Feuchtigkeit, ein idealer Weinkeller. Rachel zeigte mir ihre Bestände. Bordeaux, Burgunder aus dem Gebiet der Loire, die italienischen, spanischen und portugiesischen Weine und schließlich die kalifornischen. Es mußten dort an die vier- oder fünftausend Flaschen lagern.

»Ich persönlich bevorzuge Bordeaux. Ich trinke nur Rotwein. Stört Sie das? Ich habe natürlich auch hervorragende Weiße.«

»Ich überlasse Ihnen die Wahl.«

»Was würden Sie von einem 82er Mouton/Rothschild halten?«

»Wunderbar.«

Wir verließen den Keller. Es gab noch drei andere Türen.

»Ist das Ihre Garage?«

»Ja. Interessieren Sie sich für Autos?«

»Ich interessiere mich für alles.«

Sie stieß eine Tür auf und machte Licht. Ich sah einen dunkelblauen Lotus-Kabrio.

»Hübsches Spielzeug. Und da drüben?«

»Ich werde Ihnen jetzt doch nicht meine ganzen Waschmaschinen und das Gerümpel zeigen, das ich in dem Raum da aufbewahre... Gehen wir jetzt lieber wieder hoch, sonst wird der Fisch zu gar.«

Mir fiel auf, daß der Waschraum durch eine gepanzerte Stahltür mit Dreifachschloß gesichert war, was für eine Waschküche eher ungewöhnlich war. Aber ich ging brav mit nach oben. Ich würde es mir später immer noch angucken können, nach dem Dessert.

Wir machten uns an den köstlich gewürzten Hummersalat mit Trüffeln. Rachel öffnete fachmännisch die Flasche, roch an dem Korken, goß sich einen Schluck ein, schwenkte den Wein sacht in ihrem Glas, schnupperte, kostete ihn und schenkte mir dann ein.

»Großartiger Jahrgang.«

Ich fand den Wein etwas zu kühl. Sie las meine Gedanken.

»Die Leute meinen immer, mit Zimmertemperatur sei die Temperatur gemeint, die heute in unseren Räumen herrscht. Aber das ist ein Irrtum. Der Wein muß so warm sein, wie die Räume vor der Zeit der Zentralheizung waren, um die vierzehn Grad.«

Rachel ging den Fisch holen, während ich die Teller in die Küche brachte. Zum Petersfisch gehörte noch eine Béchamelsauce und Gemüse.

»Erzählen Sie weiter. Was ist bei Nordvensen passiert?«

»Na ja, er hat versucht, mich zu töten.«

»Sie zu töten?!«

»Ja...«

»Wie denn?«

»Mit Magie... Es war faszinierend... Ich habe ihn überrascht, als er gerade vor einer Schale obskure Zauberformeln deklamierte. Er war so vertieft, daß er mich gar nicht bemerkte, als ich sein Heiligtum betreten habe. Und dann hat sich die seltsamste Sache ereignet, die ich je erlebt habe...«

»Erzählen Sie... Erzählen Sie...«

»Die Schale war mit Wasser gefüllt und auf der Oberfläche ist mein Gesicht erschienen.«

»Wahrscheinlich nur eine Spiegelung.«

»Nein... Ich stand nicht im richtigen Winkel.«

»Und dann?«

»Dann hat er einen Dolch genommen, ausgeholt und wollte gerade das Bild auf dem Wasser durchstoßen, als ihm eine Kugel in den Mund flog und in Höhe des Kleinhirns wieder austrat.«

»Wer hat geschossen?«

»Zweifellos irgendein Schutzgeist.«

»Jetzt haben wir aber reine Science-fiction...«

»Da haben Sie sicherlich recht, denn anschließend ist Nordvensen verschwunden, während ich geschlafen habe. Er wurde seitdem nie wieder gesehen.«

»Nehmen Sie halluzinogene Drogen?«

»Meine Generation nimmt so was nicht.«

»Also machen Sie sich über mich lustig?«

»Ganz und gar nicht. Heute morgen habe ich sogar einen äußerst unerfreulichen Brief von ihm bekommen...«

»Von wem?«

»Von Nordvensen... Er hat angekündigt, mich ganz langsam sterben zu lassen, ebenso meine Freundin, Princess Bashmas Schwester. Übrigens, mögen Sie Rap?«

»Ich liebe Rap...«

»Ich würde Ihnen gern Bashmas neues Album schenken, das sie noch kurz vor ihrer magischen Ermordung aufgenommen hatte. Da ist ein Titel drauf, in dem seltsamerweise Bezug auf Erwin genommen wird.«

»Was Sie nicht sagen!«

Sie war überrascht. Ich nutzte meinen Vorteil aus.

»Ja. Die Produzenten hatten schon beschlossen, ihn herauszunehmen, aber ich konnte sie dazu überreden, ihn drinzulassen, als Hommage an Erwin. Und außerdem ist das ein ganz neues Thema im Rap. Da gab's auch noch eine Geschichte um gestohlene Master-Tapes, aber das war nur ein Werbegag, weil die Masters schon längst bei der Pressung waren. Die wollten nur die Öffentlichkeit anheizen, weiter nichts.«

Auf diese frisch improvisierte Neuigkeit kam erst mal keine Reaktion. Rachel zeigte jedoch erste Anzeichen von Destabilisierung, und ich konnte bald zum entscheidenden Schlag ausholen, aber vorher wollte ich noch den Schokoladenkuchen kosten und die Flasche Mouton/Rothschild leeren.

»Erzählen Sie mir von Erwin... Ich habe sehr viel Mitgefühl mit ihm...«

Rachel sann einen Moment nach.

»Wir standen uns sehr nahe, wie ich Ihnen letztes Mal schon gesagt habe. Unsere Eltern waren sehr konservative Juden. Demzufolge kam Erwins Wunsch, Schauspieler zu werden, bei ihnen sehr schlecht an. Ich war die einzige, die ihn dabei unterstützte. Als er volljährig wurde, flüchtete er von zu Hause, und ich glaube, er ist unter anderem homosexuell geworden, weil er von irgend etwas leben mußte.«

»Das ist auch eine Form der Rebellion gegen die Eltern.«

»Wir schrieben uns jeden Tag und nährten in gewisser Weise gemeinsam die Flammen der Auflehnung. Ich wollte Malerin werden. Ich war recht begabt. Ein angesehener Maler, den ich gewagt hatte anzusprechen, und dem ich meine Bilder gezeigt hatte, setzte sich damals sogar persönlich bei meinen Eltern für mich ein, aber ohne Erfolg. Deswegen habe ich später dann Architektur studiert.«

»Hatten Sie einen guten Psychoanalytiker?«

»Einen der besten.«

»Und haben Sie ihm erzählt, daß Sie mit Erwin geschlafen haben, Princess?«

Ich dachte, sie würde sich im nächsten Moment auf den Tisch übergeben. Sie erlitt einen regelrechten hysterischen

Anfall und überschüttete mich mit wüsten Beschimpfungen. Sie schleuderte die Flasche in meine Richtung, verfehlte aber mein Gesicht. Sie warf sich auf den Boden, von heftigen Krämpfen geschüttelt. Ich packte sie, ging mit ihr in die obere Etage und stellte sie, angezogen wie sie war, unter die kalte Dusche, wo ich sie mit festem Griff festhielt. Sie beruhigte sich so weit, daß sie wieder Luft bekam. Ich warf sie grob aufs Bett, setzte mich neben sie und streichelte ihre Kehle.

»Siehst du, Princess, Reden tut gut. Das hilft beim Einschlafen...«

»Dreckskerl«, fauchte sie.

»Ich kann dir sogar sagen, wie es passiert ist... Eines Tages hat Nord dich und Erwin zu einer hübschen Reise eingeladen, und da seid ihr einem richtigen Zauberer begegnet... Papa Mosso...«

Princess zitterte am ganzen Leib. In ihrem Blick offenbarte sich ein unglaublicher Haß.

»Nord war eine Null, aber da gab's ein kleines Mädchen mit viel Begabung und voller Haß... Guter Zauberer der er war, erkannte Papa Mosso in ihr eine ideale Jüngerin. Du hast dich in seine Macht verliebt, du bist seine Frau geworden und seine Lieblingsschülerin. Und wie ich, wußte er, daß du mit deinem Bruder geschlafen hattest. Princess ist ein schöner Name, aber du verdienst ihn nicht. Dank Nord, der dir unter anderem auch ein paar schöne Gemälde geschenkt hat, bist du sehr schnell erfolgreich geworden, und als du ihn nicht mehr brauchtest, hast du ihn manipuliert. Weil dann nämlich etwas Ärgerliches passiert ist. Ein Mädchen namens Kate Henning hatte die schlechte Idee, ihren ursprünglichen Namen wieder anzunehmen, was du natürlich gleich spitz gekriegt hast. Henning und seine Frau hattest du schon getötet, aber jetzt wolltest du auch noch die Tochter haben. Bashma hatte belastendes Material bei sich versteckt. Sie dachte, sie würde über die schlimme ›Hexenjagd‹ singen, aber die wirkliche Hexe warst du.«

Princess versuchte sich aufzubäumen, aber meine Hand an ihrer Kehle hinderte sie daran. Ihre Kräfte kehrten allmählich wieder zurück.

»Zulu, du wirst genauso sterben wie die anderen... Das mußt du verstehen...«

»Nein...«

»Dann mußt du mich töten. Und zwei Fälle von Notwehr, das ist ein bißchen üppig, selbst für einen Cop.«

»Du hast nichts begriffen... Ich nehme das magische Duell an...«

Princess brach in ein diabolisches Lachen aus.

»Na gut, Zulu... Du hast Mut... Bravo, Zulu!«

»Wir gehen jetzt nach unten zu deinem Houmfor.«

»Niemals!«

Ich schleuderte sie in die andere Ecke des Zimmers. Sie erhob sich. Ihr war klar, daß es beim nächsten Mal zum Fenster rausgehen würde. Sie holte die Schlüssel, und dann gingen wir nach unten.

12

Princess' unruhiger Blick suchte überall nach einer Fluchtmöglichkeit. Sie hätte mir liebend gerne ein Küchenmesser in den Leib gerammt. Ich mischte sie etwas auf. Ich hatte es eilig, in die Hölle zu kommen. Sie zitterte, als sie die Schlösser öffnete. Vermutlich weniger vor Angst, als vor Aufregung über den Gedanken, daß der Sieg ihr gewiß war, wenn ich das magische Duell wirklich annahm. Auf dem Altar brannte eine Öllampe.

Der Houmfor ähnelte dem von Nordvensen, der Holzpfeiler in der Mitte, der Dolch, das rote Cape. Auf einer Matratze lag eine zusammengefaltete Hose. Sie machte die Tür zu und zündete die Kerzen an, die vor den Bildern der Götter und einem großen Schwarzweißbild von Papa Mosso standen. Auch dort gab es Zigarren, Flaschen, Kerzenhalter, Öllampen, Tassen, Schalen, Pots-têtes. Der Kultdolch hing am Holzpfeiler, daneben der Zauberstab. Ein Korbstuhl stand vor einem Regal voller Schalen, Papiersäckchen mit Haaren, Fingernägeln, Ringen, Stoffteilen, und dazu das jeweilige Foto des Opfers. Da Princess ein ordentliches Mädchen war, war alles alphabetisch geordnet. Ich hatte keine Mühe, Monas und mein Fach zu finden. Kate und Bashma waren auch noch vertreten. Ich war erstaunt über die Anzahl der Fächer. Es waren sechsunddreißig.

Plötzlich packte Princess mit einer schnellen Bewegung den Dolch und versuchte, nach mir zu stechen, aber mein linker Fuß landete in ihrer Magengrube. Sie sank auf dem nackten Erdboden zusammen.

Es waren keine lebenden Tiere im Raum, und doch lag ein ziemlich beißender Geruch in der Luft. Meiner Nase folgend ging ich zum Altar, wo eine bedeckte Salatschüssel stand, in der sich eine menschliche Leber in einem fortgeschrittenen Stadium der Mumifizierung befand. Sie war noch nicht ganz ausgetrocknet.

»Hallo, Nord«, sagte ich respektlos.

Princess kam wieder auf die Beine und setzte sich auf ihren Thron, um Atem zu schöpfen.

»Du hast also Nords Leiche abgeschleppt. Du hattest sogar daran gedacht, ihn vor meiner Ankunft noch einen Brief schreiben zu lassen.«

»Ich bin sehr viel intelligenter, als Sie denken, Zulu«, sagte sie, auf einmal sehr ruhig.

»Woher kommt diese plötzliche Gelassenheit, Princess?«

»Die Götter und die Kräfte sind auf meiner Seite. Sie hätten niemals in diesen heiligen Ort eindringen dürfen, denn jetzt habe ich Sie in meiner Macht.«

»Ich hab' deine Kartei gesehen, Süße. Gut bevölkert.«

»Vierunddreißig sind tot. Bleiben nur noch Zulu und Mona.«

»Und die anderen, waren die nur so zum Üben?«

»Die Männer, die mir Erwin genommen haben, und noch ein paar andere, die meine Karriere behinderten.«

»Muß Spaß machen, Leute einfach so umbringen zu können... Immer mit dem Dolch?«

»Es gibt auch andere Mittel.«

Princess führte sich wie eine renommierte Professorin auf, die ein Interview gibt. Angesichts der Anzahl der Opfer, der Beweise, die sich in dem Raum befanden, hätte ich versuchen können, sie der Justiz zu übergeben, aber ich wußte nur allzu gut, was passieren würde. Einige Jahre Zwangsjacke und dann magische Rückkehr von Princess und Fortsetzung ihrer Aktivitäten.

Ich blickte in Bashmas Fach und entdeckte, ohne besonders überrascht zu sein, die in Zeitungspapier eingewickelten Master-Tapes.

»Und deine kleinen Sprayer, wie rekrutierst du die?«

»Das sind Straßenjungs, Homosexuelle. Ich bin ihre Göttin. Sie würden für mich töten. Ich unterstütze sie.«

»Ein richtiges soziales Rehabilitationsprojekt, stimmt's, Princess?«

»Wie sind Sie darauf gekommen, mich zu verdächtigen?«

Ich lachte und sah ihr in die seltsam glänzenden Augen.

»Das ›Zulu‹-System. Jedem seine eigene Magie.«

»Willst du wirklich das magische Duell annehmen?«

»Das ist doch amüsanter, als dir mit einer Machete den Kopf abzuschneiden, oder? Es ist an der Zeit, daß du kapierst, daß du nicht den gesamten Planeten umbringen kannst.«

»Nein, Zulu und Mona würden mir reichen.«

»Schade um dich. Du bist eine gute Architektin. Im Grunde ist dieser ganze Wahnsinn das Resultat eines extremen Puritanismus, bei dir und bei Henning. Für Erwin, das erste Opfer, hege ich eine gewisse Sympathie. Er war der einzig Unverdorbene in dieser ganzen Reihe verrückter Zauberer. Ich werde deine kleinen Säckchen mitnehmen, deine Fotos, Monas Seele und meine. Sehr schön, diese Schalen. Ich nehme an, du hast in deiner Garage genügend Ton und eine Töpferscheibe. Frauen um die Fünfzig finden oft zum Kunsthandwerk. Das tut ihnen gut, der Kontakt mit dem Material, etwas mit den Händen schaffen.«

»Nimm mit, was du willst, Zulu.«

»In der Kluft mußt du großartig aussehen… Ich will auch das rote Cape und die Hose haben.«

Ich sah sie schaudern.

»Vielleicht auch den Zauberstab und den Dolch.«

Ich legte alle Gegenstände auf einen Haufen neben die Tür. Princess verfolgte mich mit ihrem wahnsinnigen Blick.

»Ich werde dich jetzt verlassen, Princess. Ich habe dir den magischen Krieg erklärt.«

»Du mißt den rituellen Gegenständen zu viel Bedeutung bei. Die höchste Kunst, die ich von Papa Mosso erworben habe, kann auf alles verzichten. Es zählt allein die Macht des Geistes.«

»Mach's gut, Princess. Willkommen in der Hölle.«

Sie bewegte ihre Lippen, bleckte die Zähne und fauchte wie eine wildgewordene Hyäne.

»Ach! Hab' noch was vergessen...«

Ich näherte mich ihr und holte die Schere heraus, die ich aus der Küche hatte mitgehen lassen. Sie begriff, daß ich ihr Fingernägel und Haare abschneiden wollte. Ich erwartete eine heftige Reaktion, aber sie ließ mich machen, geschüttelt von einem schrecklichen Lachen. Ich legte alles in einen Umschlag.

»Du wirst fürchterlich leiden, Zulu, und alle Menschen, die versuchen, dich zu beschützen, werden den gleichen Tod wie du sterben. Du wirst sehen, es ist schlimmer als die Hölle. In einigen Stunden wird es beginnen.«

Ich fesselte sie mit einer Schnur, derart, daß sie sich nach einigen Stunden Mühe selbst befreien konnte. Bevor ich den Raum verließ, nahm ich mir noch eine Zigarre vom Altar. Es war eine Monte Cristo. Ich zündete sie mir an der Öllampe an, warf einen letzten Blick auf Princess und schleppte meinen Kram nach oben.

In der Küche fand ich einen großen Einkaufskorb und füllte ihn mit meinen Souvenirs. Ich versicherte mich, daß es noch einen Platz in der letzten Maschine nach Miami gab, reservierte ihn und bestellte anschließend ein Taxi. Als ich die Tür hinter mir zumachte, hörte ich, wie die verrückte Prinzessin Zaubersprüche brüllte.

Flughafen. Ich ging durch die Kontrolle. Eine nette Schwarze fragte mich: »Schöne Zeit in Mexiko gehabt?«

»Ein Land voller Zauber. Hoffe nur, daß die Strahlen von Ihrem Ding da den Zauber nicht kaputtmachen.«

»Keine Sorge... Sie können das alles auf Ihrem Kaminsims aufstellen.«

In der Ersten Klasse war nicht viel los. Ich trank einen Perrier mit Zitrone, gönnte mir ein Nickerchen und wies dann Live Crew telefonisch an, mich nach der Landung abzuholen.

Ich stellte fest, daß ich anfing, mich zu beobachten, auf die geringste Bewegung in meinem Innern zu achten, auf das Böse zu lauern. Ich bemühte mich, den Gedanken zu verjagen, Princess könne jetzt schon auf mich einwirken. Ich sagte mir, eine Kugel wäre doch schneller und sicherer gewesen. Was mich störte, war, daß ich hier an einem Kampf teilnahm, bei dem ich nicht handeln konnte.

Nachdem ich das Flugzeug verlassen hatte, machte mir der Anblick von Live Crew wieder Mut. Lita und Roy sahen großartig aus.

»Immer noch am Leben«, bemerkte Roy.

»Auf mir lasten die allerschlimmsten magischen Drohungen.«

»Das klingt ermutigend. Weißt du, daß du mich bei einer ganz wichtigen Phase meiner Ausbildung unterbrochen hast?«

»Er macht ungeheure Fortschritte. Er ist begabt«, sagte Lita.

»Hast du meine Tickets für Kingston?«

»Morgen, 9 Uhr 32. Clémentine haben wir gerade ins Bett gebracht. Die ist einfach nicht totzukriegen. Sie ist völlig aus dem Häuschen.«

»Hast du dich bei den Mayas mit Salatschüsseln eingedeckt?« fragte Lita.

»Yo. Ich hab' sogar eine menschliche Leber gesehen.«

»Widerlich«, sagte Lita.

»Wo setz' ich euch ab?«

»Wir haben es nicht so eilig. Wir können dich zum Obstmarkt fahren, warten, bis du deinen Deal mit Menschenfreund Speed abgewickelt hast, dann dich mit deinem Meteoriten zu eurem Liebesnest fahren und morgen früh dort abholen.«

»Nein, ich hab' was anderes vor.«

»Jawohl, Chef!« riefen meine beiden Assis.

Wir sprangen in den Wagen und fuhren auf den Highway.

»Wir haben die Karre waschen lassen.«

»Und das Öl gewechselt.«

»Und den Luftdruck überprüft.«

»Gut gemacht.«

Lita zog mir die Jacke aus, legte mir den Revolvergurt plus Zubehör um, streifte mein Hosenbein hoch und befestigte das Messer.

»Erinnert ihr euch an den kleinen Sprayer?«

»Ja.«

»Er ist hinter uns, mit fünf Kumpels.«

»Endlich passiert mal was. Bis jetzt hatte ich das Gefühl, in einem Altersheim zu arbeiten«, sagte Lita.

Roy, der hinten saß, Mütze im Wind, drehte sich um.

»Ein frisierter Chevy. Sie sind vielleicht geladen.«

»Die wollen die Salatschüsseln haben und eventuell unsere Haut.«

»Ich weigere mich, für eine Salatschüssel zu sterben«, sagte Roy. »Komm, zeig uns mal, was du so drauf hast…«

»Ich hab' das Gefühl, daß uns auch noch ein Motorrad folgt.«

»Wir kümmern uns zuerst um den Chevy.«

Ich gab etwas Gas. Sie blieben dran. Man mußte die Sache anders anpacken. Die Autobastler vergessen immer, wie wichtig gute Stoßdämpfer sind. Das wollte ich ihnen mal mit ein paar engen, schnellen Kurven auf schlechten Straßen vor Augen führen. Immer noch mit 200 verließ ich den Highway über die Ausfahrt Liberty City, wo es die schlechtesten Straßen im ganzen Staat gab. Das Rodeo begann. Das Motorrad kam besser zurecht als der Chevy. Wir schrammten an ein paar Unfällen vorbei, es gab ein paar ziemlich brenzlige Schleudermanöver, natürlich auf ihrer Seite. Der Motor des BMW heulte auf. Die Gänge wechselten in Sekundenschnelle. Bei jeder Kurve gab mir Live Crew einen Situationsbericht.

»Noch so ein paar Kurven, und die sind wir los.«

Was ich auch tat. Wir hörten das Krachen von Blechteilen.

»Bleibt noch der Motorradfahrer«, sagte Roy.

»Wir könnten ihn umlegen«, meinte Lita.

»Madagascar Avenue hat gerade einen neuen Rollsplittbelag gekriegt«, bot Roy an.

Ich schlug die Richtung ein und beschleunigte, um mit voller Kanne die Kreuzung zu erreichen. Ich schleuderte auf dem Splitt, konnte mich aber wieder fangen. Der Motorradfahrer schlug nach einer phantastischen Flugkurve in die Scheibe eines Mini Marktes ein.

Ich fuhr langsam im Obstmarkt ein. Es dauerte nicht lange, bis ich merkte, daß der Chevy wieder aufgetaucht war. Sie kannten meine Wege. Sie standen unter den Bäumen, ohne Licht. Sie hatten ihre Position schlecht gewählt. Ich hatte eine Überraschung für sie.

Ich holte Mona ab. Sie begriff sofort, daß etwas nicht stimmte. Ebenso Menschenfreund Speed. Ich parkte hinter seinem Wagen und sprang mit dem Geld zu ihm hinein.

»Hier ist die Kohle, aber es gibt ein Problem.«

»Der gelbe Chevy?«

»Ja. Seit ich das Geld habe, sind die Typen hinter mir her.«

Speed lächelte grausam.

»Jetzt, wo ich die Kohle hab', ist es mein Problem. Ich lass' mir meine Schutzzone nicht verletzen.«

Speed morste mit seinen Scheinwerfern. Die Huren verschwanden wie durch Zauberei. Die beiden Zugänge wurden durch Autos blockiert, und ein Dutzend Zuhälter umstellten den gelben Wagen. Die Sprayer müssen einen Riesenschiß gehabt haben, in Anbetracht all der Gewehre mit abgesägtem Lauf, der Uzis und diverser anderer Schießwerkzeuge, die da auf ihre Rattengesichter gerichtet waren. Sie wurden aus ihrem Wagen geholt, und nach sieben oder acht Sekunden war auf der Straße wieder Normalität eingekehrt, als wäre nichts passiert. Nur die Freier standen starr da, wie die Vogelscheuchen.

»Wie willst du sie haben, in Scheiben oder gewürfelt?« fragte Speed.

»Auf Eis gelegt, drei Tage lang.«

»Geht in Ordnung. Das ist ein Geschenk.«

Speed zählte sein Geld, stieg aus seinem Schlitten aus, klopfte mir auf die Schulter und ging zu Mona.

»Mach's gut, Mädchen.«

»Mach's gut, Speed, alter Menschenfreund.«

»Ich bin traurig, Mona. Du verläßt uns. Du bist die beste Nutte, die ich je hatte.«

Mona stieg aus und küßte Speed.

»Wir haben gute Zeiten zusammen erlebt«, sagte sie und schob ihm seinen Anteil für die Nacht zu.

Speed wandte sich an mich.

»Zulu, falls du sie irgendwann nicht mehr haben willst, kauf' ich sie dir wieder ab. Und wenn du ein paar heiße Häschen von mir ausgebildet haben willst, können wir auch ins Geschäft kommen. Ich bin der Beste. Ich sollte eine Schule aufmachen. Für Nutten bin ich das, was West Point für die Army ist.«

»Danke, Speed, mach's gut.«

»Mach's gut, General«, brüllten Live Crew, denen kein Wort unseres Gesprächs entgangen war.

»Respektlos, aber süß«, bemerkte Speed, indem er sich einen Joint ansteckte, der so groß war wie ein Knüppel.

Es lag eine gewisse Melancholie in seinem Blick, als er zusah, wie wir wegfuhren. Als wir den Obstmarkt verlassen hatten, stieß Mona einen Freudenschrei aus und warf sich mir an den Hals.

»Es wäre unklug, heute bei dir zu schlafen. Wir suchen uns ein Zimmer in der Nähe des Flughafens.«

»Mit bewachtem Parkplatz?«

»Yo.«

»In dem Fall könntest du gleich zwei Zimmer nehmen.«

»Okay, Live Crew. Euch kann man ja nichts abschlagen.«

»Nicht nebeneinander. Wir würden euch vom Schlafen abhalten.«

Ich machte die Zimmertür zu. Mich ergriff ein Gefühl außerordentlichen Friedens. Mona war wie besoffen vor Freiheit.

Sie saß wippend auf dem Bettrand und sang mit fetzigem Rhythmus:

Ich kann es nicht glauben ...
Ich kann es nicht glauben ...
Ich kann es nicht glauben ...
Ich kann es nicht glauben ...
Ich kann es nicht glauben ...
Ich kann es nicht glauben ...
Ich kann es nicht glauben ...
Ich kann es nicht glauben ...
Ich kann es nicht glauben ...
Ich kann es nicht glauben ...
Ich kann es nicht glauben ...
Ich kann es nicht glauben ...
Ich kann es nicht glauben ...
Ich kann es nicht glauben ...
Ich kann es nicht glauben ...

Ich störte sie nicht. Es gibt Dinge, die man nicht unterbrechen soll. Ich nutzte die Zeit, um Mono anzurufen.

»Welches Arschloch ruft mich denn da um drei Uhr morgens an... Jaja... Das kann doch nur...«

»Zulu sein...«

»Genau das hab' ich mir auch gedacht... Ich kann's deinen Eiern nur wünschen, daß du einen guten Grund hast...«

Mona machte weiter, immer lauter:

Ich kann es nicht glauben...
Glauben nicht es kann ich...
Ich glauben kann nicht es...
Es nicht kann glauben ich...
Nicht es ich glauben kann...

»Was ist denn das für eine Rapperin? Coole Masche, die die da drauf hat. Kommt gut...«

»Nicht schlecht, was?«

»Du bist ein bizarrer Bursche, Zulu.«

»Hat irgend jemand das Gegenteil behauptet?«

»Seit drei Tagen lass' ich hier vorsingen, um die nächste Queen of the Rap zu entdecken, und da rufst du mich um drei Uhr morgens an und spielst mir hier eine saugeile Stimme rüber, die einen Wahnsinnsbeat hat und nur so vor sattem Leben strotzt... Wie heißt sie?«

»Ah! Ah! Ah!«

»Ich komme sofort rüber. Wenn ihr Face und ihr Arsch so sind wie ihre Stimme, hundert Prozent Wild Thing, dann nehme ich sie unter Vertrag.«

»Du hast wirklich den richtigen Riecher, Mono.«

»Ich glaube an die Magie, an die Überraschung... ans Neue... Noch nie hab' ich so eine rappige Stimme gehört, die einen so an den Eiern packt. Wo bist du?«

»Sheraton, Zimmer 2008.«

»Ich komme.«

»Weißt du noch, als ich bei dir war, hast du mich gefragt, wer mich bezahlt...«

»Sicher...«

»Ich arbeite seit fünf Tagen für dich.«

»Was soll das denn schon wieder für ein Scherz sein?«

»Da ich dabei meine Haut riskiert habe, was ich übrigens immer noch tue, macht das dreitausend Dollar pro Tag plus fünftausend Spesen... Freundschaftspreis...«

»Du bist echt der komischste Kauz, den ich kenne. Bildest du dir ein, ich schieb dir zwanzig Mille für eine Unbekannte rüber? Weißt du, was das kostet, ein neues Produkt auf den Markt zu bringen?«

»Das Wort will ich nicht hören. Was ich dir liefere, ist ein Knüller.«

»Kann sein, aber der ist höchstens dreitausend Kommission wert, nicht mehr.«

»Ich habe das Gefühl, ich werde gleich auflegen...«

»Moment mal, Zulu... Du hast doch nicht etwa...«

»Genau. Mann, hast du eine lange Leitung... Sie sind hier...«

»Scheiße, Fuck, Gotthimmelarschnochmal, wirklich?«

»Yo, in zwei Exemplaren. U-matic-Kassetten von Sony mit dem Rapadise-Records-Label. Findest du es immer noch zu teuer?«

»Du bist genial, Zulu. Genial. Wie alt ist die Kleine?«

»Jung.«

»Ich nehme sie. Wegen des Geldes – kannst du mir Kredit geben, bis die Banken morgen aufmachen?«

»Yo.«

»Ich bin in einer knappen Viertelstunde da. Ich bring' Champagner mit.«

Ich legte auf und betrachtete Mona. Sie war vollkommen abgehoben. Auf ihrem Gesicht strahlte ein inneres Feuer, das niemand jemals auslöschen könnte. Sie machte immer noch ihren Dauerrap.

Während ich auf Mono wartete, stellte ich meine und Monas Schalen in die Badewanne und rief die Bar an.

»Ich habe Durst.«

»Was darf ich Ihnen bringen, Sir?«

»Haben Sie große Flaschen Perrier?«

»Ja, Sir.«

»Bringen Sie mir hundert hoch.«

Der Barkeeper brach in schallendes Gelächter aus.

»Ich hab' das ernst gemeint, mein Freund. Hundert Flaschen.«

»Wie Sie wollen, Sir. Das kostet Sie eintausend fünfhundert Dollar.«

»Der Preis von ein paar Flaschen Dom Perignon.«

»So ist es.«

»Beeilen Sie sich. Sie kriegen fünfzig Dollar fürs Öffnen.«

Fünf Minuten später war der Barkeeper oben und schob die Flaschen, in Zwölfer-Packs auf einen Handwagen getürmt, herein. Eurydice hatte gesagt, es müsse Quellwasser sein, und mit Perrier konnte ich nichts falsch machen. Es stand auf der Flasche. Gut, da war noch zusätzlich Kohlensäure drin, aber es war trotzdem Quellwasser, und selbst die Kohlensäure war laut Etikett natürlich.

Der Barkeeper warf einen superdiskreten Blick auf Mona, wie ein Ober, der einer nackten Frau das Frühstück bringt. Und Mona war nackt, ihre Seele war nackt.

Der Barkeeper öffnete, goß aus, öffnete, goß aus, öffnete, goß aus. Das ist kein Rap, also höre ich lieber auf. Repetitive Poesie hat ihre Grenzen.

»Das ist die komischste Sache, die ich seit einer Woche gemacht habe«, sagte der Barkeeper.

»Und davor?«

»Evian-Wasser für eine Spinnerin, die mit einem riesigen Goldfisch reiste, der Pharao hieß.«

»Wieviel Liter?«

»Dreißig. Zu Hause hatte er einen Swimmingpool.«

»Pharao ...«

»Übrigens... Ihre Salatschüsseln lösen sich allmählich auf...«

»Das ist der Zweck der Übung.«

»Sie mögen keinen Salat?«

»Nein.«

Mono erschien mit einem tragbaren Tonbandgerät. Er stellte ein Mikro auf und ließ sich fasziniert in einem Sessel nieder. Ich legte ihm die Master-Tapes auf den Schoß. Er machte nicht einmal die Hüllen auf. Mona brüllte regelrecht, aber es war immer noch schön. Eine Stunde später hörte sie auf, schweißgebadet. Sie zog ihre Kleider aus und legte sich nackt auf das weiße Laken, um Luft zu holen. Nach zwei Minuten kehrte Mono in die Wirklichkeit zurück.

»Toll, toll. Das gibt zwei Hits auf einmal.«

»Ich habe vergessen, dir zu sagen, daß es eine Bedingung für unseren Deal gibt.«

»Und die wäre?«

»Ich möchte, daß du bei Bashmas Album den Titel wieder reinnimmst, bei dem es um die Kommunistenverfolgung in der McCarthy-Zeit geht.«

»Und warum?«

»Weil sie deswegen gestorben ist, und weil das Mädchen, das du hier vor deinen Augen hast, die Fortsetzung der Geschichte erzählen wird.«

»Eine Superidee.«

»Ich habe sogar schon einen Titel für ihr erstes Album...«

»Und der wäre?«

»*Back from Hell*...«

»Das ist gut, das verkauft sich... Sie soll die besten Musiker kriegen, die es gibt. Sie muß einige Monate dran arbeiten, solange bis *Pure Steel* in den Charts aufsteigt, und dann lanciere ich sie... Übrigens, was ist ihr Künstlername?«

»Pussy Queen«, sagte Mona lachend.

Sie erhob sich, stellte sich auf das Bett, nahm eine malerische Pose ein und sagte: »Für das Cover möchte ich so fotografiert werden.«

»Das ist hypergeil«, sagte Mono, »aber das wird uns garantiert beschlagnahmt.«

»Dann bringen wir eben ein neues Cover raus, mit einem kleinen weißen Balken, auf dem ›zensiert‹ steht.«

»Du gefällst mir unheimlich gut, ›Pussy Queen‹. Du hast nicht nur die Wut im Bauch, sondern auch noch gute Marketingideen.«

»Zusammen schießen wir in den Himmel, Mono.«

»Komm morgen vorbei, um den Vertrag zu unterzeichnen. Brauchst du dringend Kohle?«

»Ich hab' keinen Cent«, log Mona.

»Ich geb' dir einen Vorschuß von zehntausend Dollar.«

»Für den Preis kannst du meinen linken Fuß haben.«

Mono amüsierte sich.

»Und außerdem hat sie was auf dem Kasten... Okay, wir handeln was aus.«

»Wir fliegen morgen früh nach Kingston.«

»Ich erwarte euch gleich nach eurer Rückkehr. Wie soll ich der Presse erklären, wieso Bashmas Bänder wieder aufgetaucht sind?«

»Halt dicht, bis wir wieder da sind, und dann erzähl' ich dir alles. Es gibt genug Stoff für ein Dutzend Titelgeschichten, mehr sage ich jetzt nicht.«

»Ich glaub' dir, Zulu. Weißt du, wenn dir irgendwann mal dein Detektivjob auf den Sack geht, kannst du bei mir als Musikmanager arbeiten. Du kennst dich im Rap aus und schleppst mir das Gold in Barren an.«

»Vergiß nicht meine Kohle.«

»Sowie du wieder da bist... Ich werde einen berühmten Fotografen kommen lassen, und wenn du wieder da bist, machen wir eine Session, ›Pussy Queen‹.«

Mono küßte seinen neuen Star. Er hatte schon Schaum um

den Mund vor lauter Freude. Er knallte mir seine kalte, harte Hand auf die Schulter.

»Du müßtest mal ein paar chinesische Übungen machen, um deine Hände ein bißchen zu entspannen, Mono. Sie sind ziemlich steif.«

Mono amüsierte sich. Er zog seinen rechten weißen Handschuh aus. Er hatte eine Alupfote.

»Tja...«, sagte er, während er ging.

Mona hüpfte mir in die Arme, die Beine um meine Hüfte geschwungen.

»Ich glaube, ich werde super.«

»Du wirst wie eine Bombe einschlagen.«

»Find' ich toll, daß wir nach Kingston fahren.«

»Es wird sehr hart werden.«

»Wieso?«

»Wir werden mit dem Tod kämpfen.«

Ich ging ins Badezimmer, immer noch von Mona umklammert. Die Schalen hatten sich in dem sprudelnden Perrier vollkommen aufgelöst.

»Leidest du an Rheuma, Zulu?«

»Nein, aber weißt du, in bestimmten Hotels sind die Badezimmer nicht so sauber.«

Ich rührte das ganze mit der Hand um und zog den Stöpsel heraus. Ich spülte nach, und dann duschte ich mit Mona. Anschließend verrammelte ich die Tür, legte meine Knarre griffbereit neben mich und rief Brad an. Er war es gewohnt, aufgeweckt zu werden, und hatte inzwischen die Kunst entwickelt, zu allen Zeiten vollkommen wach zu wirken. Ein richtiger Profi.

»Hallo, Zulu hier.«

»Ich hab' mir im Traum schon Sorgen um dich gemacht.«

»Ich habe einige sehr begehrte Dokumente in meinem Hotelzimmer. Ich bin im Sheraton, Zimmer 2008.«

»Irgendwas Neues?«

»Kann man wohl sagen. Rachel Zab ist diejenige welche.«

»Ohne Witz?«

»Du mußt die erste Maschine nach Atlanta nehmen. Nimm eine Videokamera mit. Das gibt was Sensationelles für das Polizeiarchiv. Du bekommst die einmalige Gelegenheit, bei einem magischen Voodoo-Duell live dabeizusein.«

»Wie komm ich rein?«

»Ich habe Schlüssel. Sie wird in so einem Zustand sein, daß du ein ganzes Fernsehteam mit reinnehmen kannst, ohne daß sie es merkt. Die ersten drei Tage mußt du aufpassen. Du wirst sie ein bißchen töpfern sehen, und nach einer Nacht im Mondschein werden die beiden Schalen, die für unsere Hinrichtung bestimmt sind, fertig sein.«

»Ich nehme meine besten Leute mit. Ich komme. Gib mir eine Stunde Zeit.«

»Dann können wir gerade noch ein bißchen schlafen.«

Mit einem breiten Lächeln legte Mona sich auf das weiße Laken, öffnete langsam die Beine und sagte: »Komm und lutsch meine Muschi, Zulu.«

Ich konnte nicht widerstehen. Als Brad anklopfte, glänzten mein Mund und mein Gesicht noch von Monas Lust. Brad war allein. Er betrachtete die Fotos, den Inhalt der Umschläge und stellte fest, daß an jeder Schale Ritzer von der Spitze des Kultdolchs zu sehen waren. Mona tat so, als würde sie schlafen.

»Bist du sicher, daß du's schaffst?«

»Ich hoffe es, aber um eins bitte ich dich. Mach nicht die gleiche Dummheit wie ich. Töte sie nicht. Das ist das erste und letzte Mal, daß so ein Kampf gefilmt wird. Ein Dokument von größter Bedeutung, denn man kann damit die Rationalisten jeglicher Couleur ein für allemal mundtot machen.«

»Gut. Ich werde nicht eingreifen. Bist du wenigstens gut geschützt?«

»Ich glaube schon.«

»Du bist ein komischer Vogel.«

Brad umarmte mich. Ich zeichnete ihm einen Plan von Princess' Haus, den er einsteckte.

Ich bestellte das Frühstück für acht Uhr und nahm meine Position zwischen Monas Beinen wieder ein, schob die Hände unter ihren Hintern und legte den Kopf auf ihren Bauch, während sie mir den Schädel kraulte. Die Bewegungen wurden langsamer, ich spürte zwei kleine Zuckungen in ihrer rechten Hand, ihre Atmung wurde tiefer, und wir schliefen ein.

13

Ich kam nicht mehr dazu, Mona so lange zu küssen, wie ich es gern getan hätte. Man mußte noch Eurydice abholen, und der Abflug war um halb zehn. Mona sprang kurz aus dem Auto, um sich noch ein rosa Baumwollkleid zu kaufen, als würde es in den Urlaub gehen. Eurydice stand schon abreisefertig vor der Haustür. Sie hatte ein weißes Kleid an, auf dem Kopf einen Strohhut und in der Hand einen kleinen Koffer. Uns erwartete alles andere als eine Woche Traumstrand unter Palmen.

Eurydice war ernst und gefaßt. Mona schwieg. Während des Fluges nach Kingston erzählte ich Eurydice von meiner Begegnung mit Princess, und daß ich ihr rotes Cape, einen Büschel Haare und ein paar abgeschnittene Fingernägel dabeihabe. Eurydice beruhigte sich, schloß dann die Augen und zog sich in ihre innere Welt zurück. Sie betete oder wiederholte rituelle Formeln, denn ihre Lippen bewegten sich.

Als die Stewardeß mit Getränken und Eßtabletts vorbeikam, winkte ich für Eurydice ab. Mona nahm einen Orangensaft, ich ein Perrier. Mona schmiegte sich an mich. Sie bekam es allmählich mit der Angst zu tun.

Kurz vor der Landung öffnete Eurydice die Augen und lächelte uns gütig an. Ich rief die Stewardeß, die ihr ein Glas Wasser brachte.

»Hast du die Schalen in Quellwasser aufgelöst, so wie ich es dir gesagt habe?«

»Ja. Ich habe sogar die Säckchen mit unseren Fingernägeln und Haaren mitgenommen.«

»Es gibt auch noch andere Mittel, aber sie sind nicht so wirkungsvoll. Es reicht aus, den Namen der Opfer auf ein Stück Papier zu schreiben, das dann unter den Ton gemischt wird. Wir haben drei Tage Zeit, um uns in Mr. Cleshs Houmfor vorzubereiten. Ihr müßt meine Anweisungen haargenau befolgen. Euer Leben hängt davon ab. Während dieser drei Tage müßt ihr euch reinigen und euch auf den nächtlichen Kampf vorbereiten, der dann stattfinden wird. Ich möchte, daß ihr euch völlig entleert. Ihr werdet initiiert, ich werde euch als meine Jünger annehmen, und von da an sind wir vollkommen miteinander verbunden. Während dieser Zeit müßt ihr auf jeglichen sexuellen Kontakt verzichten. Der geringste Fehler, das geringste Nachlassen der Konzentration kann fatale Folgen haben.«

Eurydice sprach in einem sanften Ton mit uns, aber von ihrer Person ging eine außergewöhnliche Autorität aus. Sie verwandelte sich zu einer anderen Frau, zu der, die sie früher gewesen war, an der Seite ihres Vaters, bewundert und mächtig.

Princess befreit sich von ihren Fesseln. Sie bewegt sich wie eine Schlafwandlerin. Ihr Gesicht sieht aus wie das einer Mumie, voller Haß und Angst vor dem Unbekannten. Sie atmet auf eine seltsame Weise, stößt kleine Schreie aus, ähnlich denen eines Säuglings oder eines Tieres. Sie geht in den ersten Stock hoch. Es ist Tag. Sie ruft ihre Assistentin an und sagt ihr in trockenem Ton, daß sie das Büro für eine Woche schließt. Sie geht in die Küche, trinkt eine halbe Flasche Rum und wechselt anschließend in ihr Schlafzimmer. Sie öffnet ihren Schrank, sucht ein Kleidungsstück, wobei sie Kleider und Kostüme herauszerrt und ins Zimmer schleudert. Sie brüllt und stöhnt.

Schließlich findet sie ein rotes Hemd, zieht sich aus, streift das Hemd über, findet eine schwarze Hose und zieht sie an.

Sie geht zu einem gerahmten Foto von Erwin, zerschlägt das Glas an der Kante einer Kommode, holt das Bild heraus, legt es aufs Bett und breitet sich darauf aus, indem sie langgedehnte traurige Klagen ausstößt.

Wir nahmen ein Taxi. Eurydice ließ den Fahrer noch mal anhalten, um Zigarren, Kerzen, Rum und weiße Kleidung für Mona und mich zu kaufen, bevor wir unsere Fahrt nach Black River fortsetzten. Ich hatte einen neueren und bequemen Wagen gewählt. Wir brauchten keine vier Stunden. Ich schickte das Taxi fort, und als wir uns den Häuschen näherten, die wie eingegraben im Urwald wirkten, kam Clesh persönlich heraus. Seine Kleidung war weiß, frisch gewaschen. Er kam Eurydice entgegen. Sie nahmen sich bei den Händen und veranstalteten einen menuettartigen Tanz, indem sie die Köpfe aneinander rollten. Sie tauschten lange rituelle Begrüßungsformeln aus.

Schließlich begrüßte Clesh auch uns. Seine Frau und seine Tochter kümmerten sich um uns, während er mit Eurydice im Houmfor verschwand, um die Götter zu grüßen und ihre Strategie zu besprechen.

Princess leert die Flasche Rum und kramt in ihren Akten herum, wo sie ein Foto von mir und eins von Mona findet. Sie betrachtet die Aufnahmen mit einem grausamen Blick. Sie geht wieder hinunter ins Souterrain und öffnet eine Tür, die von der Garage abgeht. Ein Faß mit Ton, eine Töpferscheibe, Wasser. Sie legt einen Klumpen Ton auf die Scheibe und zerreißt das Foto von Mona in winzige Schnipsel, die sie in den Tonklumpen hineinmischt. Princess setzt die Töpferscheibe mit dem Fuß in Bewegung. Mit ihren angefeuchteten Händen gibt sie der ersten Schale allmählich ihre typische Form. Mit meinem Bild verfährt sie in der gleichen Weise, formt die zweite Schale und wäscht sich anschließend die Hände. Sie öffnet die Garagentür und prüft den fast wolkenlosen Himmel. Sie trägt die Schalen nacheinander hoch und stellt sie auf einer Terrasse, die nach Süden geht, in die Sonne. Sie geht in ihr Zimmer, und aus einer Schublade, die mit ihrer Unterwäsche vollgestopft ist, holt sie einen Kultdolch hervor. Sie nimmt zwei Schlaftabletten und legt sich wieder auf das Foto von Erwin. Sie schläft umgehend ein. Das Telefon klingelt. Sie wacht nicht auf.

Mona wurde in eine Hütte geführt, ich in eine andere. Man brachte uns einen Krug und ein Glas. Wir hörten die Zauberformeln, die Clesh und Eurydice abwechselnd deklamierten. Polynice kümmerte sich um Mona, Mrs. Clesh um mich.

»Warte in Frieden, bis der Vater und die Mutter der Götter dir ihre Anweisungen geben.«

Ich war allein, beeindruckt von der plötzlichen, nackten Stille.

Etwas später kamen Eurydice und Clesh, um uns abzuholen. Sie führten uns durch den Wald zu einer Quelle, wo sich das Wasser in einem natürlichen Bassin sammelte. Sie forderten uns auf, uns auszuziehen und ins kühle Wasser zu gehen, das mir bis zur Hüfte reichte. Eurydice und Clesh gingen ebenfalls hinein und rieben uns heftig ab, wobei sie unterschiedliche rituelle Formeln deklamierten. Jeder hatte seinen eigenen Stil. Clesh schöpfte das Wasser mit seinen aneinandergelegten und gehöhlten Händen und ließ es über unsere Schädel und Körper fließen. Eurydice bespritzte uns heftiger und schrie manchmal dabei. Wir ließen unsere Kleider dort und kehrten in einen weißen Baumwollstoff gewickelt zum Houmfor zurück.

Im Houmfor forderte Eurydice uns auf, dreimal den Boden vor dem Altar zu küssen. Anschließend zogen sie zwei Kreise um uns herum und fingen an, uns mit Trempé zu waschen. Hin und wieder stieß einer von beiden einen Schrei aus, ergriff die Machete und ließ sie durch die Luft sausen. Eurydice versetzte uns ein paar Schläge mit einem Stock, den sie im Wald abgeschnitten hatte. Sie schlug uns auch mit der flachen Hand auf verschiedene Körperstellen, wobei sie jedesmal die Götter auf kreolisch anrief. Manchmal entfernte sie sich, ging zum Altar, trank einen Schluck Rum und kehrte wie eine erzürnte Kriegerin zu uns zurück. Polynice brachte unsere weißen Kleidungsstücke.

Mona begann als erste zu zittern und dann in einer unverständlichen Sprache zu sprechen. Ihr Körper schüttelte sich vor Krämpfen. Kurz darauf fing es auch bei mir an. Eurydice und Clesh beobachteten uns mit der allergrößten Aufmerksamkeit, manchmal sah ich, wie sie scheinbar irgend etwas an Monas Körper packten und es in die Luft warfen. Bald verlor ich, am ganzen Körper von Krämpfen geschüttelt, das Bewußtsein von dem, was um mich herum geschah.

Ich wachte in meiner Hütte auf. Eurydice war da. Ihre Gegenwart beruhigte mich.

»Die schützenden Götter sind gekommen, um euch zu beobachten. In drei Tagen werden sie in euch fahren. Ihr werdet allein bleiben, jeder in seiner Hütte und in der Stille. Clesh und ich werden euch jeden Tag zu einem warmen Bad abholen. Danach werden wir eure Körper mit einem sehr starken Öl einreiben. Ihr müßt das essen, was wir euch bringen und auf der rechten Seite schlafen, auf einer Matte, direkt auf dem Boden.«

Eurydice wusch meinen gesamten Kopf mit einem Pflanzengebräu, das sehr stark und unangenehm roch. Aus einer Tonschale schöpfte sie mit der Hand eine bräunliche Paste, die wahrscheinlich aus Blut, Wein, geröstetem Mais, Reis, Brot und karamelisiertem Zucker bestand. Diese Mischung strich sie auf einige Mombinblätter, die sie mir zusammengefaltet auf Schädel, Stirn und geschlossene Augenlider legte und mit weißen Baumwollbandagen fixierte.

»Das darfst du unter keinen Umständen abnehmen.«

Nach einer kurzen Zauberformel verließ mich Eurydice. Ich legte mich auf meine Matte und schlief auf der Seite ein.

Princess wacht mitten in der Nacht auf. Sie trinkt wieder etwas Rum und geht auf die Terrasse, um die Schalen zu inspizieren. Sie bedeckt sie, um sie vor der Feuchtigkeit der Nacht zu schützen. Anschließend geht sie hinunter ins Houmfor und zündet frische Kerzen an. Sie reibt sich Stirn und Arme mit einer Art Fett ein, das sich in einer Tonschale befindet. Sie zündet sich eine Zigarre an und fängt an, ruckartig um den Mittelpfeiler zu tanzen, wobei sie Rauchwolken in die Luft bläst. Sie schreit Zauberformeln, bis die Zigarre ihr die Finger verbrennt. Atemlos sinkt sie zu Boden, von heftigen Zuckungen ergriffen, als würden die Dämonen sich ihres Körpers bemächtigen.

Ich wachte auf, überrascht, kein Tageslicht zu sehen. Ich spürte, daß jemand im Raum war, und hörte im nächsten Moment Eurydices Stimme.

»Gut, mein Sohn. Du hast dich ausgeruht. Ich werde jetzt deinen Körper mit Öl einreiben und dann bleibst du mit dem Rücken zur Tür sitzen, bis ich wiederkomme.«

Ich hörte, wie sie sich entfernte. Es vergingen einige Stunden in einer von nackter Angst durchdrungenen Stille.

Als Eurydice wiederkam, brachte sie mir einen Teller mit weißem Reis und einem gebratenen Hühnchenhals, den ich so, wie er war, kauen und hinunterschlucken sollte. Dazu gab es ein großes Glas Wasser. Sie wartete, bis ich gegessen und getrunken hatte, und entfernte sich dann wieder wortlos mit dem Tablett.

In meiner sitzenden Haltung lauschte ich den Stimmen des Dschungels und den gedämpften Geräuschen, die aus dem Houmfor drangen, wo Clesh und Eurydice ihr Zwiegespräch

Um Mitternacht wurden wir an der Hand in den Houmfor geführt. Die Trommeln begannen wieder zu schlagen. Eurydice nahm uns die Bandagen ab, wusch uns kräftig die Köpfe mit einem Kräuteraufguß, bis der Fermentgeruch verschwunden war. Wieder reinigte sie unsere Körper, befahl uns, uns vor Clesh, vor ihr und dem Altar niederzuwerfen. Auch Polynice und Cleshs Frau nahmen an der Zeremonie teil. Sie klatschten in die Hände. Der Trommler ließ sich gehen und trommelte für die Götter. Clesh und Eurydice tranken Rum und rauchten die Zigarre. Plötzlich begann Monas Körper zu zittern, sie versuchte sich zu bewegen, der Rhythmus der Trommel veränderte sich abrupt, lockte zu einem besessenen Tanz. Eurydice rief die Götter an, forderte sie auf, herabzusteigen, die Opfergaben auf dem Altar anzunehmen. Mich durchzuckte ein langer Krampf, und ich verfiel in Trance. Die Häute der Trommeln explodierten in mir, ich stürzte durch die dünne Scheidewand, die die rationale Welt vom Universum der Geister trennte. Ein großer Schmerz entriß mir einen Schrei, und dann vergaß ich mich völlig.

Princess raucht die letzte Zigarre fertig und trinkt den letzten Schluck Rum aus. Sie trägt die Schalen einzeln in den Houmfor hinunter. Sie verliert mehrmals das Gleichgewicht und kann sich gerade noch fangen, um zu verhindern, daß die Tonschalen zerschellen. Sie wirft sich nieder, küßt dreimal den Boden und dann das Foto von Papa Mosso.

Mit einem Schrei packt sie Nordvensens Leber und schleudert sie auf den Boden zwischen dem Altar und dem Pfeiler. Ihre Rufe sind jetzt brüllende Laute. Sie setzt sich, stellt die beiden Schalen vor sich hin, ergreift den Kultdolch.

Es war immer noch Nacht. Meine Lebensgeister kehrten wieder, als ich Eurydices frischen Atem über meinen Augenlidern spürte.

»Erwache, mein Sohn, erwache zum Licht...«

Mona war schon aus der Trance erwacht. Der Trommelschlag wurde immer schwächer. Eurydice und Clesh gaben uns Kerzen, die sie anzündeten. Wir verließen den Houmfor.

»Ihr werdet dem Tod ins Angesicht sehen, aber ich werde euch mit all meiner Kraft beschützen. Verliert nie das Vertrauen!«

Clesh bahnte uns den Weg mit der Machete. Es folgten Mona, ich und Eurydice, die das rote Cape von Princess in der Faust hielt. Wir drangen in den Dschungel ein.

Princess füllt die Schalen mit Wasser. Sie läßt ihre Hände darüber kreisen und konzentriert sich. Sie schwitzt und zittert am ganzen Körper. Plötzlich zeichnet sich ein Bild auf der ersten Schale ab, es ist Mona, mit ihrem ganzen Körper. Princess wendet sich der zweiten Schale zu, läßt die Hände kreisen, bis auch mein Körper erscheint.

Es gelingt ihr, durch Schreie, Anrufungen und dämonisches Gemurmel die beiden Bilder gleichzeitig zu halten.

Dann springt sie mit einem Satz auf, hebt die Leber auf, zerschneidet sie in Stücke und wirft sie nacheinander in die Schalen.

Ich hatte das Gefühl, die Gedärme würden mir herausgerissen, und ich warf mich im gleichen Moment wie Mona brüllend vor Schmerz auf den Boden. Die Machete wirbelte zu den vier Kardinalpunkten, wie um den bösen Fluch zu zerhacken, während Eurydice das Übel mit den Händen herausholte und es in die Nacht schleuderte, bis wir wieder in der Lage waren, aufzustehen und unseren Marsch in den Dschungel fortzusetzen. Wir kamen zu einem Friedhof, dessen weiße Kreuze im Mondlicht leuchteten.

Eurydice ergriff unsere Hände und sagte: »Habt keine Angst vor diesem Toten. Er allein kann euch retten.«

Zitternd im Mondlicht erlitten wir weitere Attacken, die Eurydice mit der gleichen Gewalt zurückschlug, während Clesh den Boden mit seiner Machete aufwühlte.

Princess beobachtet, wie die Leberstücke durch uns hindurch auf den Boden sinken, und als die Bilder wieder ruhig sind, berührt sie sie leicht mit der Spitze ihres Kultdolchs und sticht dann mit einer rasenden Wut in sie hinein. Das Wasser verfärbt sich rosa.

Mona und ich fühlten, wie sich unsere Haut unter der Klinge öffnete. Monas Brüllen übertönte meins. Eurydice warf uns zu Boden. Clesh zerhackte die Luft. Mona und ich spürten, aneinandergepreßt, Eurydices Körper, der uns bedeckte. Der Schmerz verschwand sofort wieder. Eurydice setzte ihre Anrufungen fort, ohne sichtbar zu leiden. Ihr brennender Körper schützte uns.

Princess stößt einen Schrei aus, dann einen zweiten. Sie zerreißt ihr Hemd, große Schnitte öffnen ihr Fleisch, das Blut perlt in dem Maße hervor, wie das Wasser in den Schalen wieder klar wird. Der böse Fluch kehrt zu ihr zurück, zerreißt sie. Princess stürzt zum Altar, packt das Foto von Papa Mosso, reißt es aus dem Rahmen, rollt es und schlägt damit auf die Wasseroberflächen.

Wir spürten so harte Schläge, wie wenn man uns mit Baseball-Schlägern bearbeiten würde. Auch Eurydice brüllte vor Schmerz, dann erhob sie sich, streckte die Hände zum Himmel und sprach dreimal den Namen ihres Vaters. Da hörten die Schmerzen auf.

Eurydice forderte uns auf, wieder aufzustehen. Sie gab uns ein Zeichen, daß wir uns dem Grab nähern sollten. Wir sahen den Deckel des Sarges.

Bei der Berührung mit dem Wasser wird das Foto von Papa Mosso weich und entrollt sich auf dem Boden, während Princess durch die Gewalt der Schläge, die sie uns geschickt hat, in ihrem Houmfor hin und hergeschleudert wird.

Clesh öffnete den Sarg. Mit Entsetzen erblickten wir einen verwesten Leichnam, vom Mondlicht schwach beleuchtet. Eurydice kauerte sich an den Grabrand und streichelte das abstoßende Gesicht des Toten, bei dessen Gestank uns übel wurde. Eurydice sprach mit dem Toten. Sie forderte uns auf, näherzukommen und ihn zu berühren, während sie weiter auf kreolisch zu ihm redete.

Princess schleppt sich zu den Schalen, betrachtet entsetzt das aufgelöste Foto von Papa Mosso. Sie keucht, ihr Körper blutet, von den Keulenschlägen zertrümmert, die sie für uns bestimmt hatte und die zu ihr zurückgekehrt sind, nachdem sie von Eurydices reinem Körper abgeprallt waren. Princess ergreift den Dolch und sticht mehrmals auf unsere Bilder ein. Das Wasser wird zu Blut.

Wir verfielen in Agonie. Eurydice stieß drei Schreie aus. Sie umwickelte einen schwarzen Stein mit dem roten Cape von Princess und schleuderte ihn auf den Leichnam, der ihn zu verschlucken schien.

Princess wird von unsichtbaren Dolchen durchbohrt, ihr Blut spritzt, das Wasser in den Schalen wird wieder klar, unsere Bilder verschwinden von der Oberfläche, und als der Stein im verwesten Fleisch des Kadavers versinkt, krümmt sie sich auf dem Boden zusammen und stirbt.

Unsere Schmerzen hörten sofort auf. Eurydice ließ uns allein und beugte sich über Clesh, der, am ganzen Körper durchbohrt, schon in Agonie lag. Sie legte sich auf ihn, murmelte Gebete, aber es war zu spät.

Brad hielt das Video an. Mona und ich hatten Tränen in den Augen. Brad war kreidebleich. Joe zitterte derart, daß er seinen Kaffee umstieß. Niemand brachte ein Wort heraus. Ich stand auf, nahm Mona an der Hand, und gemeinsam verließen wir das Polizeipräsidium von Miami. Als sie unsere Gesichter sahen, verzogen sich Live Crew diskret. Eurydice hatte sich geweigert, die Aufnahmen anzusehen.

Wir stiegen in den BMW, und ich düste aus der Stadt heraus in Richtung Keys. Drei Stunden später überquerten wir die Infinity Bridge, auf allen Seiten vom türkisen Meer umgeben. Mit einer Hand lenkte ich, und mit der anderen streichelte ich Mona, ›Pussy Queen‹, zukünftiger Superstar des Rap, die sich an mich schmiegte, ihre schönen dunklen Augen im Himmel verloren.

SERIE PIPER

Die schönsten Seiten des Lesens

1307

1689

1391

1776

1957

686